달의 뒤편

달의 뒤편

copyright ⓒ 2013 조기영

조기영 장편소설

1판 1쇄 발행 2013년 9월 30일
1판 2쇄 발행 2017년 6월 20일

대표 권대웅
편집 도은숙 송희영
디자인 고광표
마케팅 노근수 허경아

발행인 신혜경
발행처 마음의숲
출판등록 2006년 8월 1일(105-91-03955)
주소 서울시 마포구 동교로 144-13(서교동 463-32, 2층)
전화 (02) 322-3164~5 | 팩스 (02) 322-3166
마음의숲 페이스북 facebook.com/maumsup
값 12,000원 ISBN 978-89-92783-76-7 (03810)

마음의숲에서 단행본 원고를 기다립니다.
따뜻하고 생동감 넘치는 여러분의 글을 maumsup@naver.com으로 보내 주세요.

이 도서의 국립중앙도서관 출판시도서목록(CIP)은 e-CIP홈페이지(http://www.nl.go.kr/ecip)와 국가
자료공동목록시스템(http://www.nl.go.kr/kolisnet)에서 이용하실 수 있습니다.
(CIP제어번호: CIP2013018069)

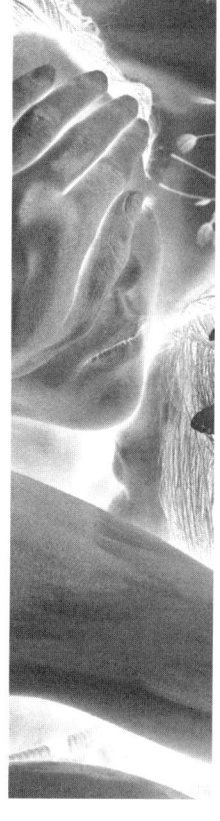

조 기 영 장편소설

땅의 뿌리

마음의숲

1

　　다시, 다리가 걸음을 사들였다. 어디에서
사 온 것인지는 나도 모른다. 불확실해지고 있었다. 모든 것
들이. 불확실해진 미래와 확실한 과거가 모두 어두워지고 있
었다. 불안을 끼고 마을을 한 바퀴 돌았다. 봄날의 우체통으
로 바람이 꽃들의 편지를 들고 배달을 나와 있었다. 생강나
무와 산수유가 노란 꽃들을 피워 올리면 금산사와 백양사의
벚꽃도 곧 흐드러지게 피겠지. 자연의 신비를 간직한 채 피
어나는 봄날의 꽃처럼, 시인의 가슴으로 피워 올린 한 편의
시처럼 나도 다시 피어날 수 있을까. 내 처지를 아는지 모르
는지 봄은 무심하게 웃고 있다.
　은초. 이름 없는 시인을 사랑한 여자. 그녀는 내가 몸이

달의 뒤편 ●

좋지 않아 잠시 고향에 쉬러 간 줄로만 알고 있다. 사실을 알게 된다면 그녀는 어떤 표정을 지을까. 말할 수 있을까. 말하면, 안 되겠지. 하루에도 몇 번씩 고통으로 일그러진 얼굴을 지우고 그녀 앞에서 애써 웃고 있는 나를 발견한다. 상상 속에서만이라도 그녀 앞에서는 웃고 싶었던 것일까. 몸과 마음이 괴로워질 때마다 추억 속에서 그녀를 불러내 시간을 견딘다. 추억을 돌아 나오는 길은 불길한 예감으로 울퉁불퉁했다. 이별은 육체의 고통보다 더한 아픔이겠지. 알릴 것인가, 말 것인가. 망설이고 있다. 오지 않는 기적을 기다리며.

부모님도 모르는 사실, 몰라야 하는 사실, 그러나 언젠가는 알게 될 사실. 사실을 눌러놓은 긴장들 속으로 놈들은 불쑥불쑥 고개를 내밀어 나를 흔든다. 나는 두 분이 보고 있기라도 한 것처럼 그 모습을 가리려 허둥거리고 그때마다 몸과 마음은 평형을 잃는다. 부모의 노년이 나로 인해 뿌리째 흔들릴지 모른다는 불안이 세포처럼 분열을 거듭하고, 불안을 절망이 거북의 등처럼 덮고 있는 날들. 작은 배 아래 공포를 흘리며 어슬렁거리는 상어처럼, 지하조직의 세포 뒤를 밟는 형사처럼 놈들은 주위를 배회한다. 마음은 어디론가 탈출을 시도했지만 도피는, 불안과 공포가 쏟아져 버린 시간을 떠돌다 날개를 잃고 표류했다. 삶은 이내 혼돈으로 몰려들었다. 가슴을 파고들어 심장을 태우는 이 도피도 어느 순간 내일이 지워져 버린 절벽과 마주하겠지. 좌절과 우울, 불안과 공포, 이 꺼지지 않는 마음의 불들이 심장을 태워 버리고 나면 고통은 사라질까.

마치 아무 일도 없었던 것처럼 종일 몸이 가벼웠다. 거짓말처럼. 이 홀가분한 시간들이 이어지면 좋으련만. 저들도 내 몸을 괴롭히는 것이 지쳐 이렇게 휴식을 주는 것일까. 육신을 헐어 내던 저귀들이 휴식을 취하기라도 하는 것처럼 포격을 멈춘 날들이 있다. 그런 날이면 삶에 대한 강렬한 욕망이 마음 저 깊은 곳에서부터 솟구쳐 올라 날개도 없이 저 파란 하늘보다 높이 날아가려 하여 나를 슬프게 한다. 바람처럼, 온다는 징후도 간다는 이별의 말도 없는 이 허름한 육신의 자유. 허울뿐인 이 자유가 미끼처럼 내 앞에 던져지는 날이면 나는 그것을 물어 볼 생각도 하지 못한 채 남루한 숨을 내쉬며 눈을 껌뻑이고 앉아 있다. 깃발도 나침반도 없이 자유는, 날고 싶은 열망으로 가득 찬 욕망의 찌꺼기를 맴돌다 어느 순간 연기처럼 사라져 버린다. 몸을 잃어버린 뱀의 허물처럼, 허무를 가득 채운 이 자유는 내 육체와 영혼에 계속 구멍을 내고 있다. 이런 날이 기쁨을 주지 못한 지는 이미 오래되었다. 또다시 처절하고 징그러운 고통이 찾아올 테니까.

가슴뼈가 아파 병원에서 엑스레이를 찍어 본 적이 있었

달의 뒤편

다. 입대 뒤 나온 첫 휴가 때였다. 엑스레이는 아무것도 보여 주지 않았다. 이상 없다는 의사의 말에 무슨 일 있겠어, 하는 위안을 마음속으로 구부려 넣었다. 그러나 곧 분명 무슨 일이 있는데, 하는 알 수 없는 두려움이 용수철에 튕겨진 것처럼 되밀려 나왔다.

부대로 복귀한 뒤 고참 의무병에게 가슴 통증에 대해 물어보았다. 어쩌다 옆에 앉은 내가 어색한 분위기라도 지워 볼 겸 물어본 것이었다. 밑바닥에서 퍼지고 있는 불안을 그의 입을 통해서라도 달래 보고 싶었던 것인지도 모른다. 그러나 그도 의학적 지식이 없었기에 대화는 줄곧 통증의 언저리에서 서성거렸다.

며칠 뒤 동기들 집합이 있었다. 군기 잡는 군번이었던 의무병과 그의 동기들은 엎드려뻗쳐 있는 우리들을 군홧발로 걷어찼고, 나뒹굴다 일어선 우리 가슴을 주먹으로 내려쳤다.

"이병 윤시헌!"

신경 처리 속도보다 빨랐던 우리들의 관등 성명과 고참들의 욕지거리가 취사반 뒷마당에서 엉겼다. 옷깃만 스쳐도, 눈빛만 부딪혀도, 군홧발로 차여도 관등 성명을 외쳐야 하는 이등병은 생각을 드러내고, 이의를 제기하는 정상적인 사고 체계를 지운 존재이어야 했다. 요즘 좀 빠졌다고, 그것만으로도 충분히 맞는 이유가 되는 곳이 군대였다. 야수의 세계에 막 발을 들인 이등병이 군기라는 이름의 체제에 저항할 힘은 없었다. 육십만 대군이 반세기 동안 쌓아 올린 체제는 격포 채석강보다 높고 단단했다. 원인 모를 병을 내가 견디고 있는 것처럼 나는 맞아야 할 이유를 모르고 그들의 주먹을 견뎠다. 언젠가 텔레비전에서 보았던 체온 지도와 비슷한, 그러면서 좀 더 기하학적인 그림이 망막과 취사반 사이에 떠올랐다 사라졌다. 한 신부가 여대생의 손을 잡고 판문점을 통해 남으로 내려온 밤이었다. 사제복의 신부와 여대생, 집합이 하나의 그림처럼 담긴 풍경은 기억 속에서 오래도록 지워지지 않았다.

통증의 뿌리를 찾아 기억의 저수지로 그물을 던져 본 적이 있었다. 작은 일상들이 물처럼 빠져나간 그물에 고등학교 시절 기억 하나가 남아 쉬리처럼 몸을 뒤집었다.

그날 나는 전주 시내를 기분 좋게 걷고 있었다. 중앙동 가구 거리였다. 걸음에는 약간의 속도가 붙어 있었다. 그때 비스듬히 세워진 오토바이 한 대가 내 앞을 가로막았다. 오토바이를 피해 왼쪽으로 한 걸음 내디뎠다. 순간 바퀴에 물방울이 튕기듯 몸이 허공으로 떠올랐다 도로 위를 나뒹굴었다. 나는 차가 뒤에 서 있는 것을 보고서야 내가 차에 치였다는 것을 알 수 있었다. 발을 모시던 신발 하나가 주인을 잃은 채 모로 누워 있었다. 나는 발목이 잘린 병사처럼 쓰러

달의 뒤편 •

져 있었고, 자가용은 발목을 자른 장수처럼 나를 내려다보고 있었다. 천천히 일어나 옷의 먼지를 털고 신발을 신었다. 운전자를 쳐다보았다. 운전자는 차에 두려움으로 묶여 있었다. 그 두려움을 먼저 풀어 주고 싶어졌다. 괜찮다는 손짓과 함께 그 차를 보냈다. 운전자가 대응할 시간도 없이 갑자기 옆으로 걸음을 뗀 내게도 잘못이 있다고 생각했다. 상한 곳도 없었다. 시비를 가릴 마음도 없었다. 운전자는 곧 차를 몰고 사라졌다. 아마도 그는 내 마음이 바뀌기 전에 그 자리를 벗어나고 싶었을 것이다. 차가 사라지고 사건은 그 자리에서 분해되었다. 그 후로도 특별히 불편한 곳은 없었다. 그러나, 몸에 이상을 느끼기 시작한 뒤로 나는 가끔씩 그때 일을 떠올리곤 한다. 그 때문인가, 하는 의심을 하며.

하루는 고통을 참으며 산에 오르는데 골반을 지배하던 통증이 씻은 듯 사라졌다. 몸이 날아갈 듯 가벼워졌다. 운동이 부족한가 하는 생각에 그날부터 근처 초등학교 운동장으로 가 무작정 뛰기 시작했다. 통증이 있는 날에는 놈들이 사라지길 기대하며 운동을 해 댔고, 통증이 없는 날에는 놈들이 나타날까 두려워 운동을 해 댔다. 장소는 가리지 않았다. 그러나 통증이 있는 날의 운동은 가중처벌이라도 받은 것처럼 통증에 통증이 더해졌고, 통증이 없는 날의 운동은 쉬고 있던 놈들을 더 빨리 불러내는 결과를 초래해 버렸다. 사라지지도, 분해되지도 않은 통증은 옥탑방 창문을 오가는 바람처럼 내 몸을 휩싸고 돌았다. 변두리 옥탑방에 살던 때였다.

통증은 있는데 원인을 몰라 불안감은 커지고 있었다. 아마도 그것은 흔치 않은 병이거나 불치일 것이므로. 하루는 서울에 올라온 어머니가 낯빛을 살피다 무작정 나를 병원으로 이끌었다. 마른 몸, 핏기 없는 입술, 깊게 패인 볼. 나는 줄곧 그런 형상이었다. 그날 내 모습이 특별히 더 나빠 보인 것도 아니었다. 그러나 그날따라 어머니는 강경했고, 단호했다. 모성애 한쪽에 불길한 바람이 스쳐 갔던 것일까. 병원으로 끌려가 피 검사와 위내시경 검사, 그리고 또 뭘 했던가. 거기서도 이상은 발견되지 않았다. 놈들은 그날도 어딘가에 꼭꼭 숨어 있었다. 결과를 전해 들은 어머니는 안도의 한숨을 내쉬었다. 그러나 그때 이미 놈들은 삼남의 해안을 좀먹던 왜구처럼 관절 한쪽에서 나를 먹고 있었다. 누구에게도 내색하지 않은 것뿐이었다. 놈들이 모이면 통증이 발생했고, 흩어지면 통증은 사라졌다. 몸과 마음이 일상과 의심을 오가는 사이 놈들은 몸집을 키웠다. 산 너머에서 가까워지는 포성처럼 놈들은 점점 더 세게 내 몸을 흔들었다. 전쟁 같은 두려움이 공포를 향해 팽창해 가기 시작했다. 무엇인가 예비를 해야 한다는 생각과 예비할 일이 없었으면 하는 기대가 부딪히다 나는 아무런 준비 없이 놈들을 맞고 말

달의 뒤편

앙다. 결과는 절망으로 이어져 있었다.

가슴뼈에서 시작된 통증은 대학 4학년 여름 엉덩관절 부근으로 내려왔다. 농활을 마무리하던 날이었다. 새벽부터 다음 날 새벽까지 이어지던 일과 토론으로 우리는 피로가 두껍게 쌓여 있었다. 대원들이 모이기를 기다리다 민규와 태권도 흉내를 내며 장난을 치기 시작했다. 피로를 풀어 보기 위해서였을 것이다. 장난을 치던 중 민규의 얼굴을 향해 오른쪽 다리를 힘차게 뻗었다. 그런데 그 순간 오른쪽 고관절에서 통증이 벼락처럼 튀어나와 손가락과 발가락, 머리카락 끝까지 번개처럼 내달렸다. 쓰러진 나는 움직일 수도, 일어설 수도 없었다. 최초의 공포였다. 놈들과 마주한.

이후 통증은 오른쪽 고관절로 내려와 자리를 잡았다. 그곳에서 놈들은 엉덩관절을 파고들었다. 요추와 꼬리뼈 사이, 천골 바로 위쪽으로 놈들이 올라올 때마다 나는 다리를 절며 놈들에게 걸음을 구걸했다. 때때로 늑골 부위로 올라온 놈들은 나사처럼 뼈를 조여 들숨과 날숨까지 압박했다. 그때마다 몸이 호모 에렉투스처럼 구부러졌다. 앉을 때도, 일어설 때도, 몸을 뒤척일 때도 놈들은 유리 조각으로 뼈를 그어 대는 듯한 통증을 선보였다. 그런 날은 일주일 정도 계속되었다. 놈들은 고통으로 나를 호령했고, 통증으로 내 위에 군림했다. 내 몸이 놈들의 식민지 같았다. 일주일 정도 이어지던 통증은 어느 날 씻은 듯 사라졌다 사나흘 뒤 다시 찾아오곤 했다. 원인을 알고 싶었다. 그러나 어느 날부터 그 원인이 두려워지기 시작했다.

　고통이 이어지는 날이면 갈라진 얼음 사이로 물길이 솟구치는 장면이 뜬금없이 머릿속에 떠오르곤 했다. 고통이 분출되는 날이면 환영은 언제 어디서든 통증을 뚫고 나와 머릿속을 한 번씩 뒤집어 놓은 뒤 사라졌다. 얼음이나 물이 내 고통을 알 리 없었다. 얼음이, 물이 고통을 느낄 리 없다며 나 자신을 비웃을 때조차도 앞도 뒤도 없는 그 풍경은 자꾸 환영처럼 떠올랐다. 통증의 추상화처럼.

달의 뒤편

2

봄은 품으로 달려오지 못하고 저기 마당에 유령처럼 서 있다. 머뭇거리는 봄을 보며 나는 방 안에 겨울처럼 누워 있다. 나와 봄 사이에는 나와 놈들 사이처럼 어느 날부턴가 보이지 않는 강이 흐른다. 봄을 마당에 두고 두 눈을 감으면 은초는 미리 와 기다리고 있기라도 한 것처럼 내 안에 가득하다. 절망의 날들 속에 그녀는 어느새 내 생각의 시작이고, 중간이며, 마지막이 되어 버렸다. 나를 쪼개도, 나를 붙여도, 나를 덮어도 내 안에는 그녀가 있다. 높이 솟아오른 연처럼, 줄을 다 풀지 못한 얼레처럼, 바람을 가득 삼킨 풍선처럼 은초는 내 마음속으로 더 자주, 더 길게, 더 깊게 밀려든다. 모든 것을 주었던 사람. 학교는 잘 다니고 있을까.

　은초를 처음 본 것은 낮의 따스한 볕과 밤의 차가운 공기가 초병처럼 교대를 반복하던, 낮과 밤이 삐걱거리며 자주 안개를 토해 내던 봄날의 금요일이었다. 그날 나는 청량리역에서 후배를 만나 엠티에 가기로 약속이 되어 있었다. 엠티 장소는 청평이었다. 엠티 명소들로 꼽히는 대성리, 청평, 강촌은 경춘선을 따라 늘어서 있었고, 청량리역은 경춘선의 시발점이었다. 역 광장에는 엠티를 떠나는 꽃들이 넓게 피어 있었다. 꽃들의 눈길이 누군가의 얼굴을 향할 때마다 이름을 알 수 없는 꽃들에 불이 켜졌다. 바람은 꽃을 향해 불었고, 불은 설렘으로 피었다. 청량리역 광장은 일상의 탯줄을 잘라 도시 탈출을 기도하는 청춘의 배꼽 같은 곳이었다.

　입석을 예상했던 우리에게 좌석표 한 장이 주어졌다. 예약을 취소한 것이 우리 손에 들어온 것 같았다. 재학생들은 이미 도착해 저녁을 준비할 시간이었다. 번갈아 가며 앉기로 하고 후배와 기차에 올랐다. 자리는 좌측 두 줄 중 통로쪽 중간쯤이었다. 후배가 먼저 나를 앉혔다. 객실은 엠티를 가는 사람들로 소란스러웠다. 몇몇은 이미 놀이를 시작하고 있었고, 몇몇은 기타에 맞춰 가느다랗게 노래를 뽑아내고 있었다. 일상 탈출 준비를 마친 객실은 조금씩 직육면체 해방구의 기운을 내뿜고 있었다.

달의 뒤편

기차가 출발할 즈음 가방을 멘 예쁜 여학생이 객실 문을 열고 들어섰다. 백 수십 개의 눈동자가 그녀에게 쏠리며 객실은 짧은 침묵 속으로 빠져들었다 깨어났다. 남자들의 호기심과 여자들의 경계가 절묘하게 조합을 이룬 침묵은 그녀를 향하고 있었다. 그녀가 자리를 찾는 듯 좌우를 두리번거렸다. 차창 밖에는 어둠이 내리고 있었다. 그녀가 구름처럼 내 앞으로 다가왔다. 그녀 얼굴에서는 환한 빛이 황제처럼 걸어 나왔고, 어둠은 시종처럼 고개를 숙이며 물러섰다. 그런데, 그녀가 내게 고개를 숙이는 듯하더니 내 무릎과 의자 사이로 다리를 내미는 것이 아닌가. 그녀의 자리가 바로 내 옆자리였던 것이다. 그녀의 감색 가방이 눈앞을 스치며 지나갔고, 청바지 차림의 다리가 앞 의자와 내 무릎 사이를 고기압에서 저기압으로 이동하는 공기처럼 빠져나갔다. 그녀가 자리에 앉고 객실은 다시 사람들 소리로 빽빽해졌다.

　얼마 후 후배가 앉고 내가 일어서면서 그녀와 내 눈이 부딪혔다. 순간 망막을 꿰뚫은 화살이 번개처럼 심장을 파고들었다. 심장은 곧 고장 난 신호등처럼 이상 반응을 일으켰다. 즉각 감정으로 연결된 모든 감각의 문이 열리며 체온을 넘어서는 열이 감지되었다. 열기는 모공을 열어 온몸을 휘감았다. 열기가 먼지를 일으킨 듯 주위가 뿌옇게 흐려졌다. 나는 아무 일 없는 것처럼 후배와 이야기를 나누는 것으로 순간의 소용돌이를 덮었다. 그 순간 내가 할 수 있는 것이라고는 침묵으로 열기를 덮는 것뿐이었다. 내릴 곳이 가까워지고 있었다. 시간은 짧았고, 의식 속에서 꿈틀거리던 어떤 일은 일어나지 않았다. 인연은 전제되어 있는 것이 아니라 선택하는 것이리라. 청평역에서 엠티 장소를 확인하느라 그녀의 모습은 서서히 잊혀졌다. 그사이 몸의 열기도 흩어졌다. 잠시 옷깃을 파고든 봄볕이라 생각했다.

엠티는 졸업한 선배들까지 찾아와 어울리는 행사였다. 그것은 과의 전통처럼 이어지고 있었다. 엠티에서 모두 웃고 즐기는 순서가 미스 독문 선발대회였다. 참가자는 모두 새내기들이었다. 여장 남자인 그들은 달뜬 분위기에 부응하듯 화장을 마다하지 않았다. 스타킹이나 미니스커트는 기본적인 도구였고, 선글라스와 스카프, 팔찌, 핸드백 같은 소품이 동원되기도 했다. 없는 가슴을 만들어야 하는 풍선은 필수 도구였지만 너무 커 야유가 쏟아질 때도 있었다.

방 가운데를 길게 비워 놓은, 무대라고 할 것도 없는 무대가 마련되고 불이 꺼졌다. 손전등 불빛들이 하나둘씩 어둠의 눈처럼 굴러다니기 시작했다. 사람들은 박수와 웃음과 환호를 모아 폭죽처럼 터뜨릴 준비를 하고 있었다.

이윽고 전등 하나가 켜지며 사회자가 등장했다. 자신을

소개한 사회자가 한차례 우스갯소리를 던진 뒤 한껏 고조된 목소리로 첫 번째 여장 남자를 호명했다.

"참가 번호 1번! 황! 진! 이!"

무대 위 조명이 꺼지고 어둠 속에 첫 번째 여장 남자가 등장했다. 즉각 비명 소리가 둑을 무너뜨린 물처럼 무대로 쏟아졌고, 손전등 불빛들이 어지럽게 흔들리기 시작했다. 그들이, 아니 그녀들이 등장할 때마다 환호와 박수, 비명 소리가 이어졌다. 그때마다 분위기는 정점으로 치달았다. 박수 소리는 환호인지 비명인지 모를 소리들과 엉키며 허공을 달궜다. 사람들은 부러 실내 온도를 끌어올리기라도 하려는 듯 열광했다. 환호와 박수 소리를 뚫고 나온 한줄기 빛에 눈빛이 부러진 건 바로 그때였다. 그녀였다! 경춘선 기차에서 옆자리에 앉았던! 그녀는 무대 건너편 중간쯤에 앉아 있었다. 박수와 환호 사이로 직선으로 길을 놓은 내 눈빛은 어느새 그 길을 달려 그녀 얼굴 위에 서 있곤 했다. 때때로 무대를 향하던 손전등 불빛들이 내 마음을 헤아리기라도 한 것처럼 그녀를 비추고 지나갔다. 뜨거운 피가 용암처럼 흘러내리며 온몸을 덮었다.

환호 속에 다섯 번째 여장 남자가 등장했다. 이내 조의 구성원들이 환호성을 질렀다. 그녀도 환호했다. 그녀가 속해 있는 조의 여장 남자로 보였다. 무대로 나온 여장 남자는 유난히 큰 풍선을 넣어 가슴이 산만했다. 진주 목걸이에 선글라스를 끼었고, 팔에는 핸드백까지 걸치고 있었다. 부담스런 가슴만 제외하면 제법 잘 어울렸다. 그 남자가, 아니 그 여자가 앞서 등장했던 참가자들처럼 한껏 맵시를 뽐내며 무대를 한 바퀴 돌았다.

"참가 번호 5번, 최 먼로!"

사회자가 급조된 것이 분명한 예명을 내놓자 사람들이 잔잔한 물결처럼 웃었다. 최 씨인 듯했다.

"어떤 배우자를 원합니까?"

사회자의 첫 질문이었다.

"저처럼 지성과 미모를 겸비한 배우자였으면 좋겠습니다."

먼로의 콧소리에 관객들의 야유와 환호가 동시에 쏟아졌다.

"그렇군요. 그럼, 제가 추천한 분들 중에서 한번 선택해 보시겠습니까?"

사회자가 좌중을 훑으며 두 사람을 호명했다. 나보다 선배들이었다. 그들이 박수 속에 일어났다.

"윤시헌 선배님!"

마지막으로 내 이름이 불렸다. 엉겁결에 나도 일어섰다.

"자, 세 분 중 누가 본인과 제일 잘 어울린다고 생각하십니까?"

사회자가 물었다.

"아, 어렵네요. 세 사람 다 제 취향은 아니군요."

웃음이 깨처럼 쏟아졌다.

"반드시 선택해야 한다면?"

"그래도 고른다면, 음, 윤시헌 씨?"

거듭된 물음에 먼로가 세 사람을 번갈아 보다 나를 선택했다.

"좋습니다. 윤시헌 선배님을 무대로 모셔 보겠습니다."

내가 무대로 불려 나갔다. 그때 호명된 선배 중 한 사람이 서운하다 야, 하고 소리를 지르며 앉았고, 사람들이 다시 웃었다.

"윤시헌 선배님, 반갑습니다. 참고로 윤시헌 선배님은 시를 쓰십니다. 윤시헌 선배님, 이 자리에 서시니 기분이 어떻습니까?"

"최고의 미녀와 자리를 함께하게 되어 영광입니다."

나도 능청으로 들뜬 분위기에 화답했다. 바로 환호와 야유가 이어졌다. 그 순간에도 내 눈은 무리 위를 떠다니고 있었지만 심장은 오직 한 사람을 향하고 있었다.

"자, 그럼, 먼로 씨는 윤시헌 씨와 결혼하게 되면 어떤 자녀가 태어날 것 같습니까?"

"아, 저의 미모와 윤시헌 씨의 지성을 닮은 아이가 태어날 것 같습니다."

"선배님은 동의하십니까?"

"아, 먼로 씨의 빈 머리와 저의 추레한 외모를 닮은 아이가 나올까 걱정입니다."

관객들의 웃음이 터졌다. 내 눈은 그녀와 꾸준히 접선을 시도했다. 하지만 똑바로 쳐다볼 수는 없었다. 이후로도 몇 명의 여장 남자가 등장했고, 사람들은 똑같이 열광했다. 그러나 이미 그것은 관심 밖의 일이 되어 있었다.

선발대회 뒤 뒤풀이가 이어졌다. 뒤풀이에서는 선후배들이 술잔을 들고 어울렸다. 나는 줄곧 한자리에서 술을 마셨다. 그것은 내 습관이었다. 내게도, 사람들에게도 술잔이 돌았다. 술은 목젖을 타고 넘어가 말들을 길어 올렸고, 말은 안개처럼 허공을 떠돌았다. 술로 가열된 젊음으로 실내는 끓어올랐다. 그 열기로 건물이 팽창하는 듯했다. 사람들은 술을 마셨고, 술은 사람을 마셨다.

자정 넘어 건물 밖으로 나왔다. 얼음 골짜기를 지나온 듯 공기는 차가운 얼굴로 봄의 뒤뜰을 서성거리고 있었다. 하늘을 쳐다보았다. 그녀의 얼굴이 스치며 지나갔다. 머리를 흔들었다. 상상의 뚜껑 위로 바위를 올려놓았다. 팔을 벌려 숨을 들이켰다. 그때 한 무리의 후배들이 내 앞을 지나 화장실 쪽으로 달려갔다. 무심코 후배들을 바라보다 잠자고 있던 의심들을 일제히 일으켜 세웠다. 그들은 엠티를 온 건물

달의 뒤편

과 화장실 사이로 뛰어가고 있었다. 의심이 몸을 틀었다. 그리고 건물과 화장실 사이가 아닌 화장실과 울타리 사이로 나도 뛰기 시작했다. 안타까움 같기도 하고 분노 같기도 한 감정들이 금 간 화분의 흙처럼 떨어졌다. 선배들은 그것을 없앨 생각을 하지 않았다. 아니 오히려 후배들에게 전통으로 자랑스럽게 물려주려는 의도를 숨기지 않았다. 해서 집합은 엠티 때마다 반복되고 있었다. 선배들 중 누군가 아래 후배들을 집합시키면 집합한 후배들은 그 아래 학번을 집합시켰고, 집합당한 후배들은 또 그 아래 학번을 집합시켰다. 군대식 그대로였다. 선배들은 엠티를 후배들 군기를 잡는 좋은 기회로 활용하고 있었다. 군대가 계급을 무기로 폭력을 휘둘렀다면 대학은 학번이라는 수직 체계를 통해 폭력을 행사했다. 새내기들을 제외한 남학생들은 밤이 다 가기 전에 한 번은 집합이 이루어지리라는 것을 잘 알고 있었다. 그들은 그것을 일종의 통과의례로 여겼다. 부름이 있을 때면 새내기들은 지체 없이 몰려나왔다. 선배들은 달려 나온 새내기들을 구체제로 구부려 넣으려 했다. 집합은 그 시작이었다. 집합이라는 것이 존재한다는 걸 새내기들은 상상이나 했을까. 대학에 폭력이라는 세계로 들어가는 문이 있다는 건 놀라운 일이었을 것이다. 점수를 향해 맹렬하게 달려왔던 새내기들은 재빨리 달려 나와 순응했다. 저항하는 순간

따돌림이 시작된다는 것을 그들은 본능적으로 알고 있었다. 본능은 한 치의 오차 없이 작동되었고, 체제는 다수의 침묵으로 유지되고 있었다.

순간의 회오리가 음모의 시작일지는 아직 분명하지 않았다. 화장실 벽에 기대 후배들을 지켜보았다. 눈은 어둠을 더듬어 움직임을 포착해내고 있었다. 횡대로 줄을 선 새내기들은 차렷 자세로 서 있었다. 그 앞을 그 일 년 선배들이 어슬렁거렸다. 새내기들이 불려 나왔다는 것은 집합이 종착점에 와 있다는 것을 의미했다. 저 위 어느 선배로부터 시작된 집합은 기어이 새내기들까지 불러내고서야 막을 내렸다.

나도 집합을 당한 적이 있었다. 새내기 때였다. 당황했지만 나도 피어오르던 분노를 삼키고 말았다. 표적이 되기는 싫었던 것이다. 군복무를 마치고 복학을 했을 때에도 집합이 있었고, 다시 집합 명령이 하달되었다. 그러나 나는 움직이지 않았다. 군복무가 참작되었던 것일까. 동기들이 4학년이라는 사실이 고려되었던 것인지도 모른다. 보복 조치는 내려오지 않았다.

"다 모였나?"

"예. 다 모였습니다."

2학년이 물었고, 새내기 중 한 명이 대답했다.

"좋아. 왼쪽부터 번호!"

달의 뒤편

새내기들이 번호를 외쳤다. 열네 명이었다.

"열넷? 누가 다 나왔다고 했어! 두 놈 어디 갔어!"

2학년의 목소리가 높아졌다.

"저, 두 사람은 재수를 해서…"

"뭐? 재수? 아주 겁대가리를 상실했구만! 너! 빨리 가서 그 자식들 잡아 와!"

새내기 한 명이 재빨리 대열을 빠져나갔다. 새내기들은 재수생 동기를 데려오지 못한 모양이었다.

"엎드려뻗쳐! 이 자식들 빠져 가지고. 선배들 말이 우습나?"

선배라는 말은 고참이라는 말과 하나의 뿌리에서 나온 듯 잘 어울렸다.

"일어서!"

새내기들이 일제히 일어섰다.

"양쪽 사람 어깨에 팔을 얹는다!"

"하나에 앉고, 둘에 일어선다! 하나!"

새내기들이 옆사람 어깨에 팔을 얹은 뒤 한 묶음으로 쪼그려 앉았다.

"둘!"

다시 일어섰다.

"이것들 봐라, 똑바로 못하나!"

하나, 둘 소리가 이어졌다. 그사이 동기를 데리러 갔던 새내기가 돌아왔다. 한 사람이 따라 나와 있었다. 재수를 한 후배 같았다.

"왜 하나밖에 없어?"

"한 사람은 보이지 않습니다."

"없다, 이 말이지? 일단 넌 원위치!"

동기를 데려온 새내기가 재빨리 대오 끝으로 가 몸을 곧 추세웠다.

"넌 뭐야!"

재수생에게 선배들 눈길이 쏠렸다.

"다 나왔는데 너만 무슨 배짱이야!"

"왜 내가 이곳에 불려 나와야 하는 겁니까!"

새내기는 2학년들 엄포를 비웃듯 뻣뻣했다. 주눅 들어 있을 거라고 생각했던 내 예상과도 달랐다. 오랜 체제에 금이 가고 있었다.

"뭐, 뭐야?"

2학년이 말을 받아치지 못하고 한 박자가 헛돌았다.

"내가 왜 이곳으로 끌려와 기합을 받아야 하는 건지 그 이유를 모르겠다는 겁니다!"

"술을 너무 많이 처마셨구만!"

찬 것 같기도 하고 끓는 것 같기도 한 침묵 끝에 다른 2학

  달의 뒤편

년이 다가서며 소리쳤다.

"다시 한번 지껄여 봐! 뭐라고?"

"내가 당신들이랑 같은 나이에 왜 이따위 짓거리를 하는 자리에 와 있어야 하는 거냐고 했습니다!"

새내기는 오히려 대응 수위를 높였다.

"뭐, 당신? 누군 하고 싶어서 하는 건 줄 알아 이 새꺄!"

주먹이 날아갔다. 새내기가 손으로 얼굴을 감싸는 듯하더니 선배를 향해 고개를 들었다. 주먹이 다시 올라갔다.

"이게 뭐하는 짓들이야!"

내가 달려 나갔다. 갑자기 나타난 내게 2학년들이 우물쭈물 인사를 건넸다. 졸업한 지 한 달이 지날 무렵이었다.

"대학에서 배운 게 겨우 이런 거야? 너희들이 조직폭력배야? 나찌야? 히틀러야?"

체제의 말단은 당황하고 있었다. 얼굴 표정까지 살필 수는 없었지만 그들은 머뭇거리는 기색이 역력했다. 그때 어둠 속에서 한 사람이 모습을 드러냈다. 한승필 선배였다.

"왜 그래?"

목소리는 낮았다. 그것은 의도한 것처럼 보였다. 선배를 외면하며 소리쳤다.

"모두 들어가!"

"어딜 들어가!"

선배가 후배들을 막았다.

"선배, 뭡니까! 이건 아니지 않습니까!"

"내가 뭘, 다 과 잘 되라고 그러는 거지. 안 그래?"

"오늘 시작한 게 선배입니까? 이런 상황이 즐겁습니까?"

"나쁠 건 뭔가?"

비꼬는 말투였다.

"후배들 대학 생활을 꼭 이런 모습으로 시작해야겠습니까? 후배들이 조직폭력배입니까?"

"전체를 위해 남학생들이 좀 단결해 보자는 건데 뭐가 어떻다는 거야? 전체를 위해 우리끼리라도 모여 뭔가 해 보자는 건데 그게 그렇게 이상한 일인가?"

"모여 보자는 거라고 하셨습니까!"

"여학생까지 놓고 보면 반도 안 될 테고 어차피 과를 이끌어가는 건 남학생들 아니야, 남학생! 남학생들끼리라도 좀 잘 해 보자고 모이는 건데 뭐가 문제라는 거야? 과 발전도 좀 생각해야 하는 거 아닌가!"

"과 발전이오? 저는 지금 폭력을 말하고 있는 겁니다. 얘들은 대학생이지 조직폭력배가 아니란 말입니다!"

"군대처럼 우리도 서로 협동하고 희생해서 전체가 하나처럼 움직여 보자는 건데 뭐가 문제라는 거야!"

대화는 팽팽했다. 그때였다.

"안 돼, 여기 있어. 가면 안 돼!"

울타리 부근에서 흘러나온 소리였다. 울타리는 화장실과 얼마간 떨어진 거리에 있었다. 누군가 그들을 향해 전등을 비추었다. 울타리 아래에서 한 사람이 일어나는 것이 보였고, 다른 한 사람도 어쩔 수 없이 따라 일어서고 있었다.

"안 돼, 민호야!"

먼저 일어선 친구의 이름이 민호 같았다. 어둠 속에 일어선 그는 걸음이 불안정했다. 취한 것 같았다. 먼저 일어선 사람은 남학생이었고, 따라 일어난 사람은 여학생이었다. 그런데, 여학생은 미스 독문 선발대회에서 내 눈길을 사로잡았던, 경춘선 기차에서 내 옆에 앉았던 바로 그녀였다. 남학생과 같이 나오는 것을 보는 순간 남자 친구일까, 하는 생각이 머릿속을 흐트러뜨리며 지나갔다.

"자알 한다!"

승필 선배가 비위가 상한 듯 한껏 말을 꼬아 올렸다.

"제 동기들이 뭘 잘못한 건가요?"

안 되겠다 싶었는지 그녀가 선배를 향해 질문을 던졌다. 그녀는 취한 동기를 데리고 나왔다 상황을 모두 보게 된 것 같았다. 차분한 목소리였다. 적어도 겁먹은 목소리는 아니었다. 그녀는 아무 잘못도 없는 동기들이 왜 맞고 있는 거냐고 묻고 있었다.

"여자애는 좀 빠져라! 여자가 뭘 안다고 참견이냐!"

누군가 한마디를 얹었다. 2학년이었다. 엎어져 버린 집합에 대한 책임을 덜어 보려 한 말 같았다. 선배의 눈치를 보는 말이기도 했다.

"그리고 너! 취한 척하지 말고 이리 나와!"

동조하듯 다른 후배가 소리쳤다.

"왜 그러세요. 얘는 많이 취했어요!"

그녀가 민호를 가로막았다. 2학년들이 우르르 몰려가 그녀를 떼어 냈다. 그때 불안정하게 서 있던 민호가 2학년들을 향해 주먹을 휘둘렀다.

"뭐야, 시발!"

그러나 그것은 주먹을 휘둘렀다기보다는 흐느적거리는 것에 가까웠다. 민호는 많이 취해 있었다.

"뭐야, 이 자식! 정신 못 차려?"

누군가 민호의 뺨을 후려쳤다. 2학년들은 상황을 만회하려 애를 쓰고 있었다.

"아주 볼만하구만. 너 같은 놈들 때문에 군기 잡는 게 필요한 거다!"

선배가 모두 들으라는 듯 쏘아붙였다. 내심 돌발 상황을 즐기고 있는 것 같았다. 그가 어정거리며 민호를 향해 다가섰다.

달의 뒤편

"정신 차려, 이 자식아! 여기가 너희 집 안방인 줄 알아?"

선배가 한마디 쏘아붙이는 듯하더니 민호의 가슴을 오른발로 내리찍었다. 민호는 빈 자루처럼 힘없이 구부러졌다.

"민호야!"

그녀가 민호를 안으며 선배의 공격을 몸으로 막았다. 사람들이 모여들었다.

"앗, 피!"

그때 그녀의 한마디가 어둠을 화살처럼 꿰뚫고 지나갔다. 새내기들이 민호 쪽으로 몰려들었다.

"이거… 너무하시는 거… 아닙니까!"

새내기 한 명이 소리쳤다. 당혹감과 분노, 배신감 같은 것들이 뒤섞인 목소리였다. 피를 닦아 주며 여자 동기들이 울음을 터트렸다.

"야, 인마. 너희들 여기서 이러면 안 돼!"

한 녀석이 승필 선배 눈치를 보며 말했다. 목소리는 한층 작아져 있었다.

"그놈들 귀엽군! 너희들 지금 선배한테 대드는 거냐?"

승필 선배가 새내기들을 향해 소리쳤다. 의도한 것은 아니겠지만 상황이 선배와 새내기의 대결 양상으로 번지고 있었다.

"그만하죠? 사람들도 모여드는데."

일이 더 커지기 전에 나는 상황을 마무리하고 싶었다.

"뭘 그만해! 아, 그 얘긴 들었다. 너 과장 할 때 못 하게 해서 이 행사 한 번 걸렀다는 거. 하지만 앞으로 절대 그런 일은 없을 거야! 알아들어?"

선배가 나를 노려본 뒤 분위기를 제압하려는 듯 주위를 쏘아보았다. 조용히 마무리하고 싶었던 한 가닥 기대가 무너지고 있었다.

"폭력으로 뭔가를 유지하려는 것, 그게 조직폭력배와 뭐가 다릅니까! 우리가 조직폭력뱁니까! 백번 양보해 군인이라도 되는 겁니까!"

"조직폭력배? 군인? 너 말 잘했다. 기억나지 않는다고는 못하겠지? 너도 있었으니까. 언젠가 학생회관 앞에서 말이야. 뭘 잘못했는지 모두 엎드려뻗친 채 몽둥이로 맞고 욕하고 아주 보기 좋더구만. 나도 조금 놀랐어. 너희들도 급할 땐 쓰는구나, 하고 말이야. 한편으론 우리 방식에 동의해 주는 것 같아서 흐뭇하기도 하더군."

2학년 여름방학이거나 3학년 여름방학 때였을 것이다. 계획한 일이 마음대로 되지 않자 한 선배가 일꾼들을 학생회관 앞으로 집합시킨 적이 있었다. 선배는 엎드려뻗쳐 있던 우리들에게 각목을 휘둘렀다. 권력과 맞서면서 권력을 닮아가고 있었던 것일까. 그것은 내게도 적지 않은 충격이었다.

달의 뒤편

어떻게 알았는지 선배는 그 얘기를 끄집어내고 있었다.

"너희가 하면 되고 내가 하면 안 된다는 거냐?"

할 말이 없었다. 그때 그녀가 이의를 제기하고 나섰다.

"선배님, 저는 제 동기들이 뭘 잘못했는지 여쭸습니다. 잘못이 있어서 기합을 주었다면 먼저 무엇을 잘못했는지를 알려 줘야 하고, 잘못도 없이 기합을 주었다면 왜 기합을 주었는지를 지적해야 하는 것 아닌가요?"

그녀의 말은 앞뒤가 정연했다. 선배가 그녀를 노려보았다. 여학생들은 집합이 있다는 사실 자체를 알지 못했다. 간혹 알게 되었다 해도 모른 척하는 경우가 많았다. 그런데 새내기 두 명이 집합을 거부하더니 새까만 여자 후배까지 또랑또랑하게 이의를 제기하며 선배를 몰아붙이고 있었다. 선배는 마땅한 논리를 찾지 못하는 눈치였다. 그때 어둠 속에서 굵직한 목소리가 들려왔다.

"자, 자 이제 그만들 하지?"

사람들 눈길이 향한 곳에 엠티 참관을 온 학과장이 서 있었다. 그 뒤로 교수 두 명이 따라 나와 있었다. 상체를 약간 뒤로 젖히고 오른손을 바지 주머니에 집어넣은 특유의 자세로 학과장이 앞으로 걸어 나왔다. 학과장이 그녀와 나를 번갈아 쳐다보았다. 학과장의 등장에 집합이라는 것이 어쩌면 교수들의 바람으로 시작된 것인지도 모른다는 생각이 고개를 들었다. 과를 효과적으로 통제하고 지배하려는 생각과 교감하여 탄생한 집합. 그것이 침묵으로 옹호되고, 은밀하게 격려까지 전해지면서 이 전통 아닌 전통이 이어져 왔을지도 모른다는 상상은 그리 허황된 것만은 아니었다. 상황이 그러하다면 처음 외친 구호는 통제와 지배가 아닌, 과의 단결과 단합이었을 것이다. 피 묻은 총으로 권력을 잡고 정의사회 구현이라는 구호를 외친 권력자가 있었듯 집합의 최초 구호도 통제나 지배가 아닌 과의 단결과 단합 아니었을까. 학과장 또한 독문과 선배였기 때문에 그런 상상은 자꾸 날개를 달고 확신으로 나아가려 했다. 그러나 아직 확인된 것은 없었다. 선배들은 졸업하면 학교를 떠났고, 후배들은 전통 아닌 전통을 견디다 졸업하는 현실만 반복되고 있었다.

"어서들 들어가게."

학과장이 덧붙였다. 사람들이 하나둘씩 자리를 뜨기 시작했다. 학과장 일행도 어둠 속으로 사라졌다. 그녀가 민호를 부축해 건물 안으로 들어가는 모습이 보였다. 승필 선배는 어느새 사라지고 없었다.

"세상 참 안 변하네. 쯧쯧. 안 들어갈 거냐?"

언제 왔는지 동기 녀석이 뒤에 서 있었다. 녀석은 새벽에 나를 태우고 가기로 약속이 되어 있었다.

달의 뒤편

"먼저 들어가라."

녀석은 빨리 들어오라는 말을 남기고 건물 입구쪽으로 사라졌다. 고개를 들었다. 짙은 안개로 하늘의 별들은 존재를 드러내지 못하고 있었다. 안개에 가려진 별들이 마치 새내기들 같았다. 흉한 모습만 보여 주고 만 꼴이었다. 술에 취한 목소리가 창문을 넘어 아득하게 들려오고 있었다.

나를 부르는 소리가 들려왔다. 어느새 잠이 들어 있었다. 술을 지팡이 삼아 몇몇은 여전히 미지의 세계를 부유하고 있었다. 술 취한 목소리들이 코 고는 소리, 잠꼬대 소리와 함께 허공을 떠돌았다. 희미하게 동이 트고 있었다. 술잔을 마주하고 앉아 있는 사람은 그리 많지 않았다. 그 시간이면 선배들은 대사를 마친 단역 배우처럼 사라지고 없었다. 실내를 둘러보았다. 그녀도 보이지 않았다.

'이대로 이별인가.'

아쉬움을 뒤로한 채 건물 밖으로 나왔다.

"일어났냐? 빨리 가자! 늦었어!"

친구 녀석이 걸음을 재촉했다. 차 있는 쪽으로 걸음을 옮겼다. 녀석을 따라 차에 올랐다. 차는 곧 꽁무니로 연기를 내뿜으며 출발했다. 큰길로 들어설 무렵 녀석이 무릎으로 무엇인가를 던졌다.

"이거 주웠는데 시 같은 거 써 있더라."

손바닥만 한 수첩이었다. 표지에는 하늘색 바탕에 펜을 든 하얀 양 두 마리가 그려져 있었다. 누가 흘린 걸 주워 온 것 같았다.

'유은초.'

수첩 주인 이름이었다. 수첩을 넘겼다.

슬픔이 기쁨에게

나는 이제 너에게도 슬픔을 주겠다

사랑보다 소중한 슬픔을 주겠다

겨울밤 거리에서 귤 몇 개 놓고

살아온 추위와 떨고 있는 할머니에게

귤값을 깎으면서 기뻐하던 너를 위하여

나는 슬픔의 평등한 얼굴을 보여주겠다

내가 어둠 속에서 너를 부를 때

단 한 번도 평등하게 웃어주질 않은

가마니에 덮인 동사자가 다시 얼어죽을 때

가마니 한 장조차 덮어주지 않은

무관심한 너의 사랑을 위해

달의 뒤편

흘릴 줄 모르는 너의 눈물을 위해

나는 이제 너에게도 기다림을 주겠다

첫 장에 있는 시였다. 수첩을 넘겼다. 둘째 장에도 셋째
장에도 시들이 쓰여 있었다. 좋아하는 시들을 옮겨 놓은 것
같았다.

"화장실 갔다 오다 주웠다. 나중에 찾아 주던지. 찾아 주
자고 할까 봐 출발하고 준 거야."

녀석은 속도를 높였다. 수첩으로 다시 눈을 떨궜다. 〈슬
픔이 기쁨에게〉는 내게 추억이 가득한 시였다. 오래전 내
마음을 펄럭이게 했던 깃발 하나가 추억 속에 잠자다 잊고
있던 날개를 펴고 있었다.

3
—

      시라는 세계는 너무 높아 시인은 다른 세
계에서 살아가는 특별한 사람일 것이라는 생각을 한 적이
있었다. 밤하늘의 별들도 꿈꾸는 세상이 시인이 살아가는
세상일 것만 같았다. 그래서였을까. 고교 시절 나는 시를 외
우고 그것들을 종이에 옮겨 써 보면서도 감히 시인이 되겠
다는 생각을 하지 못했다. 내 어린 생각들마저 어루만지며
지루한 일상들을 위로해 주는 것으로 만족하고 있었던 것이
다. 시에 지루함도 외로움도 잊게 해 주는 묘한 매력이 있다
는 것을 알게 된 것은 그 무렵이었다. 아마도 그것은 낯선
도시에서 느낀 최초의 쾌감이었을 것이다. 외로움으로 지쳐
가던 그때 어쩌면 나는 시를 외우며 누군가에게 말을 걸고

있었던 것인지도 모른다. 관객 없는 무대 위 배우처럼.

고등학교 2학년 봄이었다. 교생 선생님들이 4월의 배우처럼 학교에 등장했다. 봄날의 권태로 젖어 있던 우리 눈동자는 큰형이나 누나쯤 되는 교생 선생님들의 그림자를 좇아 굴러다녔다. 그들의 수업은 다소 어설프고 돌발 상황에 진땀을 흘리기도 했지만 그것은 적어도 내게는 문제가 되지 않았다. 시골에서 도시로 온 나처럼 자연스럽지 못한, 이제 걸음을 떼기 시작한 선생님들이 나는 오히려 친근하게 느껴지기까지 했다. 내가 낯선 도시에서 지낸 일 년이라는 시간과 교생 선생님들이 학교에서 보내는 한 달이라는 시간은 부자연스러움을 털어 내기엔 부족한 시간이라고 생각했다.

그즈음 나는 신문 배달을 하고 있었다. 형편을 생각해 시작한 일이었다. 그때 나는 포목점을 운영하던 아저씨 집에 기거하고 있었는데 아저씨는 우리와 멀지 않은 인척이었다. 그 집에서 초등학교에 다니는 아저씨 아이들의 공부를 봐주기도 하면서 나는 몸을 의탁하고 있었다.

신문 배달로 수업 시간이면 나는 피곤을 이기지 못하고 시든 풀잎처럼 고개를 흔들어 댔다. 눈은 줄곧 몸으로 잠을 떠 넣었다. 수업이 끝나면 바로 몸을 허물어 잠을 청했다. 점심시간이면 운동장 언저리에 있는 언덕으로 가 시간을 보냈다. 잔디가 깔려 있는, 모악산이 훤히 보이는 언덕이었다.

산을 깎아 건물을 세운 학교 운동장 가장자리에는 향나무를 배경으로 느티나무가 일정한 간격으로 서 있었고, 운동장과 언덕을 구분하며 늘어선 나무들은 사람들로부터 나를 적당히 감춰 주었다. 언덕 아래에는 산을 헐어 낸 와중에도 살아남은 소나무 몇 그루가 희미한 모악산을 배경으로 제법 운치 있는 풍경을 연출해 주고 있었다. 그곳에서 나는 잠을 보충하거나 시를 외우며 시간을 보냈다. 그곳은 나만의 놀이터였다.

그런 어느 점심시간이었다.

"뭐 하니?"

말을 걸어오는 사람이 있었다. 나는 벌떡 일어나 앉았다. 하늘거리는 원피스 차림의 숙녀가 나를 내려다보고 있었던 것이다. 그녀는 운동장 가장자리를 따라 걷다 나를 발견한 모양이었다.

"선생님!"

그녀는 국어 과목 교생 선생님이었다. 멀리 운동장 건너편 화단에는 교생 선생님들이 이야기를 나누며 시간을 보내고 있었다. 교생 선생님은 언덕을 내려와 무릎을 구부리며 하늘거리는 원피스 끝자락을 접었다. 나는 재빨리 그녀가 앉으려는 자리로 노트를 내밀었다.

"어머, 시네?"

달의 뒤편

그녀가 노트를 들어 올리며 말했다.

"글씨를 잘 쓰는구나. 목마와 숙녀?"

나는 그녀를 똑바로 쳐다보지 못했을 뿐더러 쑥스러움으로 말조차 잇지 못했다. 그것이 촌놈의 기본자세라도 되는 것처럼.

"조지훈 시인? 〈사모〉…"

그녀가 노트를 넘겼다.

사랑을 다해 사랑하였노라고
정작 할 말이 남아 있음을 알았을 때
당신은 이미 남의 사람이 되어 있었다

불러야 할 뜨거운 노래를 가슴으로 죽이며
당신은 멀리 잃어지고 있었다
하마 곱스런 눈웃음이 사라지기 전
두고두고 아름다운 여인으로 잊어 달라지만
남자에게서 여자란 기쁨 아니면 슬픔
다섯 손가락 끝을 잘라 핏물 오선을 그려
혼자라도 외롭지 않을 밤에 울어 보리라
울어서 멍든 눈흘김으로
미워서 미워지도록 사랑하리라

그녀를 바라보았다. 그녀의 눈빛은 막 얼굴을 내밀고 있는 벚꽃의 꽃망울을 하나씩 터뜨리는 듯했다. 파도 같은 것이, 아니 4월의 바람 같은 것이 가슴속에서 일렁거렸다.

　　한 잔은 떠나버린 너를 위하여
　　또 한 잔은 너와의 영원한 사랑을 위하여
　　그리고 또 한 잔은 이미 초라해진 나를 위하여
　　마지막 한 잔은 미리 알고 정하신 하나님을 위하여

　천사의 목소리가 허공에서 미끄러져 내려오는 듯했다. 그녀는 시를 외우고 있었다. 그녀가 그 시를 알고 있으며 그녀도 나처럼 시를 외운다는 사실에 마음속에 다시 알 수 없는 바람이 일었다. 도시에서 흥미를 잃고 널브러져 있던 깃발 하나가 갑자기 불어온 바람에 펄럭이려 했다.
　"그런데, 그거 알아?"
　그녀가 나를 보며 물었다. 나는 여전히 그녀를 똑바로 쳐다보지 못하고 흘낏 볼 수 있었을 뿐이었다.
　"조지훈 시인의 〈사모〉라는 시가 또 있는데."
　"알아요."
　내 목소리가 조금 높아졌다. 시를 접한 뒤 서점에 들러 어느 시집에 실려 있는 것인지 찾아본 적이 있었다. 조지훈 시

인의 시집들에는 다른 제목의 〈사모〉는 있었지만 노트에 있는 〈사모〉는 어느 시집에서도 보이지 않았다. 노트에 써 놓은 시는 친구들 책받침에서 베껴 놓은 것이었다.

"그런데 서점에서 아무리 찾아봐도 어느 시집에 실린 것인지 찾을 수가 없던데요?"

"시인 사후에 육필 원고에서 찾아낸 시라고 들은 것 같은데… 아마 그래서 그분 생전에 낸 시집에는 없었을 거야. 확실한 건 아니지만."

그녀의 머리카락이 하얀 얼굴을 덮으며 흘러내렸다.

"조지훈 시인은 시뿐만 아니라 지조론으로도 유명하신 분이지."

그녀가 귀 뒤로 머리를 넘겼다.

"지조라고 하는 것은 순일한 정신을 지키기 위한 불타는 신념이요, 눈물겨운 정성이며, 냉철한 확집이요, 고귀한 투쟁이기까지 하다."

그녀의 한마디 한마디가 가슴에 꽃이 되어 박혔다.

"한 선생, 가지?"

그때 누군가 그녀를 불렀다. 생에 다시 오지 않을지도 모를 시간이 선생님 일행의 부름으로 아쉽게 막을 내리려 했다. 그런데, 그녀가 노트를 펼치더니 물었다.

"펜 있지?"

서둘러 볼펜을 건넸다.

"노트 본 값으로 시 한 편 써 줄까 하는데 괜찮지?"

무엇이든 괜찮지 않았겠는가. 고개를 끄덕였다. 흘러내리는 머리카락을 귀로 넘기며 그녀가 노트에 시를 쓰기 시작했다.

슬픔이 기쁨에게

나는 이제 너에게도 슬픔을 주겠다

사랑보다 소중한 슬픔을 주겠다

겨울밤 거리에서 귤 몇 개 놓고

살아온 추위와 떨고 있는 할머니에게

귤값을 깎으면서 기뻐하던 너를 위하여

나는 슬픔의 평등한 얼굴을 보여주겠다

내가 어둠 속에서 너를 부를 때

단 한 번도 평등하게 웃어주질 않은

가마니에 덮인 동사자가 다시 얼어죽을 때

가마니 한 장조차 덮어주지 않은

무관심한 너의 사랑을 위해

흘릴 줄 모르는 너의 눈물을 위해

나는 이제 너에게도 기다림을 주겠다

달의 뒤편

이 세상에 내리던 함박눈을 멈추겠다

보리밭에 내리던 봄눈들을 데리고

추워 떠는 사람들의 슬픔에게 다녀와서

눈 그친 눈길을 너와 함께 걷겠다

슬픔의 힘에 대한 이야기를 하며

기다림의 슬픔까지 걸어가겠다

　　그녀가 써 준 시였다. 처음 보는 작품이었다. 내가 알고 있
는 시라고는 노트에 있는 그 몇 편이 전부였지만 그녀의 시
세계는 바다처럼 넓고 깊어 보였다. 그녀는 시가 얼마나 멋
진 것인가를 가르쳐 주는 듯했고, 시가 세상을 얼마나 아름
답게 하는지를 보여 주는 듯했다. 〈슬픔이 기쁨에게〉. 시는
사랑이라는 감정을 이성으로 다스리려 애를 쓰고 있었다. 슬
픔과 기쁨, 냉정과 열정 사이 어디엔가 그녀가 서 있는 듯도
했다. 그렇다면 슬픔은 누구의 것이고, 기쁨은 누구의 것일
까. 그녀는 냉정일까, 열정일까. 어느 순간 시를 써 내려가는
그녀의 펜 끝이 멈춰 있었다. 그녀의 표정이 슬퍼 보였다. 그
녀는 누군가 사랑하고 있는 것일까? 그녀가 누군가 사랑하
고 있다면 그는 그녀만큼이나 멋진 사람일 것 같았다.

　　교생실습 기간은 한 달이었다. 첫 만남 뒤 나는 내심 재회

를 기대하고 있었다. 시간이 흐를수록 만남의 기회는 줄어들 수밖에 없었다. 점심시간이면 매일 언덕으로 가 언제 나타날지 모를 그녀를 기다렸다. 재회는 쉽게 이루어지지 않았다. 그런 날들이 계속되는 것은 현실이 아닌 꿈일 것이므로. 재회가 이루어진 것은 일주일 정도가 지나서였다. 그런데 그날 그녀는 알 수 없는 슬픔이 고인 눈빛으로 한없이 먼 산만 바라보았다.

"선엽이 아니?"

그리고, 긴 침묵을 깬 그녀의 첫 마디는 낯설었다.

'선엽이?'

낯선 이름이었다. 이름의 주인을 알지 못한다는 사실에 미안해지면서 현기증이 일었다. 하지만 낯선 이름은 곧 희미한 기억 너머에서 존재를 드러내기 시작했다. 선엽이는 학기 초 전학을 간 친구였다. 선생님은 전학을 갔다고 말했지만 전학을 가게 된 이유도, 전학을 간 학교도, 지역도 나는 모르고 있었다. 전학을 갔기 때문에 더 이상 알 필요가 없어졌다는 것이 아마도 더 정확한 표현일 것이다. 머릿속이 복잡해지기 시작했다. 그녀는 선엽이를 어떻게 아는 걸까. 그녀와 선엽이는 어떤 관계일까. 선엽이에게 무슨 일이 있는 것일까. 많은 생각들이 어지럽게 부딪혔다. 그녀와 선엽이는 성이 달랐다. 선엽이의 누나는 아니었다. 그러면 이

종사촌쯤 될까? 아니면 연상의 연인? 설마 어릴 때 버려졌던 누나? 상상으로 가득 찬 물음들을 징검다리 삼아 갖가지 추측들이 머릿속에서 일어섰다 앉았고, 솟았다 사라졌다. 그녀는 다시 말이 없었다. 나는 그 고요하고도 단단한 침묵 속으로 감히 뛰어들지 못했다. 그녀는 여전히 슬픈 사슴의 눈빛을 하고 있었다.

"선엽이를, 아세요?"

얼마간의 시간이 흐른 뒤였다. 내가 할 수 있는 질문이라고는 그것뿐이었다.

"응. 조금."

그녀가 발치로 시선을 떨궜다. 시선에서 그늘이 길게 뻗어 나왔다. 그리고 다시 우리와 모악산 사이만큼 긴 침묵이 흘렀다. 선엽이의 얼굴을 떠올려 보았다. 녀석에 대해 알고 있는 것이라고는 얼굴과 이름뿐이었다. 녀석이 인사도 없이 학교를 떠난 이유는 무엇이었을까. 지난날들을 되짚어 보았지만 유추해 낼 만한 것은 떠오르지 않았다.

"우리 시나 한번 외워 볼까?"

"네? 네."

갑작스런 제안에 나는 말을 더듬었다.

"어느 시로 할까?"

나는 그녀가 써 준 시를 택했다.

"〈슬픔이 기쁨에게〉요."

"벌써 다 외웠나 보네?"

그녀가 살짝 미소를 지었다. 그러나 표정은 여전히 어두웠다.

"좋아, 그럼 내가 한 줄, 아니 두 줄 먼저 읊을 테니까 그 다음에 시헌이가 두 줄을 읊는 거야. 두 줄씩, 괜찮지?"

알 수 없는 슬픔이 깔려 있는 자리에서 그녀와 나 사이에 작은 시의 잔치가 시작되고 있었다.

슬픔이 기쁨에게

나는 이제 너에게도 슬픔을 주겠다
사랑보다 소중한 슬픔을 주겠다

그녀가 제목과 첫 두 행을 시작했다.

겨울밤 거리에서 귤 몇 개 놓고
살아온 추위와 떨고 있는 할머니에게

내가 받았다.

굴값을 깎으면서 기뻐하던 너를 위하여
나는 슬픔의 평등한 얼굴을 보여주겠다

그녀가 다시 받았다.

내가 어둠 속에서 너를 부를 때
단 한 번도 평등하게 웃어주질 않은

가마니에 덮인 동사자가 다시 얼어죽을 때
가마니 한 장조차 덮어주지 않은

무관심한 너의 사랑을 위해
흘릴 줄 모르는 너의 눈물을 위해

나는 이제 너에게도 기다림을 주겠다

　다시 그녀 차례가 되었을 때 그녀의 눈에 물빛이 비쳤다.
이런 말은 우습기도 하지만 그녀의 눈물조차 시처럼 흘러내
렸다. 그녀가 무릎 위로 고개를 떨궜다. 그녀의 울음에 이유
를 알지 못하면서도 나는 마음이 아렸다. 이유를 알 수 없었
기 때문에 더 마음이 아팠는지도 모른다. 무슨 사연이 있었

던 것일까. 선엽이와 그녀 사이에 무슨 일이 있는 것일까. 그
녀의 눈물에 의문이 버무려지면서 나는 길을 잃고 있었다.

"다음에 할까?"

그녀가 손수건으로 눈물을 훔쳤다.

"네. 그래요."

그녀를 살짝 쳐다보았다.

"대신 내가 시 한 편 써 줄게."

눈물이 마르기를 기다리는 것처럼, 붉어진 눈동자가 제
모습으로 돌아오기를 기다리는 것처럼 그녀는 무릎에 노트
를 올려 놓고 긴 시를 썼다.

Annabel Lee

It was many and many a year ago,

In a kingdom by the sea,

That a maiden there lived whom you may know

by the name of Annabel Lee;

And this is maiden she lived with no other thought

Than to love and be loved by me.

I was a child and she was a child,

In this kingdom by the sea;

But we loved with a love that was more than love,

I and my Annabel Lee;

With a love that the winged seraphs in heaven

Coveted her and me.

And this was the reason that, long ago,

In this kingdom by the sea,

A wind blew out of a cloud, chilling

My beautiful Annabel Lee;

So that her high-born kinsman came

And bore her away from me,

To shut her up in a sepulchre

In this kingdom by the sea.

The angels, not half so happy in heaven,

Went envying her and me.

Yes, that was the reason-as all men know,

In this kingdom by the sea-

That the wind came out of the cloud by night,

Chilling and killing my Annabel lee.

그녀가 써 준 시는 '아주 오랜 옛날/ 바닷가 한 왕국에/ 애너벨 리라는, 당신이 알고 있을지도 모를 한 소녀가 살고 있었습니다.'로 시작하는 에드거 앨런 포의 시 〈애너벨 리〉였다. 〈애너벨 리〉, 그 슬프고 아름다운 시에 내가 알지 못하는 그녀의 슬픈 이야기가 담겨 있을 것만 같았다. 누군가 그녀를 시기하는 것일까. 사랑하는 사람이 세상을 떠나 버리기라도 한 것일까. 〈애너벨 리〉도 그녀의 눈물도 많은 이야기를 하고 있었지만 내게는 그것을 읽어 낼 능력이 없었다. 시를 쓴 뒤 그녀는 미소로 울음을 덮으려 애를 썼다. 그 모습에 마음이 더 아렸다. 그리고 그녀는 다시 운동장을 가로지르며 멀어져 갔다. 4월의 라일락 향기처럼.

"선생님! 아니 누나! 다음에 또 뵐 수 있지요?"

멀어지는 그녀를 향해 소리쳤다. 교생 선생님인 그녀를 누나라고 부른 것은 촌놈인 내가 낼 수 있는 용기의 최대치였다.

"그래!"

그녀가 돌아보며 미소를 지었다. 언덕에서 그녀를 다시 만날 수는 없었다. 그러나, 그 짧은 만남은 한 편의 시처럼 여전히 내 가슴에 긴 여운으로 남아 있다.

4
—

        고향으로 내려온 이후 어머니의 권유로 읍내에 있는 병원에 다녔다. 원인을 알 수 없는 병. 병원을 다니는 것이 무슨 의미가 있을까 생각도 했지만 몸이 좋지 않아 보이는 아들에게 무엇이든 해 주려는 어머니의 마음을 마냥 외면할 수는 없었다.

  병원은 초로의 길목에 들어서거나 이미 늙어 버린 농부들로 붐볐다. 논밭이 생의 전부였던 농부들은 자신의 집보다 더 견고해진 고통의 집을 이고 살았다. 그러면서도 일이 없는 날이면 벽돌 하나라도 빼내 고통의 집을 허물어뜨리려는 수고만은 게을리하지 않았다. 내가 다니는 병원은 그런 농부들 마음을 잡으려 애쓰고 있었다. 그 방법 중 하나가 진료를 원하는 사람이 있으면 차로 태우러 가고 진료가 끝나면 다시 집으로 데려다 주는 것이었다. 도시는 차량들로 넘치지만 시골은 여전히 차를 가진 사람이 많지 않았다. 병원에서 치료를 받다 보면 사람들은 버스 시간을 맞추기가 쉽지 않았다. 밀려드는 사람들로 대기시간은 길어졌고, 진료를 받고, 침을 맞고, 뜸을 뜨고, 물리치료까지 받으면 버스를 놓치기 십상이었다. 그러면 점심까지 사 먹어야 했다. 병원비로 내는 삼천 원보다 삼천 원을 훌쩍 넘어가는 밥값은 농부들에게 배보다 더 큰 배꼽이었을 것이다. 그에 비해 병원 차는 오전에 가면 오전에 진료를 마치고 점심때쯤 데려다 주었고, 오후에 가면 해지기 전에 집 앞까지 데려다 주었다. 교통비와 식사 문제까지 해결해 주는 차량 운행은 시골 사람들에게는 안성맞춤 고객만족 서비스였다. 그것은 병원 측이 이러저러한 상황을 꿰뚫어 본 결과물로 보였다. 정형외과였지만 노년에 접어든 농부들에게 친숙한 침과 뜸을 병행하는 것도 사람들이 모여드는 또 하나의 요인인 듯했다.

병원에는 어머니와 같이 갈 때도 있었고, 나 혼자 갈 때도 있었다. 어머니는 차를 부를 때면 병원에 갈만한 사람들을 불러 모은 뒤 전화를 하고는 했다. 우리만 타고 가기가 미안해서였을 것이다. 나 혼자 병원에 갈 때는 주로 아버지의 오토바이를 이용했다. 오토바이는 병원 차를 부를 필요가 없

었고, 버스 시간에 구애받지 않는 장점이 있었다.

병원에 가면 사람들 틈에 끼어 침을 맞고 뜸을 뜨고 물리
치료를 받았다. 병에 맞게 치료를 하는 것이 아니었다. 근
육통에나 어울리는 일상적인 치료였다. 부모님이 아픈 내게
뭐라도 해 주려는 것처럼 나도 병든 몸에 뭔가 하나쯤 해 주
어야겠기에 하는 것이었다. 적절한 치료를 하지 않아서인지
놈들은 점점 기세를 올리며 여기저기서 시비를 걸어오고 있
었다. 병명을 알려 준 병원의 처방대로 약을 먹어 보았지만
효과는 없었다.

오토바이로 병원에 다녀온 날이면 찬바람을 쐰 무릎과 발
목이 놈들의 새로운 공격 목표로 떠올랐다. 놈들은 차가워진
무릎과 발목 주위를 어정거렸다. 무릎과 발목을 잃고 몸을
움직일 수는 없었다. 그것은 비밀이 드러날 가능성이 커진다
는 것을 의미했다. 비밀을 적당히 무마해 주면서 도와줄 사
람이 필요했다. 적임자로 떠오른 사람은 병원 원장이었다.

"상의드릴 일이 있습니다, 선생님."

의사는 동그란 얼굴, 서글서글한 눈매에 시원시원한 성격
을 가진 사람이었다. 그는 한 명뿐인 병원 의사이자 원장이
었다.

"네. 무슨 일이시죠?"

원장은 의자에 앉아 미소를 띤 채 물었다. 그는 서글서글

한 눈매로 어떤 말이라도 상관없다는 듯 나를 바라보았다. 비밀을 털어놓아도 되는 것인지 여전히 확신이 서지 않았다. 내 모든 관심은 병이 나을 것이라는 기대보다 어떻게 하면 부모님과 은초가 이 사실을 모르게 할 것인가에 쏠려 있었다. 나을 수 있다면 좋겠지만 상황이 점점 어려워지고 있다는 것쯤은 나도 잘 알고 있었다. 일단 처지를 설명한 뒤 예상치 못한 일로 부모님이 알게 되는 상황이라도 막아 보자는 게 내 계산이었다. 그러나 의사 앞에 서자 다시 갈등이 일었다.

"말씀해 보세요. 뭐든지."

원장이 무슨 얘기든 해 보라며 얼굴 가득 미소를 퍼놓았다. 대안은 없었다. 내게는 말할 것이냐 미룰 것이냐의 선택만 남아 있었다. 조심스레 말문을 열었다.

"나을 수 있을 겁니다. 걱정하지 마세요."

원장은 내 병과 고민까지 듣고 나서 시원하게 말했다. 그러나 위로는 되지 못했다. 그것은 말기 암 선고를 받은 환자에게 너무 걱정하지 마십시오, 나을 수 있을 겁니다, 라고 말하는 것처럼 들렸다. 그것은 완치에 대한 확신이라기보다 의례적인 인사치레로 들렸다. 병명을 통보하던 의사도 그처럼 말했었다. 나을 수 있다면 얼마나 좋겠는가.

전선은 점점 확대되고 있었다. 엉덩관절 통증은 바로 이웃한 허리와 척추를 건드리고 있었고, 가슴뼈와 우측 쇄골에서도 통증이 내비쳤다. 발목과 무릎에도 미심쩍은 신호가 올라왔다. 놈들은 폭넓게 나를 압박하고 있었다. 원장은 웃음을 내보였지만 내 불안은 잠들지 못했다. 나는 눈밭에 던져진 성냥불이 아니라 봄을 원하고 있었다. 겨울을 따스하게 녹여 버릴 봄을.

원장에게 병을 알린 뒤에도 아무도 강요하지 않은 침묵은 계속되었다. 통증이 있어도 고통을 으깬 웃음을 내보였다. 상황을 알 리 없는 부모님은 내게 이런저런 치료들을 제안해 왔다. 그리고 때로는 내 의사와 관계없이 일이 진행되기도 했다.

"용하당게 일단 한번 가 보는 것이여."

한약방은 태인에 있었다. 오토바이에 실려 한약방으로 갔다. 한약은 소용없다고 말할 수는 없었다.

"나도 요즘 허리가 많이 아팠었다. 일을 못할 정도로 아팠응게. 낫을라고 여기저기 안 댕겨본 디 읎이 댕김서 약이며 허리에 좋단 것은 다 묵었다. 지금은 암시랑토 안 혀. 그 중 어떤 놈이 나를 나수었는지는 모르제. 긍게 일단은 이것저것 해 보는 것이여."

아버지가 한약방에 데리고 가기 전에 한 말이었다. 두 분에게 허리가 조금 좋지 않은 것처럼 말씀을 드린 적이 있었다. 아버지의 말은 내가 말한 증상의 연장선상에 있었다. 아버지의 논리는 단순했지만 경험에서 얻어진 원칙은 아들에게 설득되지 않을 것 같은 힘이 있었다. 아픈 곳이 있으면 낫기 위해 무엇이든 해야 하며 그렇지 않으면 낫지 않는다는 몸으로 얻어 낸 아버지의 원칙을 훼손시킬 필요까지는 없을 듯했다. 부모님의 판단에는 동생을 통해 배운 경험이 중요하게 작용하고 있다는 것도 나는 알고 있었다.

막내가 늑막염으로 입원을 한 적이 있었다. 의사들은 커다란 주삿바늘을 늑골에 꽂아 고인 물을 빼냈다. 주삿바늘은 동생에게서 물보다 먼저 비명을 뽑아 올렸다. 의사는 수술까지 생각하고 있으라며 병원의 지시대로 따를 것을 명했다. 그런데 부모님은 다른 것을 먹여서는 안 된다는 의사의 지시를 무시하고 병원 약과 함께 몰래 한약을 먹이기 시작했다. 수술 없이도 늑막염의 치료 속도가 몰라보게 빨라졌다. 부모님은 의사들이 회진을 나올 때마다 희한하게 예상보다 치료 속도가 빠르다며 고개를 갸웃거리더라고 자랑삼아 말하곤 했다. 두 분은 그때나 지금이나 의사 몰래 한약을 지어다 먹인 것이 효과를 보았다고 굳게 믿고 있었다. 내게도 그런 효과를 기대하고 있는 것 같았다. 결국 병원에 다니며 한약까지 먹어야 했다. 병원은 한방 치료도 병행하는 곳

달의 뒤편

이어서 막내처럼 의사 몰래 한약을 먹지 않아도 되는 것이 다행이라면 다행이었다.

밤은 내게 전쟁터였고, 놈들에게는 놀이터였다. 놈들은 매일 밤 한가운데로 나를 불러들였다. 저 깊은 곳에 앉아 팔짱을 끼고 게슴츠레한 눈으로 놈들이 나를 노려보고 있다는 추측만으로도 나는 밤의 문을 여는 것조차 두려워 몸을 떨었다. 놈들은 히틀러였고, 나는 아우슈비츠의 유대인이었다. 놈들은 스탈린이었고, 나는 시베리아로 유배된 조선인이었다. 놈들은 밤새도록 타격을 가했다. 밤은 물러설 수도, 도망칠 수도 없는 지옥이었다. 놈들은 모이고 흩어지면서도 어느 곳에 타격을 가해야 하는지를 정확히 알고 있었다. 그들의 타격 기술은 납땜 같기도 했고, 번개 같기도 했다. 내 몸은 용접기 앞의 납봉이었고, 번개를 수렴하는 피뢰침이었다. 놈들의 공격은 과녁으로 소용돌이치며 날아가는 탄환처럼 정확했고, 먹이를 향해 달려드는 하이에나처럼 집요했다. 저들의 공격을 피해 몸을 뒤집으면 천둥 같기도 하고 번개 같기도 한 통증이 신음의 뿌리 부근에서 번쩍거렸다. 신음은 목구멍을 타고 올라와 입술로 달려들었다. 입이 풍선처럼 부풀어 올랐다. 나는, 이빨로 신음의 뒷덜미를 물고 입술로 자물쇠를 채워 신음의 티끌조차 남기지 않았다. 신음을 내뱉지 못하는 밤은 지옥이었다. 달궈진 파전처럼 나는 몸을 뒤집고 또 뒤집었다. 그러나 놈들은 뒤집히지도 사라지지도 않았다. 긴 밤은 나를 검게 태웠다. 놈들이 나를 태우는 동안 청소부들이 땀을 싣고 나와 몸을, 옷을 흥건히 적셨다. 밤은 거대한 고문실이었다.

이를 악물고 참아서였을까. 놈들이 악관절로 치고 들어왔다. 놈들은 특정 부위에 과도한 힘이 가해지면 그곳이 새로 지은 별장이라도 되는 것처럼 소란을 피우며 머물렀다. 악관절로 모여든 놈들은 이내 통증을 쌓아 올렸다. 통증으로 입을 벌릴 수가 없었다. 숟가락이 들어가지 않았다. 악관절을 빼앗긴 이빨은 철책처럼 밥알들 통로를 가로막았다. 칫솔도 들어가지 않았다. 겨우 비틀어 넣은 칫솔은 나무에 물린 톱처럼 삐걱거리며 치약을 게워 냈다. 부모님에게는 밥맛이 없는 것처럼 둘러댔다. 곡기가 줄어들자 희미하게 남아 있던 입맛마저 힘을 잃고 쓰러졌다. 입맛이 쓰러진 것을 확인한 놈들은 심장에 남아 있던 의지를 향해 마지막 화살을 겨누었다. 의지가 눈을 부릅떴지만 놈들의 화살 끝은 떨리지 않았다. 의지 뒤 절벽이 아득했다.

원장에게 상황을 설명했다.

"입원을 하는 게 어떨까요?"

원장의 의견이었다. 통증을 견디는 것은 한계에 다다라

있었다. 도피할 곳이 필요했다. 부모님은 오가는 게 힘들면 입원하는 게 어떠냐고 말한 적이 있었다. 입원해서 치료를 받는 것도 괜찮아 보였다.

병실은 2층 첫 번째 방이었다. 침대가 좌우로 세 개씩 놓여 있는 병실에는 다리에 깁스를 한 교통사고 환자 한 명이 입원해 있었다. 그는 텔레비전에서 가까운 좌측 맨 안쪽에 자리를 잡고 있었다. 나는 출입구 앞 오른쪽 첫 번째 침대에 자리를 잡았다. 교통사고 환자와 대각선 자리였다.

병실은 낮에도 형광등을 켜 놓아야 할 만큼 어둑했다. 어둑한 병실 때문이었을까. 병원을 나서지 못할지 모른다는 불길한 예감이 심장으로 떨어지며 온몸이 출렁거렸다. 거동도 할 수 없을지 모른다는 두려움은 가라앉은 마음의 밑동을 파고들었다. 불안을 앞세운 감정들은 끊임없이 나를 흔들었다. 시시각각 휘어지면서도 부러질 때를 기다리고 있는 건 두려운 일이었다. 세상 한 귀퉁이에서 나는 그렇게 썩고 있었다.

5

       나는 시골에서 초등학교와 중학교를 나
왔고 전주에서 고교 시절을 보냈다. 전주는 고등학교 진학
할 때까지도 몇 번 가보지 않은 낯선 도시였다. 그 시절 도
시 거리 광고판에는 야릇한 분위기를 풍기는 영화 포스터들
이 유난히 많았는데 나는 그 포스터들을 똑바로 쳐다보지
못할 정도로 촌놈이었다. 그렇다고 친구들이 나를 촌놈 취
급한 것은 아니었다. 그것은 아마도 반에서 절반 이상이 나
와 같은 촌놈들이었기 때문일 것이다. 촌놈들은 겉으로는
도시의 아이들과 평온하게 어울렸고 특별한 구분이 없는 것
처럼 보였다. 하지만 어느 날 십만 원에 가까운 신발이나 가
방을 싫증난다는 이유로 찢어 버리고 새로 사는 친구들을

달의 뒤편

보면서 나는 전혀 다른 차원의 외로움을 알게 되었다. 그 시절 도시로 간 내 한 달 생활비는 일이만 원 정도였다. 질린다는 이유로 나이키니 아식스니 하는 상표가 붙어 있는 멀쩡한 신발이나 가방을 찢고 새것으로 산다는 것은 내게 적지 않은 충격이었다. 그 시절 친구들이 알지 못했을 외로움은 그런 작은 것에서 비롯되었다. 그러나 그런 외로움은 아무도 알아주지 않는 종류의 것이었으므로 나는 나만 아는 외딴 방에 그것들을 쌓아 두고 있었다.

고등학교 때 우리들이 가지고 있던 책받침이나 공책 표지에는 라붐으로 유명해진 소피 마르소, 내 짝이 좋아했던 피비 케이츠, 브룩 쉴즈, 아직 어린 소녀였던 김혜수 같은 배우들과 유치환의 〈행복〉, 박인환의 〈목마와 숙녀〉, 조지훈의 〈사모〉와 같은 시들이 실려 있었다. 쌉싸래한 허무로 가득한 〈목마와 숙녀〉와 낭만적 달콤함으로 채워진 〈행복〉, 절절한 그리움이 묻어나던 〈사모〉 같은 시들은 책상 위를 뒹굴다 내 외딴 방으로 들어와 앉기 시작했다.

국어책에도 시는 실려 있었다. 김소월의 〈진달래꽃〉, 이상화의 〈빼앗긴 들에도 봄은 오는가〉, 김영랑의 〈모란이 피기까지는〉 등등 학년마다 국어책 맨 앞에는 대여섯 편의 시들이 실려 있었다. 그러나 나는 그 시들은 굳이 내 방으로 부르지 않았다.

고등학교 2학년 첫 국어 수업 시간이었다. 담임선생님이었던 국어 선생님은 우리에게 책에 실려 있는 시들을 모두 외울 것을 명했다. 1학년 때 외워 본 경험이 있었고, 2학년 때도 국어 과목을 맡은 담임선생님의 지시였기에 누구도 이의를 제기할 수는 없어 보였다. 선생님은 우리에게 얼마간의 말미를 주었다. 그것이 일주일이었는지 보름이었는지는 기억나지 않는다. 선생님은 1학년 때처럼 예정된 시간이 지난 뒤 매를 들기 시작했다. 입술이 열리며 시가 주문처럼 풀려 나오지 않으면, 아니 다소 덜컥거리더라도 마지막 낱말까지 뱉어 내지 못하면 우리들 손바닥이나 손등, 엉덩이는 고스란히 매의 제물이 되었다. 시간이 지나도 몇몇 친구들은 꼭 단골처럼 불려 나가 매를 맞았다. 우리는 지명당하지 않으면 안도의 한숨을 내쉬었고, 때리면 이의 없이 맞았다. 교과서의 시들은 내게 매를 피하는 도구일 수는 있었지만 시일 수는 없었다.

그 건조한 국어 수업 속에서도 특별한 기억으로 남아 있는 시간이 있다면 아마 그날일 것이다. 그날도 선생님은 출석부대로 이름을 불렀고, 우리들은 달걀흰자처럼 밍밍한 네, 라는 대답들을 이름 뒤에 이어 붙이고 있었다. 시를 외우는 시간은 보통 출석을 부른 다음 시점이었는데 그때가 되면 우리는 모두 약속이나 한 듯 고개를 숙였다. 지명되고 싶지 않은

달의 뒤편·

마음과 고개를 들어 지명을 기다리는 표정까지 지을 필요는 없겠지 하는 생각이 머릿속에 가득했기 때문이다.

"김창섭!"

선생님이 한 친구의 이름을 불렀고, 대답과 함께 친구가 일어섰다.

"〈진달래꽃〉."

"〈진달래꽃〉, 김소월. 나 보기가 역겨워 가실 때에는 말없이 고이 보내드리오리다. 영변에 약산 진달래꽃 아름 따다 가실 길에 뿌리오리다. 가시는 걸음걸음 놓인 그 꽃을 사뿐히 즈려밟고 가시옵소서. 나 보기가 역겨워 가실 때에는 죽어도 아니 눈물 흘리오리다."

친구는 무사히 끝냈다는 안도의 한숨을 내쉬며 자리에 앉았다. 하지만 녀석이 외운 것은 이미 시가 아니었다. 부지런히 낱말들을 이어 붙이고 있었지만 나무에서 멀어지는 낙엽처럼 우리는 시로부터 점점 멀어지고 있었다. 우리가 나불대던 시들은 그물에 걸려 올라오는 순간 바다를 잃어버린 물고기처럼 고향을 잃어버린 것들이었다. 우리는 낚시에 꿰여서도 열심히 입술을 나불대는 붕어들 같았다.

시마다 분량은 차이가 있었다. 〈진달래꽃〉은 짧은 편에 속했고, 이상화의 〈빼앗긴 들에도 봄은 오는가〉나 신석정의 〈그 먼 나라를 알으십니까〉 같은 시들은 꽤 긴 시들이었다. 때문에 〈진달래꽃〉이나 〈깃발〉처럼 짧은 시가 지정된 친구들 얼굴에는 얇은 미소가 스쳤다. 〈빼앗긴 들에도 봄은 오는가〉나 〈그 먼 나라를 알으십니까〉 같은 긴 시가 지정된 친구들은 표정이 굳어졌다. 우리는 대개 짧은 시부터 외웠다. 편의상 긴 시는 뒤로 밀릴 수밖에 없었다. 그날도 시를 외운 친구들은 자리에 앉았고, 외우지 못한 친구들은 불려나가 매를 맞았다. 내게도 친구들에게도 여느 날을 복제한 시간이 흘러가고 있었다.

"윤시헌."

내 이름이 불렸다.

"〈국화 옆에서〉."

"〈국화 옆에서〉, 서정주. 한 송이 국화꽃을 피우기 위해 봄부터 소쩍새는 그렇게 울었나 보다. 한 송이 국화꽃을 피우기 위해 천둥은 먹구름 속에서 또 그렇게 울었나 보다. 그립고 아… 아쉬움에 가슴 조이던 머언 먼 젊음의 뒤안길에서 이제는 돌아와 거울 앞에 선… 이제는 돌아와 거울 앞에 선, 거울 앞에 선 내 누님 같이 생긴 꽃이여. 노오란 네 꽃잎이 피려고 간밤엔… 간밤엔 무서리가 저리 내리고 내게는… 내게는 잠도 오지 않나 보다."

끊어질 듯하면서도 건어물처럼 말라비틀어진 시어들이 내 입에서도 풀려나왔다. 어쨌든 끝냈다는 안도의 한숨을 내쉬며 나는 자리에 앉았다. 그때 한 친구가 손을 들었다. 그것이 내가 자리에 앉고 나서인지 앉기 전인지는 분명하지 않다. 다만 나는 복도 쪽에 앉아 있었고, 손을 든 그 친구는 창가에 앉아 있었다는 것만은 분명하다. 손을 든 친구의 팔뚝 너머로 모악산을 본 기억이 또렷하기 때문이다.

내게 모악은 고향의 어머니와, 친구들과 멱을 감던 마을 앞 개울과, 마을 뒤에서 소에게 꼴을 먹이며 바라보던 붉은 노을과, 가족들의 발 크기와 엉덩이 모양까지 기억하고 있을 논밭들을 떠올리게 하는 마중물 같은 것이었다. 나는 모악의 품 왼쪽 가슴쯤에 고향이 있다고 생각했다. 모악에 안겨 있는 반촌의 풍경으로 고향을 떠올리곤 했던 것이다.

친구 팔뚝 너머로 모악의 능선이 비스듬히 흘러내리고 있었다. 친구들 눈길이 그에게 쏠렸다. 호기심 가득한 눈빛들이 반짝거리기 시작했다. 남향의 창문에 서쪽부터 아침 햇살이 다리를 걸치고 있었다. 1학년 때부터 그때까지 누구도 스스로 손을 든 사람은 없었다. 때문에 나는 그 친구가 선생님의 호의를 이끌어 낸 뒤 자기가 외운 시 중 한 편을 선택해 외우려는 꼼수가 아닐까 하는 생각을 하고 있었다.

"외우고 싶나?"

선생님이 기특하다는 듯 미소를 지었다.

"아니요. 질문이 있습니다. 선생님."

친구가 질문을 위해 일어서려 하자 선생님은 앉아서 하라고 말했다. 그러나 친구는 호의를 사양하고 자리에서 일어섰다.

"질문이 뭔가?"

선생님은 알아서 하라는 표정으로 물었다.

"예, 선생님. 방금 시헌이가 외웠던 〈국화 옆에서〉를 지은 서정주는 친일파라던데 그런 사람의 시가 어떻게 교과서에 실려 있는 겁니까?"

질문은 우리의 상상을 간단히 뛰어넘는 것이었다. 친구들이 웅성거리기 시작했다. 그것은 내 짧은 지식 안에서 처음 듣는 이야기였다. 교과서나 참고서 어디에서도 볼 수 없는 내용이었다. 친구들도 아마 처음 듣는 이야기였을 것이다. 선생님의 표정이 굳어졌다. 교실에서 태연했던 이는 단 한 사람, 질문을 던진 그 친구뿐이었다. 저게 사실일까라는 생각과 함께 쟤는 저걸 어떻게 알았을까, 라는 표정으로 나는 녀석을 쳐다보았다. 시인이 친일파였다는 것도 놀라웠지만 친일파의 시가 나라에서 펴낸 교과서에 버젓이 실려 있다는 것도 이해하기 어려웠다.

"선생님, 질문이 하나 더 있습니다."

친구의 질문이 이어졌다.

"저는 시란 마음으로 읽고 시어와 행간의 의미를 곱씹어보며 여유롭게 향기를 느껴보는 문학예술이라고 생각하는

데 선생님께서는 왜 시를 강제로 외우라 하시고, 외우지 못하면 때리기까지 하십니까?"

첫 번째 질문보다 더한 충격이 귀를 뚫고 지나갔다. 그것은 누군가 해야 하는 질문이었지만 지금까지 아무도 하지 않은, 어쩌면 해서는 안 되는 질문이었다. 첫 번째 질문은 선생님과는 거리가 먼 역사의 문제일 수도 있었지만, 두 번째 질문은 선생님의 수업 방식을 정면으로 문제 삼고 있었다. 특히 두 번째 질문은 내게, 선생님은 왜 시에 자꾸 매질을 하십니까, 라는 힐난으로 들렸다. 내 생각이기도 했던 것이다. 첫 번째 질문에 호기심으로 번들거리던 친구들 얼굴이 굳어졌다. 살며시 달아오르던 교실은 차갑게 식고 있었다.

"누구한테 들었나?"

선생님 표정은 이미 굳어 있었다.

"예?"

"처음 질문 말이다!"

핵심을 비켜선 공격이었다. 친구 얼굴도 굳어졌다.

"형한테 들었습니다."

친구의 목소리가 작아졌다.

"형은 뭐 하는데!"

선생님은 꼬투리를 잡으려는 듯 공격적이었다. 취조의 기운마저 일었다.

"대학 다닙니다."

"수업 끝나고 교무실로 와!"

천 길 낭떠러지 같은 침묵이 흐른 뒤 벼락처럼 선생님의 명령이 떨어졌다. 이후 수업이 어떻게 진행되었는지는 기억이 없다. 하지만 바닥을 모르게 가라앉은 고요가 교실을 지배했던 것만은 분명하다. 나는 뭐가 잘못이란 말인가, 라고 생각했지만 친구를 변호하는 어떤 말도 하지 못했다. 친구를 두둔하는 말은 곧바로 눈 밖에 나는 일이라는 것쯤은 모두 알고 있었다. 우리는 무지했고, 비겁했고, 침묵으로 상황을 외면했다.

교무실로 불려 다니던 친구는 어느 날부터 학교에 나오지 않았다. 조회 시간에 선생님은 친구가 전학을 갔다고 말해주었다. 선생님의 눈빛은 질문은 안 된다는 분위기를 은연중 내뿜고 있었다. 친구가 사라지고 교실에는 녀석이 선생님과 교무실에서 크게 싸웠다는 소문과 녀석을 나이트클럽에서 보았다는 소문이 함께 떠돌았다. 소문은 암구호처럼 선생님의 귀를 피해 우리들 입에서 귀로, 귀에서 입으로 떠돌았다. 당돌하게 질문을 던진 뒤 홀연히 연기처럼 사라진 녀석은, 교생 선생님 입에서 갑자기 튀어나온 바로 그 이름, 선엽이었다.

달의 뒤편

6

놈의 이름은 강직성 척추염이었다. 강직성 척추염, 어둠 속에서 야수처럼 내 목을 물고 흔드는 어둠의 그림자. 내 행동과 의지마저 지배하는 내 안의 괴물. 의사의 입을 빌어 이름표를 받아 든 놈들은 오래전 교정을 공포로 물들이던 계엄군 탱크처럼 내 삶을 공포로 물들여 버렸다.

놈들의 정체가 밝혀지기까지는 몇 단계를 거쳐야 했다. 혈압을 재고, 피를 뽑는 몇 가지 기본 검사와 함께 군 휴가 때 찍었던 엑스레이를 다시 찍었다. 하지만 놈들은 역시 쉽게 정체를 드러내지 않았다.

"정밀 검사를 좀 해 보셔야겠습니다."

두 번째 병원에 갔을 때 의사는 그렇게 말했다. 몸의 증상들을 토대로 뼈와 관절의 염증 정도를 알아보는 Bone-scan 검사를 했고, 일주일 뒤 다시 HLAB-27 검사가 이어졌다. 그리고 며칠 뒤, 동굴 깊숙한 곳에서 웅크린 채 나를 노리고 있던 놈들이 정체를 드러냈다.

"강직성 척추염입니다."

낯선 병명이었다. 강직성 척추염입니다, 라는 말까지 들었을 때 나는 '아, 척추에 염증이 있어서 그걸 좀 치료하면 되는구나' 라는 생각을 하고 있었다. 척추염의 '염'자에 먼저 관심이 쏠렸던 것이다. 단순한 치료를 생각할 만큼 의사의 얼굴과 목소리는 평온했다. 나는 정체가 밝혀졌으니 이제 놈들을 쫓아내기만 하면 되는 것인가, 라는 결론에 도달하고 있었다.

"강직성 척추염은 척추가 통째로 굳어 버리는 병입니다."

그러나 곧 강직성 척추염에 대한 설명이 비현실적으로, 아니 초현실적으로 풀려나왔다. 멀쩡하던 바닥이 갑자기 사라져 버렸고, 나는 깊이를 알 수 없는 나락으로 떨어지고 있었다. 머릿속이 갈라지며 번개가 쳤고, 숨이 멎으며 심장에 천둥이 쳤다. 뼈가 녹아 버린 것처럼 다리에 힘이 풀렸다. 눈도, 혀도, 귀도 굳어 버린 나는 파도가 삼킨 목각 인형처럼 어디론가 떠내려갔다. 병명이 통보되기만을 기다리고 있

달의 뒤편•

었던 것일까. 놈들의 저주는 파도를 쌓아 올린 해일처럼 밀려들었다. 이어진 의사의 설명과 내 가슴과 머리와 눈을 의자에 버리고 병원을 나왔다. 거리의 소리도, 빛도, 움직임도, 색깔도 모두 투명해져 나를 뚫고 지나갔다. 내 몸은 헛것이 되어 있었다. 헛것인 내가 의사에게 헛것을 들은 것이라 생각했다. 내가 헛것인 것을 사람들에게 들킬 것 같아 택시를 탔다. 택시는 내가 헛것이라는 걸 한 사람에게만 들키면 되니까. 내가 헛것인 줄을 안 택시 기사가 거울로 나를 흘낏거렸다. 헛것과 헛것이 탄 줄 안 기사가 앉아 있는 택시 안은 헛것과 기사가 당긴 줄로 팽팽했다. 팽팽한 줄 위에서 공기가 어색하게 춤을 추었다.

눈물로 밥을 말아 먹었다. 절망을 끓인 눈물이 방을 채웠다. 울음은 절망을 퍼내는 수로였다. 절망을 이해할 줄 몰라 나는 울었다. 절망의 파편들은 작은 꿈들을 사정없이 쓰러뜨렸다. 불안은 미래를 끌어다 구멍을 뚫었다. 절망은 그곳으로도 흘러들었다. 물과 시멘트와 모래를 섞은 콘크리트처럼 눈물은 분노와 좌절과 불안을 끌어와 공포의 집을 지었다. 그 집에 태연히 앉아 있는 은초의 모습이 보였다.

"침을 매일 맞지는 마세요. 몸이 힘들 수도 있으니까요."
원장은 부드럽게 말했다. 화살이 박힌 자국처럼 등에 뜸자국들이 늘어섰다. 척추 이외의 곳에서 변죽을 울리던 놈들은 고관절에서 척추로 올라와 있었다. 놈들은 고관절 부근에서 늑골 부근으로 쇳덩이처럼 묵직하게 올라왔다 관자놀이와 정강이, 발등을 예리한 바늘처럼 찔러봤을 뿐 척추를 직접 공격한 적은 없었다. 고향으로 내려올 무렵엔 가슴뼈와 우측 쇄골을 잇는 관절에 통증이 발생한 정도였다. 근래에는 무릎과 발목에 미심쩍은 통증이 얼굴을 내비치고 있었다. 강직성 척추염이었지만 통증이 발생한 곳은 주로 척추 이외의 관절들이었다.

'척추 상륙 작전이 시작되는 것인가.'

그동안의 통증은 척추로 상륙하려는 척후병이었는지도 모른다. 병명을 알기까지가 기나긴 예고편이었다면 이제 본격적인 전쟁의 시작이라는 의미였다. 침구사는 척추 아랫부분에 침과 뜸을 집중해서 놓았다. 뜸을 뜬 자리마다 물집이 잡혔고, 물집이 터진 자리에는 예외 없이 딱지가 앉았다.

"걱정 마세요. 쑥뜸은 염증이 생기지는 않습니다."

침구사는 가끔 위로인지 격려인지 모를 말을 했다. 뜸이 추격을 감행하는 곳마다 추격자의 발자국처럼 딱지가 늘어섰다. 침구사의 말대로 염증은 발생하지 않았다. 그러나 놈들은 척추를 오르내리며 한쪽을 누르면 다른 쪽이 부풀어 오르는 풍선처럼 뜸을 피해 또 다른 곳에서 봉화를 피워 올

달의 뒤편

리곤 했다.

"참고하시라고요."

원장이 종이 몇 장을 건넸다. 의학 서적에 실려 있는 강직성 척추염에 대한 내용을 복사해 놓은 것이었다. 종이에는 강직성 척추염에 대한 일반적 증상들이 나열되어 있었다.

강직성 척추염. 2, 3만 명당 한 명꼴로 발생하며 정확한 원인은 아직 밝혀지지 않았다. 유전적 요인이 있다는 주장이 있지만 증명된 것은 아니다. 관절들에 주로 나타나며 드물게 눈이나 폐 등에도 나타날 수 있다는 말들이 쓰여 있었다. 완치될 수 있다는, 내가 열망하는 한마디는 어디에도 보이지 않았다. 나는 한마디 말만을 원하고 있었다. 어느 곳에도 존재하지 않을 것 같아 불안한 그 한마디를.

전화기가 울렸다. 내 손에 쥐어 주었던 휴대전화로 그녀는 보고 싶다고, 내려올 거라고 말했다. 그녀는 기회 있을 때마다 내려오려 했지만 내가 허락을 하지 않고 있었다. 병을 알게 되는 것이 두려웠지만 얼마 남지 않은 학교생활 잘 마무리하라는 투로 말을 건넸다. 동아리 회장을 두 번이나 역임한 은초는 학기 초가 동아리 활동에 얼마나 중요한 때인지 잘 알고 있었다. 회장직을 물려주었지만 후임 회장이 경험이 부족하니 옆에서 잘 도우라는 말은 겉은 그럴듯했지만 사실 핑계에 지나지 않았다. 다짜고짜 내려오겠다는 그녀를 말릴 수가 없었다. 보고 싶은 사람 보고 싶어 내려오겠다는데 왜 말리려고만 하느냐는 그녀의 말에 나는 대답을 찾지 못했다.

할 말이 있다고도 했다. 할 말이란 무엇일까. 비밀을 알리는 없었다. 보고 싶지만 내려오지 못하게 내가 핑계를 만들어 내고 있는 것처럼 그녀도 구실이라도 만들어 내려오고 싶은 것인지도 모른다. 그녀가 생각해 낸 구실은 무엇일까. 구실이 있기는 한 것일까.

은초는 입원한 것을 모르고 있었다. 입원했다는 것은 병을 숨겨야 할 정도로 많이 아픈 것으로 받아들일 가능성이 컸다. 병원을 나가야 했다. 한적한 시골 읍내에 돌아다닐 만한 곳은 많지 않았다. 마땅한 찻집도 없었다. 다방이 있지만 들어가 있을 만한 곳은 아니었다. 정처 없이 저 호남평야의 논두렁을 마냥 걸어 다닐 수도 없었다. 그녀는 저 넓은 들판을 걷자고 하면 기꺼이 함께 걷겠지만 오래 걷는다는 것은 여기저기서 이상 신호가 잡히는 요즘 오히려 증상을 악화시킬 가능성이 컸다. 궁리 끝에 떠오른 것이 아버지의 오토바이였다.

버스를 타고 집으로 향했다.

"아침 일찍 웬일이데여?"

어머니가 부엌문을 열며 나를 맞았다.

"오토바이가 필요해서요."

"오토바이는 왜?"

"은초가 내려온대요. 아마 인사는 못 드리고 올라갈 거예요."

"은초가 온다고?"

아버지가 방문을 열어젖혔다.

"네. 하지만 오늘은 저희끼리 일이 있어서요."

"병원에 있으면서 뭐 그리 바빠? 시간 되면 좀 데리고 와봐?"

아버지의 기대 섞인 한마디였다.

집을 보여 주어야겠다는 생각으로 통보도 없이 은초를 고향으로 데려온 적이 있었다. 부모님은 수확이 끝난 마을 뒷밭에서 비닐을 걷고 있었다. 두 분의 옷은 비닐을 걷으며 묻은 흙먼지로 차림새가 말이 아니었다. 비닐에 고여 있던 물이 접착제 구실까지 해 옷은 흙투성이였다. 밭일 중 옷이 제일 지저분해지는 것이 비닐을 걷는 일이었다. 하필 그날 두 분이 그렇게 밭에서 비닐을 걷고 있었다. 어머니는 흙투성이로 손님을 맞이하는 상황에 무안해하는 기색이 역력했다. 당황스러웠을 것이다. 하지만 내게 중요한 것은 그게 아니었다. 내가 눈여겨 본 것은 은초의 시골 생활에 대한 이해였고, 너저분한 부모님을 대하는 은초의 태도였다. 웃고 있었지만 나는 그녀의 눈빛과 몸짓 하나하나에 신경을 집중시키고 있었다. 밭두렁에서 은초는 스스럼없이 어머니의 손을 맞잡고 인사를 했다.

"아이고, 흙 묻어. 어쩐디야!"

은초에게 흙이 묻을까 어머니가 오히려 몸을 뒤로 뺐다. 옆에 있던 아버지의 입가에 미소가 번졌다. 첫인사 후 부모님은 은근히 기대를 드러내며 슬쩍 은초 얘기를 꺼내곤 했다. 보고 싶으셨을 것이다. 그러나 그냥 올려 보내야 했다. 은초를 집으로 데리고 오는 것은 여러모로 불안한 일이었다.

"다음에 들르라고 할게요!"

인사를 내던지며 서둘러 집을 나왔다.

"조심혀!"

어머니의 한마디가 등에 따라붙었다. 오토바이는 세월 속에 동체의 빛이 모두 바래 있었다. 거울 하나는 부러지고 없었다. 명절날 이웃 동네에서 술을 마시고 오다 형이 낸 사고 때문이었다. 그러나 운행에 지장은 없었다.

고향 반촌은 모악산 줄기와 호남평야가 교차하는 지점에 자리해 있었다. 산도 아니고 들도 아닌 곳이었다. 반촌에서 신태인으로 오기 위해서는 멀리서 보면 소똥 같기도 한 수풀과 삽의 등 같은 야트막한 언덕, 언덕을 등진 마을들을 지

달의 뒤편

나야 했다. 오토바이로 십 분 넘게 걸리는 곳이었다. 가깝지는 않지만 그렇다고 아주 먼 곳도 아니었다.

역 개찰구 너머로 호남평야가 보였다. 플랫폼 너머로 넓게 펼쳐진 들판을 기차가 긴 몸으로 가리며 들어왔다. 빨리 봤으면 하는 마음과 빨리 올라갔으면 하는 마음, 차라리 오지 않았으면 하는 마음이 내 안에서 씨름을 벌였다. 역으로 오기 전 병원에서 진통제를 맞았다. 진통제는 고통이 접근하는 시간을 조금 더 늦춰 줄 것이다.

열차가 멈추며 내가 내쉬어야 할 것 같은 크고 긴 숨을 내쉬었다. 잠시 후 역내가 소란스러워지는 듯하더니 은초가 개찰구에서 뛰어나오는 모습이 보였다.

"오빠!"

개찰구를 빠져나온 은초가 달려와 내 손을 덥석 잡았다. 와락 안길 기세였지만 시골이라는 사실을 의식해 손을 맞잡은 채 사랑스런 눈빛만을 열렬히 쏘아 올렸다. 나는 그녀를 향해 아무 일 없다는 듯 활짝 웃어 주었다. 은초는 청바지에 하얀 폴라티와 노란색 재킷 차림이었다. 봄이 그녀의 옷에 달라붙어 있었다.

"잘 지냈지? 안 추워?"

"오빠 있는데 뭐가 걱정이야!"

내 걱정에도 은초는 환하게 웃었다.

"나 오토바이 가져왔는데."

"오토바이? 그거 재밌겠다!"

그녀의 눈이 반짝거렸다.

"어디?"

내가 오토바이를 가리켰다. 역 광장 언저리에 세워 둔 오
토바이는 왼쪽 거울이 없는 것이 마치 팔 하나가 부러진 것
처럼 보였다.

"음, 오토바이가 시골에서 고생을 많이 한 모양이네. 눈도
하나가 없고."

그녀가 안타까운 표정을 지었다.

"그래도 못 가는 곳은 없어!"

날씨는 화창했지만 아직 바람은 차가웠다. 태인 쪽으로
방향을 잡았다. 속도를 높이자 찬바람이 먼저 무릎을 파고
들었다. 뒤에 앉은 은초가 허리를 감고 있던 두 팔에 힘을
주었다. 은초가 입은 오리털 점퍼는 내가 준비해 온 것이었
다. 신태인에서 태인으로, 태인에서 다시 1번 도로를 타고
원평 쪽으로 내달렸다. 들판의 논은 물기를 머금은 채 붉디
붉은 속살을 가감 없이 드러내고 있었다. 원평 쪽을 향해 가
다 소톤재에 오토바이를 세웠다.

"여기가 어딘지 모르지?"

은초가 당연하다는 표정으로 나를 쳐다보았다.

"소톤재라는 덴데, 우리가 오토바이를 타고 온 이 길이 1번 도로야. 아마도 이순신 장군이 정읍 현감으로 내려오실 때도 이 길로 오셨을 거고 갑오농민전쟁 때도 농민군이 이 길을 오가며 싸웠을 거야."

"그럼 이순신 장군이 한양으로 끌려가실 때도?"

"아마도."

내가 답하며 웃었다.

"정읍사 알지?"

달하 노피곰 도다샤

어긔야 머리곰 비취오시라

어긔야 어강됴리

아으 다롱디리

져재 녀러신고요

어긔야 즌 대랄 드대욜셰라

어긔야 어강됴리

어느이다 노코시라

어긔야 내 가논 대 졈그랄셰라

어긔야 어강됴리

아으 다롱디리

내가 정읍사를 읊조렸다.

"달아 높이 좀 올라 멀리 좀 비춰 보아라. 반촌에 계신지, 신태인에 계신지. 무거운 짐은 어디에 좀 놓고 쉬세요. 오빠 가시고자 하는 곳의 날이 저물지는 않았는지요."

은초가 받았다.

"오호, 제법인데?"

"나도 배웠다고요."

은초가 귀엽게 눈도끼를 그렸다.

"정읍사는 먼 길을 떠난 남편을 아내가 그리워하며 부른 노래라지? 언젠가 고전문학 선생님께서 그러셨어. 정읍사 의 그 아내가 노래를 부르며 서 있는 곳이 소톤재가 아닐까 한다고."

그러면서 나는 다른 생각을 변주해 올렸다.

'만약에, 만약에 내가 너와 헤어지게 된다면 나는 여기서 서울을 바라보며 너를 그리워하겠지.'

아직 가슴에만 두어야 할 말이었다.

"시야가 확 트여 있어서 그런 생각을 하실 만도 하네요."

우리는 북쪽으로 굽이굽이 뻗은 길을 바라보았다. 소톤재 에서는 원평과 금구, 멀리 김제까지도 보였다. 원평과 금구 는 북쪽, 태인과 정읍은 남쪽이었다. 모악산은 동쪽인 오른 쪽에 있었다. 서쪽으로 들어가면 내 고향 마을 반촌이 있었

고, 좀 더 가면 면 소재지인 감곡이었다. 감곡부터는 호남평
야였다. 굽이굽이 뻗어 나간 길은 원평과 금구를 지나 서울
로 향하고 있었다.

"어메, 이게 누구여? 시헌이 아녀?"

누군가 내게 말을 걸어왔다.

"네, 안녕하세요?"

반촌에서 이사 와 소톤재에서 음식점을 하고 있는 아주머
니였다.

"그려, 몸이 많이 안 좋다더니 좀 어뗘? 병원에 입원했담
서?"

아주머니는 눈치 없이 비밀들을 마구 쏟아 낼 기세였다.

"아, 예… 이제 괜찮아요."

등에서 서리가 기어 나왔다.

"이, 그려. 근디 이 아가씨는 애인이여?"

다행히 아주머니의 관심은 은초를 향해 있었다.

"아, 네. 안녕하세요. 시헌 오빠 애인 맞아요."

은초가 얼굴에 가득 웃음꽃을 피워 놓았다.

"서울서 왔는개벼. 키도 크고 이쁘네이."

"네, 고맙습니다."

은초가 천연덕스럽게 답했다. 그사이 택시 한 대가 음식
점으로 들어섰다.

"누님, 밥 주쇼."

기사가 차에서 내리며 아주머니를 불렀다.

"왔냐. 그려, 잘 놀다 가드라고."

알 듯 말 듯한 미소로 돌아서는 아주머니에게서 눈길을 거두며 은초가 물었다.

"그런데 오빠, 병원에 입원했다는 건 무슨 얘기야?"

"아, 어머니랑 같이 병원에 물리치료 받으러 다니거든. 그래서 그렇게 소문이 났나 봐. 소문이란 게 원래 조그만 것도 눈덩이처럼 커지잖아."

쉬러 내려온 이상 물리치료를 받는 정도는 의심이 되지 않는 모양인지 은초는 쉽게 물러섰다. 만남의 기쁨이 쉽게 의심을 잠재울 만큼 은초는 들떠 있었다.

"할아버지, 할머니 산소가 저긴데 뵙고 갈까?"

"오빠, 산소에 가려고 이리로 온 거구나?"

은초가 나를 보며 웃었다. 1번 도로로 길을 잡은 것은 할아버지, 할머니 산소가 있기 때문이기도 했다. 까닭 없이 은초를 할아버지, 할머니께 보여 드리고 싶었다. 부모님과 은초에게 말하지 못한 비밀을 두 분은 이해해 주지 않을까 하는 생각 때문이었다. 답답한 마음을 그렇게라도 풀어 보고 싶었다.

산소는 소톤재에서 훤히 내려다보이는 곳에 있었다. 길은

겨우내 마른풀들로 덮여 있었고, 그 사이사이로 쑥과 냉이, 씀바귀 같은 새싹들이 고개를 내밀고 있었다. 오토바이가 출렁거릴 때마다 은초는 환호성을 지르며 호들갑이었다.

"할아버지, 할머니 손자 왔습니다. 손자며느리도 함께 왔습니다."

은초가 쑥스러운 표정으로 웃었다. 종이컵에 소주를 따라 올린 뒤 함께 절을 했다. 마치 신혼부부가 인사를 온 것처럼. 두 분이 하늘에서 내려다보며 미소를 짓는 듯 햇살은 따사로웠다. 산소 앞 잔디에 앉았다. 엉덩관절의 고통이 슬며시 실눈을 떴다. 얼굴을 찢고 나오는 비밀의 증거를 나는 조심스레 지웠다. 은초의 머리가 내 어깨로 슬며시 기울었다.

"이대로 시간이 멈췄으면 좋겠다."

"할아버지, 할머니 앞에서 이러는 건 불경죄야."

"애개. 할아버지, 할머니도 내 편이실걸? 그렇죠? 할머니, 할아버지!"

은초가 산소를 돌아보며 큰소리로 물었다.

"오빠 빨리 서울로 보내 달라고 부탁도 드렸어. 약속하셨죠, 할아버지, 할머니?"

이번에는 하늘을 향해 말했다. 따사로운 봄볕이 쏟아지고 있었다.

"벚꽃 피었을 때 왔으면 훨씬 좋았을 텐데."

금산사를 둘러본 뒤 찻집으로 들어가 앉으며 내가 말했다.

"또 오면 되지!"

은초가 힘주어 말했다.

"학교생활 열심히 해야지 여기 오르락내리락하면 안 되는데."

"오빠 없는 학교는 오빠 없는 서울처럼 재미가 없어. 예전엔 서울 하늘 아래 같이 있다는 생각만으로도 든든했는데 요즘은 자꾸 불안해. 꿈자리도 안 좋고."

은초가 비밀 언저리를 기웃거리는 듯했다.

"그런데 할 애기란 게 뭐야?"

화제를 돌렸다. 내 물음에 은초가 탁자 위로 시선을 떨궜다. 무슨 생각을 하고 있는 것일까. 딱히 짚이는 것은 없었다.

"오빠, 나 결정했어."

대추차를 두 모금째 마실 때 은초가 말을 이었다.

"뭘?"

"아나운서 해 보기로."

멍한 표정으로 은초를 바라보았다. 일 년 전쯤이었을 것이다. 은초에게 아나운서를 해 보는 게 어떠냐는 말을 넌지시 꺼낸 적이 있었다. 그때 은초는 자기가 무슨 아나운서냐며, 그걸 아무나 하는 것이냐며 궁녀가 왕비 자리를 넘보기

라도 한 듯 펄쩍 뛰었다.

"아나운서가 돼서 내 시를 낭송하게 될지 누가 알아?"

한마디를 덧붙이기는 했지만 펄쩍 뛰는 은초의 모습은 내가 보기에도 민망할 정도였다. 약속도, 제안도 아닌 그 말을 나는 그 자리에서 거둬들여야 했다. 그 후 다시 한 번 속내를 떠보기는 했지만 여전한 반응에 나는 말을 이어 가지 못했다. 그것으로 결론이 난 것이라고 생각했다. 병을 알게 된 뒤로는 생각해보지도 못한 일이었다.

"그리고요."

은초가 존댓말을 썼다. 그녀가 존댓말을 하는 경우는 두 가지였다. 내게 화가 나 있거나 심각한 말을 할 때.

"이번 학기 마치고 어학연수 다녀올까 해요."

아나운서 해 보는 게 어떠냐는 제안을 하면서 그 가능성을 생각해 보지 않은 것은 아니었다. 그러나 막상 어학연수라는 말이 튀어나오자 필요하다면 다녀와야겠지, 하면서도 다녀오라는 말은 나오지 않았다. 영영 이별일 수도 있었다.

"어디로?"

"캐나다요."

은초는 어학연수를 다녀오는 것으로 이미 마음을 굳힌 듯했다. 서랍에서 잡동사니가 갑자기 쏟아진 것처럼 머릿속이 복잡해졌다. 그 먼 나라로 꼭 떠나보내야 하나 하는 생각과 그녀를 다시 볼 수 있을까 하는 생각과 이대로 영영 이별일 수도 있겠지 하는 생각이 부딪히며 머릿속에 회오리가 일었다. 회오리를 던진 은초는 내 답을 기다리는 듯했다. 그런데 그때, 그녀가 병을 알게 되느니 어학연수를 다녀오는 것도 그렇게 나쁠 건 없지 않은가, 하는 생각이 고개를 들었다. 그녀를 외국으로 보내 시간을 번 뒤 치료를 해 볼 수도 있지 않을까, 하는 생각이 옆에서 맞장구를 쳤다. 어둠 속에서 솟은 한 줄기 빛이 그 생각들을 환하게 비추고 있었다. 모든 사실을 알게 되면 어학연수를 떠나지 않을 수도 있겠지 하는 생각도 가지를 치고 나왔다. 여러 갈래의 논리가 오히려 나를 설득하고 있었다. 그래도 바로 허락은 떨어지지 않았다.

하늘이 붉게 물들며 해가 기울고 있었다. 찻집에서 나와 오토바이를 몰고 감곡 쪽으로 내달렸다. 은초와 내 몸과, 병과, 어학연수와, 캐나다와 이별의 말들이 바람에 휩쓸려 지나갔다 다시 머릿속으로 밀려들었다. 바람은 불투명한 미래를 마구 휘젓고 있었다. 면사무소에 이르기 전 감곡교 위에 오토바이를 세웠다.

"저녁노을 어때? 내가 고향에서 매일 보던 풍경인데."

순결한 영혼이 엄숙하게 생을 마감하듯 구름 없는 노을은 장엄했다. 은초는 말이 없었다. 헤어져야 할 시간이 다가오고 있었다. 뒤쪽으로 몸을 돌렸다. 그때, 누워 있던 통증

이 일어서며 실눈을 떴다. 왼쪽 발목이었다. 이어 왼쪽 무릎에서도 경고등이 켜졌다. 산소를 빠져나오며 웅덩이에 빠진 오토바이를 꺼내느라 힘을 쓴 게 화근인 것 같았다. 놈들은 여전히 무리한 힘이 가해지면 그곳으로 득달같이 달려들어 진지를 구축하는 임무를 충실히 수행하고 있었다. 눈동자가 흔들렸다. 어금니를 물었다.

"저기 초등학교 보이지. 그 뒤쪽이 우리 동네야. 교회랑 종탑도 보이지? 거기서 보는 저녁노을은 밀레의 〈만종〉과 흡사해서 언제부턴가 밀레의 〈만종〉을 보면 고향의 저녁노을을 떠올리기 시작했지. 고향에서 저녁노을을 보는 날엔 밀레의 〈만종〉을 떠올리기도 했고."

"나 오늘 서울까지 데려다 주면 안 돼요?"

심장이 얼음장처럼 갈라졌다. 할 수 있는 일이 아니었다. 아니, 해서는 안 될 일이었다. 몸에서 미열이 올라왔다. 함께 올라간다는 것은 비밀을 실토하는 것이나 마찬가지였다. 진통제의 효과는 하루를 넘지 못했다. 그것도 별다른 활동 없이 가만히 있을 때의 유효 시간이었다. 놈들이 슬슬 움직이기 시작한 것으로 보아 유효 시간은 이미 다 되어 가고 있었다. 서울역에서 일어서는 순간 다리를 절게 될 것이다. 상경은 곧 파국이었다. 은초를 똑바로 쳐다볼 수가 없었다. 노을 쪽으로 몸을 돌렸다. 붉은 해가 먼 산에 발을 걸치고 있었다. 은초는 여전히 나를 바라보고 있었다. 최면을 걸었다. 서울은 내가 갈 곳이 아니라고. 주문을 외웠다. 이번만은 참아야 한다고. 병을 숨기기 위해, 그녀를 위해, 그리고 나를 위해 그녀의 바람은 외면해야 했다.

"어학연수 준비 잘해야겠지?"

딴청을 피웠다. 은초의 표정이 어두워졌다. 그러나 이내 표정을 추스르며 말했다.

"농담이에요. 오빠 몸도 안 좋은데."

해는 산 너머로 이마만 내밀고 있었다.

7
—

교정은 4월로 가득 차 있었다. 4월의 바구니에는 개나리와 벚꽃들이 넘실거렸다. 발걸음은 바람에 몸을 맡긴 꽃잎처럼 가벼웠다. 가방에는 엠티 때 친구 녀석이 던져 준 수첩이 들어 있었다. 수첩은 학교를 가 볼 수 있는 좋은 핑곗거리였다. 핏줄을 타고 오르내리던 설렘이 현실과 상상의 경계를 넘나들며 나는 들떠 있었다. 그녀를 볼 수 있을지 모른다는 기대가 상상 속으로 뛰어들어 들뜬 마음에 자꾸 부채질을 해댔다. 그녀를 볼 수 있을지는 알 수 없었다. 보지 못할 가능성이 오히려 더 컸다. 그러나 기대만으로도 내 마음은 기분 좋은 날개를 펴고 있었다. 꽃밭 위를 나는 나비처럼.

작은연못 방으로 향했다. 작은연못은 민중가요 동아리였다. 나는 아무도 없는 그 방에 혼자 앉아 있는 것은 좋아했다. 친구, 후배들과 노래책에 있는 곡들을 목청으로 떠넘기며 악을 쓰던 방. 자취방으로 내려가지 않은 밤이면 새우잠을 자던 방. 동트는 푸른빛을 창문으로 넘겨주던 방. 막걸리를 가져와 목을 적시던 방. 분노와 울분을 소주에 따라 마시던 방. 그리고 시간 사이로 바람처럼 오가던 사람들… 아무도 없는 동아리방은 고요했다. 그 고요도 나는 즐겼다. 누군가 금방 존재를 흘리며 나간 것 같은 고요. 누군가 곧 들어올 것만 같은 호기심을 부풀리는 고요. 아무도 들어오지 않았으면 하는 바람을 갖게 하는 고요. 누군가 들어오며 인사를 할 것만 같은 고요. 그리고, 내 존재마저 삼켜 버릴 것만 같은 고요… 여러 색깔의 고요가 언젠가처럼 나를 맞아 주었다. 긴 탁자와 허름한 소파, 몇 개의 기타와 의자, 문을 가진 구석의 창고와 둥그렇고 파란 허벅지를 가진 쓰레기통… 익숙한 것들 사이로 나는 편안하게 몸을 들여놓았다.

　직사각형의 넓은 탁자는 새 학기를 맞아 하늘색과 노랑, 파랑, 보라색 등의 한지로 연지 곤지를 붙인 신부처럼 꽃단장이 되어 있었다. 탁자 위에는 학보와 낙서장이 놓여 있었다. 낙서장은 동아리방과 학생회실에서 사람들 손을 거치며 구성원들의 마음을 이어 주는 구실을 했다. 어느 곳에서는

낙서장이었고, 어느 곳에서는 날적이였으며 또 어느 곳에서는 끄적이라 불렸다. 동아리가 활발하게 활동하는 곳과 그렇지 않은 곳의 낙서장에는 차이가 있었다. 그것은 학생회도 마찬가지였다. 활동이 활발한 곳은 한 달에 두세 권씩 쓰기도 했지만 그렇지 못한 곳은 일 년이 지나도록 한 권을 다 쓰지 못했다. 낙서장을 끌어당겼다. 낙서장은 이미 두 권째였다. 새 학기가 한 달 정도밖에 되지 않았는데 낙서장이 두 권째라는 것은 동아리 활동이 활발하다는 증거였다. 표지를 넘겼다. 첫 장은 가장 먼저 쓴 사람의 자랑으로 시작하고 있었다. 맨 먼저 쓴 사람의 글씨 위쪽으로 두 번째 쓴 사람이 자기가 처음이라고 우기며 몇 자를 빈 공간에 써 놓은 게 보였다. 웃음이 나왔다. 우리 때도 그랬다. 낙서장도 첫사랑이나 첫눈처럼 처음이라는 것에 민감했다. 첫 장을 넘기려는데 발자국 소리가 웃음소리, 말소리와 뒤섞이며 들려왔다. 수업이 끝난 것 같았다. 11시가 가까워지고 있었다. 발자국 소리가 점점 커졌다. 작은연못 방으로 오는 것 같았다. 말소리가 커지며 발자국 소리가 멈추는 듯하더니 방문이 활짝 열렸다.

"어? 오빠!"

"선배님!"

"언제 오셨어요?"

"금방. 잘들 지내지?"

2학년이 된 후배들, 선주와 윤희, 미연이었다.

"선주 요즘 입이 귀에 걸렸어요."

윤희가 나를 보며 말했다. 선주는 작은연못 회장이었다.

"그래? 새내기들이 작은연못으로 밀려드는가 보구나."

"어떻게 아셨어요?"

"아무도 없는 방인데 새내기들이 빙 둘러앉아 막 말을 걸던데?"

"와, 정말요?"

후배들이 웃었다. 그때 다시 복도 쪽이 소란스러워졌다.

"애들 오나 보네요."

선주가 복도 쪽으로 고개를 돌리며 말했다. 이윽고 방문이 활짝 열리며 대여섯 명의 아이들이 햇빛 쏟아지듯 들어왔다.

"안녕하세요."

새내기들이 일제히 인사를 건넸다. 그들의 인사가 고향집 뒤뜰 대나무밭에서 나를 깨우던 참새 소리 같기도 했고, 봄날 비 온 뒤 전깃줄 위에서 조잘대던 제비 소리 같기도 했다.

"그래. 은초는?"

갑자기 튀어나온 이름에 내 눈과 귀가 선주를 향해 날아갔다. 예상보다 빨리, 전혀 예측하지 못한 시점에서 수첩 주

달의 뒤편

인이 등장을 예고하고 있었다. 첫 물결이 닿은 배처럼 가슴이 일렁거렸다.

"곧 올 거예요. 매점에 갔어요."

무리 중 누군가 말했다.

"그래? 그리고 인사들 드려. 선배님이셔."

선주가 알았다는 표정을 지으며 새내기들을 불러 모았다. 여학생 넷, 남학생 둘이었다. 그들은 이름 앞에 예외 없이 '삶의 노래 진실의 노래 작은연못'이라는 수식어를 붙였다. 수식어는 작은연못 회장이었던 민규가 붙여 놓은 것이었다.

"선배님은 어느 과세요?"

한 아이가 물었다.

"독문과입니다."

내 답에 선주가 덧붙였다.

"이 선배님은 졸업하셨단다. 얘들아."

"그래요? 저는 3학년이신 줄 알았어요."

"오, 오라버니는 새내기들한테도 통하는군요."

윤희가 나를 보며 놀렸다. 그때 똑똑 소리와 함께 문이 열리면서 한 사람이 고개를 내밀었다. 문이 열리자 밖에 서 있던 빛들이 한꺼번에 그 친구의 몸을 휘감았다. 후광은 자연의 빛이 아니라 들어서는 그 친구가 발산하는 듯했다.

"어서 와, 은초야!"

선주의 호명에 이번에는 내 모든 감각이 그 친구를 향해 내달렸다. 방문이 흐릿하게 감싸던 빛을 삼키면서 그녀의 얼굴이 선명하게 드러났다. 순간 심장의 피가 골짜기와 꼭대기를 오르내리며 파도처럼 요동치기 시작했다. 경춘선 기차에서 본 그녀가, 엠티 때 내 눈을 사로잡았던 그녀가, 선배를 말 한마디로 꿀먹은 벙어리로 만들어버렸던 그녀가 내 앞에서 환하게 웃고 있었다. 심장소리가 귀까지 차 올랐다. 그녀가 내가 가지고 있는 수첩의 주인이라니! 평정심을 유지하기가 어려웠다. 옆 사람에게 내 마음을 들킬 것만 같았다. 호흡을 가다듬었다.

"안녕하세요?"

수첩의 주인인 그녀가, 엠티에서 내 눈을 끌어당기던 그녀가, 경춘선 기차 안에서 내 옆에 앉았던 그녀가 과자를 안은 채 환한 얼굴로 사람들과 인사를 했다. 그녀의 눈빛이 잠시 내 얼굴에 얹히는 듯했다.

"이리 와 인사해, 은초야. 선배님이셔."

선주가 그녀를 끌어당겼다. 심장 박동이 동아리방을 울리는 듯했다.

"처음 뵙겠습니다. 96학번 새내기 유은초입니다."

유은초. 그녀가 그녀의 이름을 말하고 있었다. 정신이 혼미해지는 듯도 했다.

"반가워요. 처음 보는 게 아닌 것 같은데?"

되묻는 것으로 요동치는 마음을 수습해보려 했지만 그것은 끓는 냄비에서 흘러넘친 물을 맨손으로 주워 담는 것처럼 쉽지 않았다.

"처음 보는 게 아니에요? 아, 엠티에 가셨다는 얘기는 들었어요. 그때 인사를 한 건가요?"

"그게 아니라…"

선주의 물음에 은초가 쑥스러운 표정으로 말을 잇지 못했다.

"무슨 일 있었어?"

선주가 은초를 보며 물었다. 선주는 독문과가 아니라 중문과였다.

"저… 엠티 때 화장실 뒤에서…"

"화장실에서?"

선주가 답을 재촉했다.

"우리가 영화를 한 편 찍었지."

내가 눙치며 웃었다.

"점점 모를 소리만 하시네."

"영화를 찍었다니까 그러네."

"맞다! 그 형이다!"

그때 한 후배가 소리쳤다.

"에이, 회장님! 엠티 갔다 와서 동기들 집합 사건 얘기해

줬잖아요!"

후배가 선주에게 기억을 되살려 주듯 큰소리로 말했다.

"아, 그 주인공이 누군가 했더니 오빠였군요."

"그 자리에서 제가…"

후배가 말끝을 흐렸다. 미처 알아보지 못하고 있었지만 녀석은 화장실 뒤에서 은초에게 부축을 받던 그 친구인 듯했다.

"그러고 보니 그때 인사불성이었던 녀석이 너로구나!"

자세히 보니 미스 독문 선발대회 때 무대로 불려나가 이야기를 나눴던 그 여장남자인 듯도 했다.

"미스 독문 선발대회 때 나를 택한 그 여자이기도 하고."

"네…"

녀석이 머리를 긁적거렸다.

"맞다! 오빠, 이번 주에 우리 동아리 엠티 가는데 함께 가실래요?"

선주가 갑자기 생각난 듯 물었다.

"엠티?"

"그래요, 함께 가요!"

옆에서 윤희가 거들었다.

"엠티라…"

동아리 엠티였다. 괜한 걸음으로 분위기가 어색해질 수도

달의 뒤편 •

있었다. 예상치 못한 제안이었다. 주위를 둘러보았다.

"에이, 시간 많잖아요. 그리고 작사모시잖아요."

윤희가 콧소리로 애교를 보냈다. 작사모는 '작은연못을 사랑하는 사람들의 모임'을 줄인 말이었다. 작사모는 작은 연못 사람들이 작은연못에 자주 놀러오거나 작은연못에 친밀감을 표시하는 사람, 작은연못에 가입하려 했지만 여건상 가입하지 못한 사람들에게 붙여 주는 애칭이었다. 작은연못 사람들이 붙여 주기도 했지만 주위에서 붙여 주기도 했다.

"맞아요. 작사모시잖아요. 그래야 작사모인 은초도 함께 가죠."

선주는 아예 팔을 걷어붙이고 있었다. 그녀, 은초는 아직 작은연못에 가입하지 않은 모양이었다.

"응? 이 친구가 작사모야? 작은연못이 아니고?"

그녀에 대해 알아보고 싶은 마음이 더 큰 물음이었다.

"맞아요. 은초는 아직 작은연못이 아니라 작사모예요. 중앙 동아리, 단대 동아리, 과 동아리까지 참관은 많이 했는데 아직 어디로 갈지 결정을 안 했데에−요."

민호가 고자질하듯 은초의 행적을 고스란히 부려 놓았다. 선주는 어떻게든 은초를 회원으로 가입시키려 하고 있었다. 그 첫 단계가 은초를 엠티에 데려가는 것인 듯했다. 나는 순간적으로 선주의 의도를 간파해 내고 있었다. 나 때문에 엠티에 안 가면 어쩌려고 저러나, 걱정을 하고 있는 순간.

"이렇게 하는 건 어때요?"

내 걱정은 안중에도 없다는 듯 선주의 눈이 반짝거렸다.

"이 자리에서 은초와 시헌 오빠가 상대방이 엠티에 가도록 설득하는 거예요. 상대를 설득할 수 있는 것이면 무엇이든 됩니다. 자신이 가지고 있는 가장 그럴 듯한 무기로 상대가 엠티에 가도록 설득하는 거죠."

선주는 꾀를 부리고 있었다.

"그것이 무엇이든 상관없습니다. 단, 그것이 상대방을 설득시키거나 상대방의 마음에 들어야겠죠? 은초가 엠티에 가는 것은 오빠에게 달린 거고, 오빠가 엠티에 가는 것은 은초에게 달린 거죠. 어때요?"

선주가 나와 은초를 번갈아 보며 물었다. 내게는 살짝 애원하는 표정을 지었다. 제발 은초를 엠티에 가게 해 주세요, 하는 표정이었다. 은초가 엠티에 가는 것은 나에게 달렸고, 내가 엠티에 가는 것은 은초에게 달려 있는 것처럼 말했지만 사실상 선주는 은초를 엠티에 데려가게 해 달라고 내게 부탁을 하고 있었다.

"여러분 어때요?"

선주가 주위를 둘러보며 물었다.

"좋아요!"

달의 뒤편

모두 큰 소리로 대답했다. 회원들 동의를 이끌어 낸 선주가 눈에 힘을 주며 나와 은초에게 의향을 물었다.

　"좋아!"

　내가 웃으며 답했다.

　"저도요."

　은초의 대답이 이어졌다. 선주의 노림수에 은초가 한 발을 떡하니 걸치고 있었다. 선주가 회심의 미소를 지었다. 은초가 선주의 제안을 그 자리에서 거부하기는 어려웠다. 그것을 꿰뚫어 본 선주는 회장으로서 선수를 치고 있었다. 나는 군대까지 갔다 와 학교를 졸업한 상태였기 때문에 은초와 십 년 가까운 세월이 거스를 수 없는 강물처럼 놓여 있는 대선배였다. 그런 선배와의 동참을 거부하는 것은 불가능에 가까웠다.

　"자, 그럼 각자 생각하는 시간을 잠시 갖겠습니다."

　선주가 생각할 시간을 주었다.

　"아하, 그럼 이제 은초가 엠티에 가게 되는 거야?"

　선주의 말에 민호가 웃으며 말했다. 동아리 사람들도 웃었다.

　"따뜻한 말이어도 좋습니다, 달콤한 글이라면 또 어떻습니까. 혹시 물건이라면 뜻깊은 선물이 되겠죠? 자, 준비되셨습니까?"

선주가 나와 은초에게 물었고, 우리는 고개를 끄덕였다.

"좋습니다. 그럼 은초는 무엇으로 선배를 설득하시겠습니까? 말입니까, 아니면 글입니까, 그도 아니면 물건입니까?"

오빠와 선배라는 호칭이 선주 입맛에 따라 불려 나오고 있었다.

"물건입니다."

"좋습니다. 자, 그럼 시헌 선배님은 무엇입니까? 물건입니까, 글입니까?"

"나도 물건으로 하지."

"네, 의외로군요. 시인이 글이 아니라 물건이랍니다. 어쨌든 좋습니다. 그런데 설마 집에 두고 온 물건은 아니겠죠?"

"예."

선주가 다시 물었고, 은초와 내가 동시에 대답했다.

"그럼 두 분 모두 물건으로 정했으니 지체 없이 진행을 하도록 하겠습니다. 이왕 이렇게 된 거 사회자, 약간의 재미를 위해 내놓은 물건을 서로 볼 수 없도록 탁자 위에 가방 하나를 올려놓겠습니다."

사람들이 두리번거리며 가방을 찾았다.

"제 것으로 할까요?"

민호가 자기 가방을 탁자 위에 올려놓으며 말했다. 갈색 가죽 가방이었다. 직사각 모양이어서 세우기에도 적당해 보

였다.

"좋습니다. 그럼 재미를 위해, 모두의 궁금증을 증폭시켜 보기 위해, 또 약간의 긴장을 위해 여러분들은 눈을 감아 주시면 고맙겠습니다. 지금 바로, 눈을 감아 주십시오!"

사람들이 눈을 감았다. 내가 눈을 감기 직전 한 사람이 동아리방 문을 열고 고개를 내밀다 조용한 분위기에 차마 들어오지 못하고 문을 닫았다.

"자, 그럼 은초와 시헌 선배님만 눈을 떠 주시고 물건을 탁자에 올려놓으시기 바랍니다. 물건을 꺼내 놓은 뒤에는 다시 눈을 감아 주세요. 은초와 선배님이 물건을 꺼내는 동안 다른 사람들은 입으로나마 북소리를 울려 주시기 바랍니다."

사람들 입에서 북소리가 울려 나오기 시작했다. 두구두구 두구를 외치는 소리가 동아리방을 가득 채웠다. 은초와 내 눈이 부딪혔다. 쑥스러운 듯 그녀가 고개를 숙였다. 은초가 가방을 열었다. 나도 옆에 있던 가방을 끌어당겼다.

"좋습니다. 물건을 꺼내 놓았습니다. 그럼 이제 물건을 학보로 덮고 가방을 치우도록 하겠습니다. 아직 눈을 뜨시면 안 됩니다. 자, 꺼내 놓은 물건을 상대방 앞으로 옮겨 놓겠습니다."

선주가 가방을 치운 뒤 학보로 덮은 물건의 자리를 바꾸는 소리가 들려왔다.

"자, 이제 눈을 뜨셔도 좋습니다."

사람들이 풀잎 끝이 살짝 누울 정도의 숨들을 내쉬며 눈을 떴다.

"그럼 지체 없이 선배님과 은초가 내놓은 물건을 하나씩 공개하도록 하겠습니다. 시헌 선배님이 연장자시니까 먼저 선배님 앞에 놓여 있는 물건을 공개하도록 하겠습니다. 시헌 선배님 앞에 놓여 있는 물건은 은초가 내놓은 물건이라는 것 설마 잊지는 않으셨겠지요? 자, 공개 들어갑니다. 행여나 이의 같은 게 있으시다면 제가 담아서 저기 저 파란 쓰레기통에 잘 담아 드리도록 하겠습니다. 이의 없으시죠?"

선주가 주위를 둘러보며 물었다.

"예!"

모두 한목소리로 대답했다.

"아따, 솔찬히 궁금하다이. 얼렁 학보 좀 젖혀 봐!"

미연이가 남도 사투리 흉내로 사람들을 웃겼다.

"네, 그럼 은초가 내놓은 물건을 먼저 보도록 하겠습니다. 은초가 학보를 젖히기 전에!"

"아따 숨넘어가겄다!"

다시 미연이가 사람들을 웃겼다.

"시헌 선배님은 눈을 감아 주시기 바랍니다."

선주의 요청에 내가 눈을 감았다.

"자, 그럼 학보를 젖히도록 하겠습니다. 학보를 젖히기 전에, 여러분들은 뭘 해야지요? 네, 잘 알고 있군요. 북소리를 울려야지요? 자, 그럼 북소리 부탁드립니다!"

다시 사람들이 두구두구를 외치며 북소리를 내기 시작했다.

"자, 은초는 준비됐지요? 하나, 둘, 셋 하면 학보를 치우는 겁니다. 자, 하나, 두울, 셋! 학보를, 치워, 주세요!"

은초가 학보를 젖히는 소리가 들려왔다. 물건을 보려고 몇몇이 일어서면서 의자 밀리는 소리가 들려왔다.

"자, 이제 시헌 선배님, 눈을 뜨셔도 좋습니다."

눈을 떴다. 내 앞에는 시집 한 권이 놓여 있었다.

"네, 은초가 내놓은 것은 책입니다. 시집인 것 같은데요? 맞나요?"

선주가 은초에게 물었다.

"네, 맞습니다."

은초가 웃으며 답했다.

"시집을 내놓은 이유를 설명해 주십시오."

"시헌 선배님은 시인으로 알고 있습니다. 그래서 선배님 마음에 들 만한 것이 무엇이 있을까 생각하다가 마침 갖고 있는 시집이 있어서 그것으로 결정했습니다. 이 시집은 파블로 네루다라는 시인의 시집인데요. 제목은 〈스무 편의 사랑의 시와 한 편의 절망의 노래〉입니다. 저도 최근에 선물 받은 시집입니다. 선물이 선배님 마음에 들었으면 좋겠습니다."

은초가 쑥스러운 표정을 지었다.

"그렇군요. 그런데 그 선물은 누구에게 받은 거죠?"

"선주 언니요."

"아, 그렇군요. 제가 준 거군요. 중요하지는 않지만 제 자랑하려고 물어보았습니다."

사람들이 웃었다.

"그럼, 중요한 순간! 믿거나 말거나 독문과의 하이네로 불리셨던 시헌 선배님께 여쭙겠습니다. 선물이 마음에 드십니까?"

"그럼요. 제가 아주 좋아하는 시인입니다."

"그렇습니까? 잘 되었군요. 은초가 기가 막힌 선물을 한 것 같군요. 그럼 당연히 엠티는 가시는 거겠죠?"

"네."

자연스럽게 내 허락이 떨어졌다.

"네, 마침내 선배님께서 엠티에 가기로 결정하셨습니다!"

선주의 외침에 사람들이 박수를 쳤다. 선주가 은초를 엠티에 데리고 가고 싶은 마음은 커 보였다. 그런 가운데에도 선주는 은초에게 부담이 되지 않도록 애를 썼다. 선주의 말은 선배도 기꺼이 코를 꿰어 줬으니 너도 부담 없이 따라오면 된다는 의미였다.

달의 뒤편

"자, 이제 시헌 선배님의 선물을 보도록 하겠습니다. 물건이 갑자기 선물로 바뀌는군요. 물건이나 선물이나 뇌물이나 마음은 한마음! 모두 엠티에 가는 것입니다! 이번에도 북소리 준비되셨겠죠?"

선주가 주위를 둘러보며 말했다.

"북소리가 없으면 학보는 치워지지 않습니다. 이 소리도 아닙니다. 저 소리도 아닙니다. 지금은 북소리가 필요합니다."

다시 북소리가 울려 퍼지기 시작했다. 선주의 사회는 물이 올라 있었다.

"자, 그럼 이제 은초는 눈을 감아 주시고!"

은초가 눈을 감았다.

"자, 이제 시헌 선배님 차례!"

선주가 나를 쳐다보며 미소를 지었다.

"자, 이제 학보를, 치워, 주세요!"

학보를 치웠다. 탁자에는 은초의 수첩이 놓여 있었다. 그녀는 아직 눈을 감고 있었다.

8

고드름

당신의 향기 그리워

빨랫줄에 걸린 당신의 옷에

내 온몸을 매달아 보았습니다

내 몸을 녹이는 것이

저 하늘의 태양이 아니라

당신이었으면 좋겠습니다

그리움의 물결이 파도처럼 밀려와 하얀 거품을 물고 스러

지는 날들이 포개지며 하루하루가 지나갔다. 그리움의 꽃씨는 끝없이 예정된 주소로 날아들었다. 꽃씨들을 마음에 심으며 나는 유리벽에 갇힌 나비처럼 몸을 떨었다. 홀연 잠이 깬 새벽이면 밤하늘의 별들을 보며 찬바람을 맞았고, 불현듯 가슴속 파도에 휩쓸려 먼 바다로 달려간 날에는 그리움을 입을 굳게 다문 수평선 위에 덜어 놓고 돌아오곤 했다. 그러나, 그리움은 가벼워지지도 덜어지지도 않았다. 꽃씨들은 외로움의 번지에 꽃밭을 만들었다. 그녀는 아득한 미소로 꽃밭 위에 군림했다. 그리움은 괴로우면서도 감미로운 죄였고, 피어오른 연정에 가장 합당한 벌이었다. 연정의 죄와 그리움의 벌로 나는 연옥懸獄에 갇혔다. 나는 시들을 끼적거리며 그녀를 향해 달려가는 마음을 다독거릴 수 있을 뿐이었다. 그때마다 그녀의 미소가 옥탑방 창문 너머 달빛 뿌리 부근에서 반짝거렸다. 그녀는 그리움이라는 사회의 소리 없는 독재자였다.

은초와의 첫 데이트는 우연이 평범하게 재주를 부리며 이루어졌다. 새로 회장이 된 은초를 위해 선배들은 축하 자리를 마련하기로 했었다. 그러나 날짜는 쉽게 잡히지 않았고 한번 보자는 말은 번번이 허공에 매달렸다 사라졌다. 후배들은 새내기들을 맞을 준비로 바빴고, 나는 청년회 총회 일정에 쫓기고 있었다. 청년회 사람들에게 토요일, 일요일은 달력에 그려져 있는 날일 뿐이었다. 회의와 토론은 휴일에도 아침부터 밤늦게까지 이어졌다. 줄지어 선 일정들은 인내와 체력을 시험하며 임무에 합당한 인물인지 가늠하는 시간들처럼 보였다.

우연의 시작은 청년회 회의가 연기되면서부터였다. 회의가 연기되었다고 사무처장으로부터 연락을 받은 뒤 선주에게서 전화가 걸려 왔다. 통화 중에 내 일정이 비어 있다는 말에 선주는 후배들 일정을 알아보고 연락을 준다며 전화를 끊었다. 그리고 잠시 후 회의가 비게 된 그날로 후배들과 약속을 잡았다고 알려 왔다. 일상이 슬쩍 몸을 비틀며 연옥의 벽에 금이 가고 있었다. 한 사람을 볼 수 있으리라는 기대로 약속 날짜는 자꾸 달력 위로 튀어나와 눈동자를 끌어당겼다.

맑은 먹물을 삼킨 땅거미가 거리에 집을 짓기 시작했다. 상가 불빛들은 가로등보다 먼저 보도블록으로 마중을 나와 손님들을 기다리고 있었다. 바람이 넘실대는 거리를 물끄러미 바라보았다. 지상에서 들어 올린 빛들로 보신각은 겨드랑이가 다 보이도록 홀로 환했다. 땅거미를 타고 올라간 불빛들은 네모난 얼굴을 빌딩에 끼워 낮도, 밤도 아닌 거리를 내려다보고 있었다. 겨울 뒷덜미를 움켜쥔 추위는 천둥벌거숭이처럼 바람을 타고 도시를 넘실거렸다. 바람이 포장마차

에서 허연 김을 물고 나왔다. 거리의 방울나무 가지들이 바람의 다리를 걸어 넘어뜨리는 소리가 포장마차 위로 떨어졌다. 약속 시간이 가까워지고 있었다. 옷매무새를 가다듬고 종로 3가 쪽으로 천천히 걸음을 옮겼다.

종로 2가 금강제화 앞에서 횡단보도를 건너고 있을 때 뒤에서 누군가 내 어깨를 쳤다.

"오빠!"

은초였다. 은초는 스스럼없이 나를 오빠라고 불렀다. 작은연못 엠티 때 2학년들과 저녁 식사를 준비했다. 내가 밥을 했고 2학년들이 참치찌개를 만들었다. 밥과 찌개를 준비하고 반찬을 꺼내자 작은연못 후배들이 병아리처럼 종종걸음으로 모여들었다. 십여 명이 방 가운데에 빙 둘러앉았다. 선주가 찌개를, 은초가 밥을 펐다. 첫 밥을 푼 은초가 대각선 방향에 앉아 있는 나를 향해 오빠, 하고 불렀다. 그때까지 우리는 호칭 없는 대화를 이어 오고 있었다. 그녀도 어떻게 불러야 할지 고민이었을 것이다. 선주를 비롯한 작은연못 후배들은 거리낌 없이 나를 오빠라고 불러 대고 있었다. 은초의 오빠는 그저 그런 오빠들 중 하나일 수도 있었다. 그러나 오빠라는 호칭이 둘 사이에 좋은 신호일 수도 있다는 혼자만의 착각으로 내 입이 절로 벌어졌다.

"어? 은초야!"

하늘색 오리털 점퍼를 입고 은초가 옅은 어스름을 녹이며 서 있었다. 그녀의 얼굴이 벌판에 쌓인 눈처럼 하얗게 빛났다. 머리카락은 바람을 연주하듯 얼굴 앞에서 춤을 추고 있었다. 뒤에서 나타난 은초에게서 나는 잠시 다른 세계를 보는 듯했다.

"계속 서 계실 거예요?"

경적 소리가 울리고 있었다.

"아! 어서 건너자. 다른 애들은 아직 안 왔겠지?"

흥분으로 날갯짓하려는 마음을 다잡으며 재빨리 화제를 돌렸다. 약속 시간은 아직 조금 남아 있었다. 공원 앞에는 몇몇 사람이 칼날 같은 바람에 얼굴을 내놓고 누군가를 기다리고 있었다. 문 앞에 도착했을 때 은초가 슬쩍 내 눈치를 살폈다.

"저… 다른 사람들은 못 오는데…"

무슨 말을 해야 할지 모르는 사람처럼 은초는 난감한 표정이었다. 민호는 감기몸살 때문에 도저히 안 되겠다고 알려왔고, 선주는 지난밤 학생회관에 갔다가 뒤풀이 자리에 붙들려 술 세례에 쓰러진 것까지만 확인이 되었다고 말했다.

"대선이는 아르바이트 때문에…"

은초의 목소리가 목울대 너머로 기어들고 있었다.

"출발하는데 민호가 약속을 연기하는 게 어떠냐고 하는데

달의 뒤편

요… 아무래도 예의가 아닌 것 같아서…"

전체 엠티에서 선배에게 맹랑하게 질문을 던지던 그녀가 분명했다. 하지만 표정과 목소리는 그날의 그녀가 아니었다. 그녀의 한마디 한마디가 눈 내린 들판에 첫 발을 내딛는 것처럼 조심스러웠다. 네 명 중 세 명이 올 수 없는 상황이었기 때문에 약속을 연기하거나 취소하더라도 그다지 문제가 되지는 않을 상황이었다.

"오빠 연락처는 선주 언니만 알고 있어서…"

은초와 민호는 시간과 장소만 알고 있을 뿐 내 전화번호를 모르는 상태였다. 그런데 그것이 의외의 결과를 몰고 오고 있었다. 나는 삐삐라 불리던 무선호출기도 없었다. 은초 목소리가 더욱 작아졌다.

"죄송해요…"

"죄송하긴."

태연한 척했다. 하지만 속으로는 그리움을 재료로 만든 폭죽들을 한꺼번에 터트리면서 환호성을 질러 댔다. 우주로 통하는 비밀의 문이 열리고 있었다. 우연은 기다리고 있었다는 듯 어스름 속에서 나를 향해 웃고 있었다.

"그럼 가실까요? 은초 씨?"

은초가 어색한 미소를 지었다. 땅거미는 어둠으로 옷을 갈아입고 있었고, 거리는 추위를 아랑곳하지 않는 사람들로

붐비고 있었다.

저녁을 먹고 전통찻집으로 들어가 앉았다. 기역자 모양
의 한옥을 찻집으로 개조한 집이었다. 여닫이 창문들 앞에
는 쪽마루가 하나씩 앙증맞게 놓여 있었다. 손님들이 그곳
에 앉아 차례를 기다리기도 했다. 뜰 한가운데에는 감나무
한 그루가 서 있었고, 담장을 따라 감나무와 모과나무 몇 그
루가 늘어서 있었다. 인사동에 가면 가끔씩 차를 마시던 곳
이었다.

은초와 군밤을 까기 시작했다. 내가 약속 장소로 오는 길
에 산 것이었다. 군밤을 까고 있는 은초를 물끄러미 바라보
았다. 커다란 눈, 크지도 작지도 않게 단정하게 솟은 코, 꼭
다문 입술, 갸름한 턱 선이 하얀 피부와 조화를 이루고 있었
다. 그녀와 연인이 되는 꿈을 꾼 적이 있었다. 갑자기 꿈이
실현된 듯도 했다. 은초가 갑자기 고개를 들었다. 급히 눈동
자를 탁자로 떨어뜨렸다.

"그런데요, 대선이가 오빠 집으로 언제 놀러 갈 거냐고 자
꾸 물어요."

"대선이가?"

"네, 대선이가요."

은초는 나와 군밤을 번갈아 보며 말했다. 대선이는 엠티

달의 뒤편

때 집합에 뒤늦게 불려 나와 대들다 맞은 녀석이었다. 대선이도 작은연못 새내기였다. 동아리 엠티에서 술잔을 앞에 놓고 모두 한마디씩 하는 시간이었다. 회원들 말이 끝나자 회장인 선주가 내게도 한마디 하라며 넌지시 시간을 주었다.

"여러분은 지금까지 자기 생각보다는 부모님 생각대로 살아왔을 것입니다."

나는 부모님이나 교수님의 바람이 아니라 자신의 꿈에 근거해 삶을 설계하고 살아가야 한다는 말을 준비해 놓고 있었다. 그러나 그 말은 곧 실언이 되어 버렸다.

"나는 부모님 생각대로 한번 살아나 봤으면 좋겠는데…"

대선이가 푸념처럼 내뱉은 한마디였다. 후배들 눈이 대선이에게로 향했다. 내 말은 밑동이 잘려 나간 무처럼 방 한가운데에 덩그러니 떠 있었다.

"그렇게 쳐다보니까 부담스럽네요. 부모님이 그리워서 한마디 했을 뿐인데…"

대선이는 순진한 표정이었다. 보통 때면 하지 않았을 말을 술기운이 돌면서 불쑥 내뱉은 것 같았다. 내 말을 서둘러 정리하고 대선이가 살아온 이야기에 귀를 기울였다. 어렸을 때 교통사고로 부모님을 잃은 대선이는 큰아버지 집에서 학교를 다니고 있었다. 학기 초여서 후배들은 내밀한 가정사까지는 아직 모르는 눈치였다. 뒤늦은 위로가 술잔에 담아

돌았다. 다른 사람들의 이야기도 술잔에 들려 나왔다. 어떤 이야기에는 웃었고, 또 어떤 이야기에는 침묵했다. 빈 병이 하나둘씩 늘었고, 사람이 하나둘씩 쓰러졌다. 마지막까지 남아 있던 사람은 나와 선주, 민호 그리고 대선이었다. 새벽 세 시가 넘어가고 있었다. 취기로 얼굴은 해닥사그리했고, 눈시울은 처져 간잔지런했다. 안쓰러운 마음 때문이었는지 내 눈에 대선이가 제일 취한 것처럼 보였다. 술을 마신 게 두 번째라는 녀석은 최후까지 남아 있겠다는 의지를 불사르며 풀린 눈을 붙들고 있었다.

"화장실, 좀, 다녀올게요."

일어서던 대선이가 기우뚱했다. 민호가 대선이의 팔을 잡고 일어섰다. 나도 따라 일어섰다.

"형, 미안해요. 끅, 저 때문에, 얘기도 못하고."

대선이는 꼬부라진 혀로 겨우 말을 조립해 냈다.

"미안하긴. 우리가 미안하지."

셋이 몰려간 화장실은 두 사람이 들어가기에도 비좁았다. 화장실 뒤쪽으로 향했다. 대선이를 따라 나도, 민호도 휘청거렸다. 우리는 물결에 몸을 맡긴 수초 같았다.

"아, 손발이 내 맘대로, 안 되네. 지퍼를, 끅, 못 내리…겠네. 형, 지퍼, 좀. 끅."

대선이는 제대로 서 있지도, 지퍼를 내리지도 못했다.

"지퍼? 그래, 그래."

지퍼를 내렸다.

"형! 끅, 오줌, 끅, 나, 나와요. 자지, 자지!"

"하하, 이 자식하고는!"

민호가 어이없다는 듯 웃었다.

"그래, 그래."

팬티를 내려 녀석의 물건을 꺼냈다. 녀석은 곧 시원한 물줄기를 뿜어냈다. 내가 물건을 좌우로 흔들며 소리쳤다.

"물건 좋고! 물줄기 좋고!"

"언덕 무너지겠다. 인마!"

민호가 무안한 듯 핀잔을 늘어놓았다. 대선이가 고개를 들었다. 밤하늘에는 별들이 가득했다.

"그런데, 형 집은 어디예요?"

오줌 줄기가 쪼그라들 무렵이었다.

"우리 집? 저쪽 별 아래에 있지, 우리 집은."

"별, 이네. 우리 엄마, 아빠도 저기 어딘가에 계시겠죠?"

대선이 눈에는 그리움이 가득했다.

"놀러 가도 될, 까요?"

바지 안을 정리하고 지퍼를 올렸다.

"어디? 하늘로? 거긴 아직 이르지."

달래듯 말했다. 하늘로 가고 싶다는 말로 들었던 것이다.

116

“아니오. 형네 집.”

“아, 우리 집! 우리 집이야 언제든지.”

대선이가 시원하게 물줄기를 뽑아내던 모습이 생각나 갑자기 웃음이 나왔다.

“왜 그러세요?”

은초가 의아한 표정을 지었다.

“아, 아무것도 아니야. 언제 내 방으로 초대하지.”

“정말이죠? 오늘은 아르바이트한다고 못 왔는데.”

술자리의 말들은 기억도 없이 뱉어지기도, 잊혀지기도 하지만 대선이는 그 약속을 잊지 않고 있었다.

은초가 군밤을 건넸다. 껍질을 벗기느라 손이 거뭇거뭇했다. 내 손도 마찬가지였다. 은초가 동아리에 가입했을 때 선주는 흥분해서 전화를 했었다. 드디어 은초가 동아리에 가입했다고. 그리고 가을이 지나갈 즈음 은초가 다음 회장을 이어받았으면 좋겠다고 자신의 바람을 버무려 말했다. 선주는 은초가 회장이 된다면 자신의 동아리 농사가 성공하는 것이라며 뿌듯해 했다.

“저 혼자 와서 서운하진 않으세요?”

군밤을 까며 은초가 물었다.

“당연히 서운하지.”

고개를 숙인 은초의 손이 멈칫했다.

달의 뒤편

"아니, 이렇게 예쁜 선녀가 혼자 나타나면 선배 가슴이 떨려서 어쩌란 말이야! 옷이라도 훔치고 싶겠는걸?"

농담을 알아들은 은초가 웃었다.

"요즘 청년회 일로 바쁘다면서요?"

은초가 말머리를 돌렸다.

"총회 때라 바쁘지."

청년회는 가장 바쁠 때였다. 회의와 토론이 길게 늘어서 있었다. 회의와 토론은 말과 말이, 논리와 논리가 부딪히며 길게 이어졌다. 벌써 두 달 가까이 진행되고 있었다.

"회의, 토론, 평가, 다시 회의, 토론, 평가 알지?"

알겠다는 듯 은초가 미소를 지었다.

"그래도 재미있나 봐요."

은초가 동그랗게 눈을 뜨며 물었다.

"역사상 회의나 토론이 재밌던 적이 있던가?"

내가 되물으며 웃었다.

"선배들이 오빠 졸업할 때 되게 서운해 했다면서요?"

후배들은 내 졸업을 미루려 애를 썼다. 문과대학 학생회장으로 출마시키기 위해서였다. 그런 분위기는 여름 농촌 활동에서부터 감지되었다. 나를 마을대장으로 앉힌 것이다. 나는 그것이 차기 학생회장으로 가는 길목이라는 것을 알고 있었다. 농활은 농촌 활동이면서 동시에 차기 학생회는 마을대장을 중심으로 세워 나가게 될 것이라는 신호 같은 것이었다. 농활은 한편으로는 차기 일꾼들 면면에 내부 동의를 구하는 시간이었고, 다른 한편으로는 자연스럽게 대중들에게 얼굴을 알리는 시간이었다. 내가 마을대장이라는 직함까지 사양하기는 어려웠다. 마을대장이 학생회장으로 이어진다는 암시이긴 했지만 그것은 대체로 그렇다는 것이지 마을대장과 차기 학생회장이 완전히 일치하는 것은 아니었기 때문이다. 개운치 않았지만 나는 농활대장이라는 직무를 묵묵히 수행했다.

농활이 끝난 뒤 후보 자리를 둘러싼 나와 후배들의 줄다리기가 시작되었다. 나는 졸업은 겨울이 가면 봄이 오는 것처럼 당연한 것으로 여겨야 한다고 말했고, 후배들은 일꾼들이 함께 일할 학생회장으로 나를 지목했다고 말했다. 문과대 학생회장으로 가장 적합한 인물이라는 것이었다. 후배들과 나는 졸업에 대한 관점이 달랐다. 졸업을 미루고 학교에 남아 운동을 계속하는 것이 사람이라는 무엇으로도 대신할 수 없는 인적 자원의 축적 면에서 유리한 것은 분명했다. 그러나 학번에 실린 권위는 원하든 원하지 않든 과로부터 단과대학, 총학생회에 이르기까지 상하 간 소통을 어렵게 해 결국 운동이 역동성을 상실하게 된다는 것이 내 생각이었다. 선배나 동기들에게서 이미 그런 모습들을 종종 보

달의 뒤편

아 온 터여서 나는 졸업을 해야겠다는 결심을 굳힌 지 오래였다. 설득은 여름부터 늦가을까지 계속되었다. 그 중심에 민규가 있었다. 민규는 시간이 있을 때마다 난로에 엿 달라붙듯 들러붙어 나를 압박했다. 후배들은 옆에서 힘을 보탰다. 모든 후배들이 민규 편이었다. 하지만 시간만은 내 편이었다. 결국 내가 문과대학 학생회장 후보에서 선거운동본부장으로, 나를 압박하던 민규는 선거운동본부장에서 학생회장 후보로 역할을 맞바꾸고 나서야 후보 문제는 마무리되었다. 후보 등록 며칠 전이었다.

"무슨 소리야?"

"아직도 오빠 졸업한 걸 아쉬워하는 사람들이 있더라고요."

"미몽에서 아직 벗어나지 못한 사람들이 있는 모양이구나."

나도 졸업하지 않았다면 어땠을까, 하는 생각을 해 볼 때가 있었다. 그러나 언제까지나 학교에 남아 있을 수는 없었다. 미래는 후배들이 자신들 시대에 맞게 설계해 나가야 한다고 믿었다. 그것이 순리였다.

"운동이란 뭘까요?"

"은초는 어려운 질문을 쉽게 하는 재주가 있구나."

은초가 웃었다. 짧은 물음이었지만 쉽게 답할 수 있는 내용은 아니었다. 전체 엠티 때 은초가 승필 선배에게 던진 질문도 본인은 쉽게 던졌을지 몰라도 답해야 하는 사람으로서는 쉬운 것이 아니었다.

"글쎄, 내가 뭘 아나. 다 알면 내가 왜 여기 이러고 있겠어. 벌써 돗자리 깔았지."

은초가 거뭇한 손으로 입을 가리며 웃었다.

"세상에는 많은 이론과 사상이 있지만 완벽한 것은 없어. 완벽한 이론이나 사상은 완벽한 인간을 전제로 해서 가능한데 인간이라는 존재 자체가 완벽하지 못하니 인간이 만든 이론이나 사상도 불완전할 수밖에."

은초가 희미하게 고개를 끄덕거렸다.

"운동이란 꿈을 꾸는 거고, 그 꿈들을 뭉쳐 이 사회에 던지는 질문이라고 생각해. 그것은 누군가 하지 않으면 안 되는 일이지만 아무나 나설 수 없는 일들이 대부분이지. 사회의 이해관계로부터 자유로운 청년들이 나설 수밖에 없는 문제들이고. 새 세대가 기성세대와 부딪히면서 자신들이 갖고 있는 역사관, 세계관, 시대정신을 사회에 세워 나가는 것이 역사가 아닐까 해. 헌것이 새것에 밀려나는 건 역사의 순리고. 한때 새로웠던 가치는 시간이 흐르면 더는 새로운 것이 아니게 되는 것, 말이야."

은초가 밤을 입으로 가져갔다.

"기성세대는 그 과정을 필요에 따라 부풀리며 혼란스럽다고 말하지만 새 세대로서는 자기 자리를 찾는 과정이라고

달의 뒤편

할 수 있지. 그런 의미에서 사회에 혼란이 없다는 것은 곧 젊은 세대가 기성세대의 모순과 싸우지 않고 있다는 의미이기도 해. 그것은 젊은 세대가 기성세대가 이루어 놓은 가치에 아무런 이의가 없다는 뜻이 되는 거고. 청년들이 더 나은 세상을 꿈꾸기보다 기성세대가 이루어 놓은 질서에 순응하고 있다는 얘기이기도 하고. 생각이 있는 사람이라면 누구나 새로운 세대가 자신들이 살아가야 할 시대의 가치를 생산해 내고 나아갈 방향을 제시하는 것이 그리 그릇된 일은 아니라고 생각할 거야."

"운동이 그런 역할을 한다는 거죠?"

"아마도…"

내가 웃으며 말을 이었다.

"사회로서는 젊은이들이 자기가 살아갈 시대의 가치도 생산해 내지 못한 채 청춘을 낭비하는 것처럼 슬픈 일도 없지. 운동은 기성세대가 만들어 놓은 잘못된 질서에 대한 분노나 반동일 테니까. 기득권 세력은 자기 이익을 지키기 위해 그런 행동들을 무질서, 반동, 이적 행위라고 몰아세우지. 그때 가장 흔히 동원하는 말이 과격, 폭력, 폭도, 빨갱이 같은 말들이고. 그들은 자신들의 체제를 위협하는 세대를 무너뜨리는 것에 골몰하다 상식적이지 않은 도구들을 쉽게 동원해 쓰기도 해. 젊은 세대는 그런 모습에 더 분노하게 되고. 분노가 쌓이면서 사회가 한꺼번에 뒤집어지는 것을 혁명이라 하는 거겠지."

혁명이라는 말에 은초가 나를 쳐다보았다.

"겉으로 보기에는 그 과정이 모두 혼란스러워. 하지만 혼란스럽다고 그 과정을 거치지 않는다면 사회는 기존 체제와 질서를 그대로 유지하게 돼. 그렇게 되면 가장 이익을 보는 것은 결국 기득권 세력이 아닐까. 그걸 가장 좋은 상태로 여기는 사람들이 기성세대일 테고. 혼란스런 과정을 거치며 사회는 한 단계 더 성숙하게 되는 것인데 그 과정이 없다면 역사는 후퇴하는 거나 마찬가지지. 나는 반동이든 분노든 혁명이든 그 자체가 이미 새로운 세상을 꿈꾸고 있다는 하나의 징표라고 생각해. 작은 분노는 작은 것을 바꾸고, 거대한 분노는 커다란 것을 바꾸게 되겠지. 한 가지 중요한 것은 세상을 뒤집기 위해서는 내가 먼저 뒤집어져야 한다는 거야."

"쉽지는 않겠네요."

은초가 말끝에 미소를 실었다.

"어려운가? 쉽진 않겠지. 나도 십 년 가까운 시간 동안 책이나 거리에서 배운 것들이니까. 은초가 쉽게 이해했다는 건 내 십 년 공부를 한순간에 이해해 버렸다는 거니까 결국 내가 별 능력이 없다는 말이 되고, 은초가 잘 이해하지 못했

다는 것은 나와 비슷한 경로로 오고 있다는 얘기 아닐까?"

"그럼 제가 제대로 가고 있는 건가요?"

"의문이 많다면, 그리고 불의에 이의가 있다면 잘못된 길로 가고 있지 않다는 것만은 분명해."

은초가 말없이 고개를 주억거렸다.

9

가난을 두려워하지 않는 것과 세 끼 밥을
해결하는 것은 비슷한 것 같으면서도 다른 것이었다. 가난
을 밥처럼 먹고 사는 시인도 하루 세 끼를 해결하지 못하고
서는 인간이라는 존재로 살아갈 수 없었다. 시를 쓰며 산다
는 것은 여전히 꿈을 꾸며 살아간다는 뜻이었지만, 시는 스
스로 밥이 되어 주지는 않았다. 꿈은 끊임없이 현실에 부딪
혔고, 밥은 끊임없이 시를 시험했다. 시가 마음이라면 밥은
몸이었고, 시가 이상이라면 밥은 현실이었다. 내 눈에 비친
시와 밥은 꿈과 현실처럼 둘이면서 하나였고, 하나이면서
둘이었다. 나는 시와 밥, 꿈과 현실, 두 세계를 드나드는 바
람이어야 했다.

달의 뒤편

편의점 일을 시작했다. 편의점에서 원하는 나이가 있어 네 살 아래인 막내의 주민등록등본을 떼어다 주었다. 동생은 하루아침에 내가 되었다. 주민등록등본에는 사진이 붙어 있지 않기에 가능한 일이었다. 밤 12시부터 아침 8시까지 일한 뒤 아침이면 방으로 돌아왔다. 원했던 근무 시간은 저녁 시간이었지만 그 시간에는 다른 사람이 일을 하고 있었다. 한 달이 지날 무렵 근무를 오후 4시부터 밤 12시까지로 바꿀 수 있었다. 그런데 원하는 시간에 일하게 되었다는 만족감도 잠시 전혀 다른 것들이 눈에 들어오기 시작했다.

편의점에는 인력을 관리하고 실무를 총괄하는 실장이라는 이가 있었다. 편의점은 사장과 실장, 점원으로 이루어진 단순한 체계였다. 실장은 사장이 고용한 사람이었다. 그는 사장으로부터 권한을 위임 받아 일하고자 하는 사람들을 면접하고 채용할 사람을 사장에게 올려 재가를 받았다. 나도 그의 면접을 거쳐 채용되었다. 제출한 서류상으로는 실장이 나보다 네 살 많았지만 실제 나와 그는 동갑이었다. 실장은 내게 반말을 했다. 서류상 손아랫사람이니 반말을 한다고 따질 일은 아니었다. 문제는 그다음이었다. 실장이 일이 끝난 나를 붙잡아 두고 다음 시간에 일하는 점원을 창고로 불러들여 술을 마시기 시작한 것이다. 처음에는 마음을 두지 않았다. 오랜만에 만난 사람인가보다 하고 말았다. 그러나 그런 일이 여러 날 되풀이되었다. 어느 날은 한 시간이, 또 어느 날은 두 시간 가까이 퇴근이 지체되었다. 미안하다는 말도 없었고, 미안해하는 표정도 아니었다. 초과된 시간을 급여에 반영해 주는 것도 아니었다. 실장과 얼굴을 붉히는 날이 많아졌다. 결국 어느 날 실장과 크게 싸운 뒤 일을 그만두었다.

편의점을 나와 컴퓨터로 문서를 입력하는 일을 해 봤지만 매일 있는 일이 아니었다. 프라이드치킨 홍보 전단을 붙이는 일을 시작했다. 주택가를 돌며 대문에 스카치테이프로 전단지를 붙이는 일이었다. 한 달을 일하고 급여를 받는데 일을 시작할 때 했던 사장 말과 급여를 줄 때 사장 말이 달랐다. 사장은 그렇게 급여를 주겠다고 한 적이 없다고 딱 잡아뗐다. 그는 말했던 급여의 반밖에 내놓지 않았다. 계약서를 쓰지 않은 내가 자초한 결과였다. 세상으로부터 제대로 뺨 한 대 얻어맞은 기분이었다.

직업소개소를 찾아갔다. 그곳에서 소개 받은 곳은 스포츠센터 신축 공사장이었다. 일당 5만 원짜리 일이었다. 그중 일 할을 직업소개소에 떼어 주는 조건이 혹처럼 붙어 있었다. 그것은 어느 소개소나 마찬가지였다.

시로 이루어 놓은 것이 없었기에 나는 시인이라는 말은 분에 넘치는 호사라 생각했다. 해서 사람들이 무얼 하느냐고

물으면 그저 글을 쓴다는 말로 얼버무리고는 했다. 그러면 상대는 무슨 글을 쓰느냐고 되물었다. 나는 빨리 지나갔으면 하는 바람으로 이것저것, 이란 말을 두루뭉술하게 내놓았다. 하지만 처음 만난 상대는 거기서 질문을 멈출 때가 거의 없었다. 이것저것 뭐, 라는 물음이 건너오고 그때에야 나는 막다른 골목에서 뒤돌아선 망아지처럼 시를 쓰노라고 변명도 아닌, 그렇다고 자백도 아닌 말을 쑥스럽게 내뱉곤 했다. 그러면 대체로 튀어나오는 첫 단어가 '시인?'이었다. 스포츠센터 신축 공사장으로 일을 하러 갔을 때도 그랬다.

"시인?"

전기 소장은 한마디를 내뱉은 뒤 무슨 단어를 갖다 붙여야 할지 모르는 사람처럼 말을 잇지 못했다. 전기 일 십여 년에 시를 쓴다는 인간은 처음 보았기 때문일까. 소장의 물음은 연료가 바닥난 트럭처럼 멈춰 섰다. 시인이라는 말이 엉뚱한 곳에서 힘을 발휘하나보다 생각하며 나는 속으로 웃었다.

소장은 입이 거친 사람이었다. 그의 입에서는 튼튼한 근육질의 욕들이 연달아 터져 나오곤 했다. 처음 본 날도 그는 오장육부에서 뽑아 올린 욕들을 사무실에 화사하게 뿌려 대고 있었다.

"니미 시버럴 놈의 새끼! 니 꼴리는 대로 해라, 이 좆 겉은 새꺄!"

소장의 오장육부에는 욕설 공장이 들어 있는 것 같았다. 욕 없는 하루는 존재할 수 없을 듯했다. 전공들에게 욕이 결혼의 최대 걸림돌이라며 곧잘 놀림을 받기도 했다. 하지만 뒤끝은 없는 사람이었다. 선을 본 소장이 내게 부탁을 해 와 연애편지를 써 준 적도 있었다.

"시인과 공사판이라…"

소장과 인사가 마무리될 즈음 사십 전후로 보이는 아저씨가 말머리를 끌어당겼다. 박 씨 아저씨였다. 이죽거리는 입에서 흘러나온 그의 말은 사람을 비웃는 듯했다.

"딴사람 붙여 줘, 나는."

자동판매기 커피를 들고 있던 그는 다른 사람과 일을 하고 싶다는 속내를 훤히 드러냈다. 초짜와 일하는 게 불편할 거라고 생각한 듯했다. 모두 나를 피하려는 심산이었을까. 예닐곱 명이 서 있던 사무실에 어색한 기운이 감돌았다.

"시인 형님! 나랑 일해 봅시다."

그때 전공 한 사람이 앞으로 나서며 말했다. 그러고는 소장을 돌아보며 물었다.

"괜찮죠?"

곧장 소장의 주특기가 되살아났다.

"뭘 물어 시팔 늄아. 데리고 가서 좆 빠지게 하믄 되지."

달의 뒤편

소장의 반응에 그는 웃었다. 그럴 줄 알았다는 표정이었다. 그의 이름은 이성근이었다. 나보다 세 살이 어렸다. 나이는 어렸지만 공사판에서 나름대로 잔뼈가 굵은 친구였다.

현장에서 나는 모르는 것이 태반이었다. 해서 곧잘 허둥거렸다. 부품 이름을 몰라 허둥거렸고, 일의 순서를 몰라 허둥거렸고, 용어를 몰라 허둥거렸다. 부품 심부름을 할 때는 하루에도 몇 번씩 엉뚱한 물건을 들고 작업장과 지하 창고를 오르내리기도 했다.

스포츠센터 현장은 골조 공사 뒤 하자 보수 작업이 진행되고 있었다. 보수 작업은 공구를 갖다 놓고, 필요한 자재를 나르고, 드릴로 벽을 부수고, 파이프와 박스를 교체한 뒤 철사와 못을 이용해 고정시키고, 부서진 벽에 시멘트를 개 바르는 순으로 진행되었다. 그것을 이해하기까지는 적지 않은 시간이 걸렸다.

현장에서 겪는 또 하나의 어려움은 일본어투성이 용어들이었다. 낯선 용어들은 초보인 내가 알아듣기가 쉽지 않았다.

"야, 기레빠시 좀 갖고 와!"

그러면 신출내기인 나는 기레빠시의 정체를 몰라 허둥댔다.

"뭐해 인마. 기레빠시 갖고 오라니까!"

각목이나 나무토막 좀 가져오라는 말로 했으면 쉬웠을 텐데 사람들은 알아들을 수 없는 용어들을 써 댔다.

"야, 아시바 가져와!"

그러면 나는 또 아시바를 몰라 신경이 곤두섰다.

"아시바 가져오라니까 뭐하냐?"

아시바를 모르고 아시바를 가져올 수는 없었다.

"저, 그런데 아시바가 뭔가요?"

"아, 씨, 아시바 몰라? 아시바!"

전공의 목소리가 커질수록 내 목은 자라목처럼 기어들었다.

"그러니까, 그게, 뭐냐구요."

"아, 씨. 아시바! 아시바도 몰라? 허, 참. 씨바 내가 졌다. 아시바가 뭔지도 모르고 일하냐? 아시바, 아시바가 뭐냐!"

전공이 가리킨 것은 이층 구조로 된 기구였다. 천장이나 높은 벽 일을 할 때 보다 쉽고 안전하게 일하기 위해 만들어진 이층 침대 비슷한 것이었다. 필요한 만큼 2층, 3층, 4층으로 높여 사용할 수도 있었고, 쉽게 이동할 수 있도록 네 기둥 아래에 바퀴를 끼울 수도 있었다. 현장에서는 아주 기본이 되는 도구였지만 나는 이름을 몰라 옆에 두고도 그것을 가져오지 못했다.

"아시바도 모르는 놈하고 일하려니 참…"

전공은 내가 우스워 보였을 것이고, 나는 알 수 없는 용어들을 내뱉는 그들을 어려워했다.

스포츠센터는 13층 건물이었다. 출근을 하면 전기 소장은

전공들에게 일을 분담시켰다. 일에 능한 전공과 보조 한두 명이 조를 이루어 그날그날 일할 곳에 투입되었다. 일은 대개 네 개 조로 나뉘어 진행되었다. 두 명이 일하는 것이 보통이었고, 필요에 따라 서너 명이 투입되기도 했다.

작업을 하기 위해서는 먼저 그날그날 필요한 자재들을 작업장으로 옮겨야 했다. 지름이 16밀리미터나 22밀리미터인 PVC 파이프 스무 개짜리 묶음을 다른 사람들은 네 다발, 다섯 다발씩 날랐지만 나는 겨우 두 다발을 날랐다. 전선을 사람들은 양어깨와 두 손에 두 다발씩 모두 여덟 다발을 날랐지만 나는 좌우 어깨와 두 손에 하나씩 네 다발, 용쓰면 여섯 다발을 나르는 게 고작이었다. 막노동판에서 그나마 힘을 적게 쓰는 게 전기 일이었다. 하지만 그마저도 쉬운 일이 아니었다. 어느 날부터 자재들 무게에 눌린 관절에서 통증을 게워 내기 시작했다. 엉덩관절이었다. 다리를 저는 날이 많아졌다. 몸은 지저분해지면 씻으면 그만이었지만 통증을 물로 씻어 낼 수는 없었다.

10

　그해 여름, 8월 중순으로 접어들면서 더위는 꼭짓점에서 내려오고 있었다. 그러나 여전히 한낮 태양은 강렬했고 더위는 오후까지 불꽃처럼 혀를 내밀고 있었다. 내가 버스 정류장에서 내린 것은 8월 14일 오후 1시 무렵이었다. 연대 앞은 전경 버스가 지네처럼 줄지어 차도를 점령하고 있었다. 시위대가 물러난 연대 앞은 텅 비어 있을 때조차도 활시위를 당겨 놓은 듯 팽팽한 긴장감이 감돌았다. 사회의 모순을 온몸으로 짊어진 학생과 전경은 연대 정문을 사이에 두고 칼날처럼 대치했다. 거리의 보도블록은 깨진 얼굴로 적의를 드러내고 있었고, 돌멩이는 부러진 이빨마다 분노를 물고 있었다. 거리에 뒹굴던 분노와 적의는

아무에게나 화살을 겨눠 누구에겐지 모를 공포를 키우고 있었고, 산산이 부서진 화염병 조각들은 속살을 얇게 드러낸 채 현실 속 모순 없는 하늘을 말없이 바라보고 있었다. 화염병이 핥고 지나간 자리는 아스팔트보다 더 검게 그을려 있었고, 최루탄 자국은 총구가 겨눈 방향으로 아스팔트의 눈썹처럼 달라붙어 있었다. 행인보다 많은 전투경찰은 더위보다 두꺼운 더위를 입고 있었다.

내가 연대에 간 것은 관성일 수도 있었다. 졸업을 해 버린 나는 소속이 없었다. 소속이 없다는 것은 행사의 주체가 아니라 관찰자이거나 방관자라는 의미였고, 행사를 위해 아무것도 한 일이 없다는 말과 동의어였다. 그러나 누군가 무엇인가를 준비했다면 지켜봐 주고 박수치며 지지해 주는 사람들도 있어야 하고, 만약 그런 사람들조차 없다면 행사는 아무런 의미가 없다는 것이 내 생각이었다. 해서 이틀 정도 일을 쉬기로 하고 전기 소장에게 휴가를 부탁했다. 연애편지로 신세를 진 소장은 별 이견 없이 부탁을 들어주었다. 다음 날 오후쯤이면 방으로 돌아올 수 있을 거라는 생각으로 나는 집을 나섰다.

8월 15일이면 나는 그날 밤을 떠올리곤 한다. 1989년 8월 15일 밤, 갓 입대한 나는 군기가 바짝 든 이등병으로 내무반

침상 맨 앞줄에 앉아 있었다. 내무반을 정리하고 개인 정비를 한 뒤 밤 아홉 시가 가까워지면 세 개의 내무반 중 제2내무반으로 모든 부대원들이 정렬해 앉았다. 밤 10시는 군의 공식 취침 시간이었고, 취침 전 밤 9시 뉴스 시청은 사병들의 주요 일과였다. 침상 맨 앞줄에서 전방 15도 위쪽으로 시선을 고정시킨 이등병이 잔뜩 긴장한 얼굴로 석고상처럼 앉고 나면 일병, 상병, 병장 순서로 뒷줄이 채워졌다. 병장들은 맨 뒷줄에서 관물대에 기대 아무렇게나 널브러져 있다 일직사관이 들어서면 나무늘보처럼 일어나 앉고는 했다.

그날, 문규현 신부가 임수경의 손을 잡고 판문점을 넘어온 소식이 밤 9시 뉴스 머리기사로 전파를 탔다. 기사가 뜨는 순간 판문점을 넘어온 두 사람이 침상 위에 수류탄을 터트리기라도 한 것처럼 고참들 욕설이 허공으로 날아올랐다. 마치 자신들이 판문점에 서 있기라도 한 것처럼, 판문점으로 내려온 두 사람이 자신들의 뿌리를 흔들기라도 한 것처럼, 가만히 있으면 두 사람을 옹호한다는 의심을 받기라도 하는 것처럼 고참들의 총천연색 욕설은 허공에 멸공의 무늬를 화려하게 수놓았다. 나는 내가 판문점으로 내려오기라도 한 듯 불안해졌다. 이등병이 고참과 논쟁을 벌일 수는 없었다. 불만을 드러낼 수도 없었다. 고참은 하나님과 동기동창이니까. 불안의 회오리를 품고 나는 공기처럼 침묵했다. 그

달의 뒤편

때 발가락 하나가 나를 향해 발사된 총알처럼 옆구리를 찔렀다. 내 입에서는 지체 없이 관등 성명이 튀어나왔다.

"이병 윤시헌!"

"야, 윤시헌."

"예! 이병 윤시헌!"

"너도 쟤랑 똑같은 생각이지! 그렇지?"

"아닙니다!"

"아니긴 뭐가 아냐, 인마! 너도 대학 다닐 때 데모했잖아! 너도 쟤랑 똑같이 빨갱이지, 그렇지?"

발가락이 옆구리를 찌를 때마다 내 입에서는 자동 응답기처럼 관등 성명이 튀어나왔다. 병장의 발은 옆구리를 타고 얼굴을 향해 올라왔다. 관등 성명 소리가 작아졌다. 얼굴 옆으로 올라온 발은 이내 오른쪽 뺨을 찌르기 시작했다.

"말해 봐. 너도 빨간 거지. 맞지, 그렇지?"

수치심을 끓인 분노가 정수리에서 증기를 내뿜었다. 그러나 험악한 얼굴을 들이밀 수는 없었다. 뒤에 있던 일병이 관등 성명 대지 않고 뭐 하냐며 엄중하게 한마디를 꺼내 놓았다. 상병들의 시선은 내 뒤통수를 후려치고 있었을 것이다.

'너희들이 데모할 때 우리들은 완전군장한 채 비상대기하면서 얼마나 좆뺑이 친 줄 알아 이 새끼들아! 데모하는 것들은 싹 쓸어버려야 돼, 그냥!'

신병교육대 조교들이 무장을 한 채 제 주인을 향해 총구를 겨누고 있었다는 헌법에 반하고도 남을 말을 서슴없이 내뱉던 때였다. 그들은 대학생 놈들 데모 때문에 자신들만 죽어난다며 곧잘 핏대를 세우곤 했다. 자기들이 그랬다는 것인지, 누군가에게 전해 들었다는 것인지 훈련병인 내가 확인할 길은 없었다. 조교들은 줄곧 욕설로 공포를 설계했고, 우리는 그 공포로 호흡할 뿐이었다.

신병교육 뒤 배치된 자대는 장교와 부사관 외에 병장부터 이등병에 이르는 네 개의 계급에 월별로 기수까지 엄격하게 나뉘어져 있었다. 이등병이 6개월, 일병 7개월, 상병 8개월, 병장이 9개월이던 시절이었다. 병장은 군기를 잡지 않았다. 그들은 내무반에 널브러져 있다 한마디를 흘리거나, 발가락을 까딱거림으로써 의중을 내보였다. 의중은 교시였고, 까딱거린 발가락은 그대로 지휘봉이었다. 소장, 중장, 대장 위에 병장이란 말이 우스갯소리만은 아니었다. 병장의 권력이란 사실 실력으로 얻어 내는 것이 아니었다. 시간이 흐르면 그냥 주어지는 것이었다. 놀랍게도 병장의 힘은 거기서 나왔다. 사병이라면 누구나 자신도 그 권력을 누리게 되리라는 것을 잘 알고 있었다. 권력을 스스로 허물어뜨릴 필요가 없었던 것이다. 어쩌면 그것은 허물어지면 안 되는 것이었다. 상병도, 일병도, 갓 입대한 까마득한 이등병도 하나님과

달의 뒤편

같은 그 권력을 맛보기 위해 하루하루를 견뎠다. 억울해도, 더러워도 국방부 시계는 가니까.

"말해 봐! 너도 빨갱이 맞지?"

"…"

발가락에 적의를 드러내는 순간 이어질 욕설과 폭력은 상상하기 어렵지 않았다. 내가 도망칠 곳은 침묵뿐이었다.

"야, 묻잖아, 인마! 너 빨갱이 맞지?"

발가락은 계속 뺨을 문지르고 있었다. 수치심을 사른 분노가 심장으로 타 들어왔다. 옆에 앉은 이등병들이 긴장한 얼굴로 세울 것도 없는 허리를 더욱 곧추세웠다. 일병들이 내게로 고개를 돌렸다. 상병들의 엉덩이가 들썩거렸다. 병장들은 웃고 있었다.

"이거 봐라?"

상병 하나가 군기 빠진 현장을 목격한 듯 나를 노려보며 침상에서 일어섰다. 그때, 점호를 위해 일직사관이 내무반 문을 열고 들어섰다. 상병이 엉거주춤 자리에 앉았다. 내 과거를 추궁하던 발이 어깨 너머로 사라졌고, 나자빠져 있던 병장들이 일어나 앉았다. 뉴스는 계속되고 있었다.

"저것들은 그냥 김일성이한테 가서 살지 그런다냐."

일직사관이 통로에 놓인 의자에 앉으며 한마디를 내뱉었다. 반공의 공기가 내무반에 가득했다. 고참들 눈에서 격발

된 총알들은 내 등에 박히고 있었다.

뉴스 시청 뒤 점호가 시작되었다. 점호는 까다롭지 않았다. 점호를 끝낸 일직사관이 내무반을 빠져나갔고, 일직사병의 경례와 함께 취침 명령이 떨어졌다. 취침 구호와 함께 모포가 깔리고 내무반의 등이 일제히 꺼졌다. 그리고 어둠 속에 집합 명령이 나와 동기들에게 하달되었다. 점호는 하루 일과의 마무리이면서 비공식 일과의 시작이었다. 우리는 지체 없이 취사반 뒤쪽으로 달려 나갔다. 병장의 발가락에 반응하지 않은 내 입이 문제였다. 그것은 군기 빠진 증거가 되었다. 취사반 뒤쪽에서 우리들의 거친 숨소리는 칠흑 같은 밤의 아랫도리를 흔들었다.

1989년 문익환 목사, 황석영, 임수경으로 이어진 방북은 내가 앉아 있던 군 내무반을 훌쩍 뛰어넘어 반공의 외투를 겹겹이 껴입은 채 살아온 한국 사회를 뒤흔들었다. 그것은 민간 통일 운동 진영이 사회 전반에 충격파를 던진 일대 사건이었고, 반세기 가까이 정부가 독점해 온 통일 논의에 균열을 일으켰다. 이후 민간 통일운동 진영은 보다 적극적으로 통일을 모색해 나가기 시작했고 그 결과물이 1990년에 개최된 제1회 범민족대회였다.

달의 뒤편 •

검문을 뚫고 연대 안으로 들어갔을 때 학교 안은 인파로 가득했다. 공대와 도서관, 학생회관으로 둘러싸인 공간뿐만 아니라 그 너머까지도 인파는 메밀꽃처럼 가득했다. 인파에 소리와 열기가 버무려지며 광장은 꿈틀거렸다. 악기가 바위처럼 바닥을 울리면 노래가 고무공처럼 창공으로 튀어 올랐다. 핏대를 머금은 구호는 광장 구석까지 체열을 퍼 날랐고, 인파와 노래와 구호와 더위가 뒤섞인 광장은 가마솥처럼 끓고 있었다.

백양로를 따라가다 학생회관 쪽 계단으로 올라섰다. 주위를 두리번거리다 도서관 앞으로 걸음을 옮겼다. 부채와 종이는 바람개비처럼 더위를 뒤집고 있었고, 깃발은 곳곳에 의지의 푯대처럼 서 있었다. 내 눈동자가 뙤약볕 아래 한곳에 멈춰 섰다. 도서관 광장과 백양로 사이 오른쪽 화단 옆에 낯익은 깃발이 보였다. 후배들이 뙤약볕에 익은 벼처럼 고개를 숙이고 있었다. 후배들 대오 뒤로 슬며시 다가가 몸을 부렸다.

학교에 남아 헛된 권위를 세우고 싶지 않다는 결심은 모두가 동의한 것은 아니었다. 졸업을 미루는 것은 헌신이기도 했다. 그러나 졸업을 미루며 활동하는 것이 헛된 권위로 작용하는 경우도 많다는 생각에는 변함이 없었다. 스스로 쌓아 올리거나 주변에 의해 쌓아 올려진 권위는 상호 소통을 막는 원인이 되고 결국 대중과 소통을 막아 운동과 대중이 분리되고 만다는 것이 내 판단이었다. 근거가 되어야 할 학생들로부터 멀어져 학생회도 운동도 쇠락의 길을 걷게 되는 것은 피해야 한다고 믿었다.

윗 단위에서 결정할 사업과 결정된 일에 가장 이견이 많은 곳이 문과대였다. 주로 이견을 제출하는 사람은 나와 민규였다. 사실 이견이란 상의하달만 있고 하의상달은 없는 것에 대한 볼멘소리이기도 했고, 지속적으로 내려오는 과제에 대한 어려움의 표현이기도 했다. 오해가 있거나 이해가 부족한 부분에 대한 물음이기도 했고, 제기된 사업들을 보다 풍부하게 고민해야 한다는 지적이기도 했다. 그리고 그것은 토론의 시작이어야 했다. 따지고 보면 그것은 이견이랄 수도 없었다. 그렇지만 다른 의견이 있다면 그것을 가지고 논의라도 해 보자는 것이 또 우리 의견이라면 의견이었다. 그러나 그런 이견이나 지적, 물음을 윗 단위에서는 불편해 했다. 그들은 자신들의 견해가 물처럼 흘러내려 일꾼들 그릇에 담긴 뒤 실행되기를 바랄 뿐 다른 견해가 하달된 과제를 삼키기를 바라지 않았다. 문과대의 의견이 틀릴 수도, 다를 수도 있었다. 그러나 그들은 다르다면 어떻게 다른지를 함께 이야기하지 않으려 했고, 그르다면 어떻게 고쳐야 하는지 논의하려 들지 않았다. 제기된 의견은 점차 환영받

달의 뒤편

지 못하는 의제가 되어 갔다. 회의는 핵심을 향해 나아가지 못했고, 의견도 비판도 점차 자취를 감추었다.

90년대 중반으로 들어서며 민간통일운동 진영은 두 개의 입장으로 나뉘어 싸우고 있었다. 문민정부가 들어섰지만 제반 정세는 바뀐 것이 없기에 원칙은 확고하게 지켜 나가야 한다는 입장과 문민정부가 들어섰기에 과거의 방식에서 탈피해 많은 사람들과 함께할 수 있어야 한다는 입장이 그것이었다. 선명성과 대중성으로 갈라진 두 개의 의견은 다시 모아지지 않았다.

입장, 그것은 처음부터 발화의 위험을 고스란히 안고 있었다. 영향력을 가진 개인이나 소수 집단의 의견이 조직의 입장이 되고, 조직의 입장이 조직의 이익이 되고, 조직의 입장과 이익에 더 많은 논리가 더해지며 진영은 공멸로 가는 필연적인 수순을 밟고 있었다. 그것은 마치 의견이 하나로 모아지는 것을 방해하기 위해 누군가 격발시킨 논쟁처럼 보였다. 각자 입장은 견고했고, 논의는 격화되었다. 논의 과정은 두 논리가 화합하기 어려운 것이라는 것을 극명하게 보여 줄 뿐이었다. 통일이란 하나가 되는 것이었지만 갈등은 하나였던 것마저 둘로 갈라지게 해 진영 전체의 열정을 소진시키고 있었다. 학교도 예외는 아니었다. 지역마다, 학교마다, 단위마다 의견은 갈렸고 조직은 힘도, 열정도 잃어 가고 있었다.

해방과 함께 남북으로 갈라진 민족은 남한 내에서 민족해방과 민중민주로 분리된 뒤 다시 민족해방 내 2차 분열로 이어지고 있었다. 그것은 귀한 생명체를 탄생시키는 수정체의 세포분열이 아니라 생명체에 소멸의 그림자가 드리워지는 암세포의 자기 증식이었다. 어쩌면 불행은 그렇게 예고되고 있었는지도 모른다.

태양은 작살처럼 피부를 뚫었고, 더위는 솥처럼 몸을 찌고 있었다. 대회는 불허된 상태였고, 주변은 원천 봉쇄되어 있었다. 학교에 들어와 있는 사람은 수천에 달했고, 들어오려는 사람도 수천에 이르렀다. 대회장 진입을 위해 안팎에서 모두 시위를 벌였다. 행사를 막기 위해 동원된 경찰만 2만 명에 달한다는 보도가 나오고 있었다.

"자, 다시 사수대 요청이 왔습니다. 경찰이 다시 들어오려 하는 모양입니다!"

맨 앞에 앉아 있던 민규가 일어서며 외쳤다. 대학 정문을 넘어오는 것은 경찰도 조심스러워하는 일이었다. 그곳은 경찰과 시위대의 묵시적 경계선이었다. 그 경계가 서서히 허물어지고 있었다. 두 명이 사수대를 자원하며 일어섰다. 민규가 자원자와 이야기를 나누다 나와 눈이 마주쳤다.

"형, 언제 왔어요?"

민규의 한마디에 후배들이 고개를 돌리며 인사를 했다.

잠시 후 민규가 다가와 옆에 끙, 소리를 내며 앉았다.

"고생이 많구나."

"고생은요, 뭘. 다 같이 하는 건데요. 그런데 분위기가 심상치 않네요. 경찰들이 정문을 치고 들어오는 게… 별일 없이 끝났으면 좋겠는데…"

민규가 걱정스레 정문을 바라보았다. 민규와 이야기를 나누고 있는데 어디선가 비명 같은 외침 소리가 들려왔다.

"정문 뚫렸다!"

"경찰이다!"

"튀어!"

사람들이 튕기듯 일어나 종합관 쪽으로 뛰기 시작했다. 모두들 대학 본부와 노천극장, 도서관 뒤쪽으로 화살이 되어 날아갔다. 은초도, 민규도, 나도 뛰었다. 폭탄이 터진 것처럼 광장은 아수라장이었다. 민규는 은초의 손을 잡고 뛰고 있었다. 은초는 눈을 감은 채 이를 악물고 있었다. 민규가 나를 돌아보며 소리쳤다.

"형! 애 좀 부탁해! 나 다른 애들 좀 볼게요!"

엉겁결에 은초의 손이 내게로 넘어왔다.

"은초야, 힘내! 형, 안녕하셨어요!"

대선이가 소리쳤다.

"그래!"

은초는 금세 뒤처지기 시작했다. 들썩거리는 은초의 가방을 살짝 들어 주었다. 대학 본부로 향하는 오르막길에 다다를 무렵 누군가 외쳤다.

"짭새들 물러간다!"

거침없이 백양로로 달려들던 경찰이 정문 쪽으로 빠지고 있었다.

"새끼들, 왜, 자꾸, 쳐들어오고, 지랄, 들이야!"

대선이가 거친 숨을 토해 내며 말했다. 모두들 무릎을 짚고 거친 숨을 몰아쉬었다. 후배들을 살피며 민규가 다가왔다.

"은초야, 괜찮아?"

은초가 네, 라고 겨우 대답했다.

"느낌이 안 좋아요. 무슨 예행연습, 하는 거 같기도 하고."

민규는 불안감을 감추지 못했다. 연대는 경찰에 둘러싸인 거대한 섬이었다. 섬에는 학생들이 가득했고 바다에는 경찰들이 가득했다. 경찰은 방파제를 넘어온 해일처럼 학생들을 압박하곤 했다. 생각을 펼치려는 쪽과 생각을 제압하려는 쪽은 하나의 벽을 사이에 두고 팽팽하게 대립했다. 섬에 있는 사람들에게 자유는 권력이 누리는 자유를 뺀 나머지 자유처럼 보였다. 권력의 무한 자유와 그 나머지 자유가, 모든

달의 뒤편•

것을 누려 온 자유와 모든 것을 한 번도 누려 보지 못한 자유가 칼날처럼 부딪히고 있었다. 하나의 폭약을 향해 두 개의 불꽃이 타 들어가고 있었다.

해가 서산으로 기울 무렵 결국 해일은 섬을 덮쳤다. 8월 15일 오후였다. 그것은 권력의 핵심을 진앙지로 한 쓰나미 같았다. 헬리콥터가 떠올랐다. 최루탄을 앞세운 경찰은 백골단, 헬리콥터의 삼각편대로 학생들을 몰아붙였다. 거침없는 작전에 학생들은 과학관과 종합관으로 밀려들었다. 동력을 잃은 배처럼 우리는 종합관으로 휩쓸려 들어갔다. 종합관 계단을 오르고 있을 때 누군가 행렬 위로 농담을 던졌다.
"아, 이거. 여기 우리 집 아닌디!"
긴박한 상황을 조금이나마 누그러뜨리려는 말이었을 것이다. 그러나 아무도 웃지 않았다. 상공에서 헬리콥터가 나무를 흔들고 있었다. 긴장한 눈동자들이 허공에 둥둥 떠다녔다. 주홍글씨에 쓸 잉크처럼 헬리콥터는 최루액을 뿌려대고 있었다.
"이, 씨팔."
누군가 경찰에게 한 것인지, 자신에게 한 것인지, 최루액 때문인지 모를 욕설을 내뱉었다. 선배들은 긴장하지 않으려는 모습이 역력했다. 하지만 그들 눈동자도 이미 흔들리고 있었다. 소란스러워야 할 실내는 침묵함으로써 위험의 크기를 예감하는 듯했다. 가늠할 수 없는 폭력의 크기가 공포를 누르고 있었다. 넘어진 술병에서 쏟아지는 소주처럼 새내기들의 눈동자에서는 두려움이 콸콸 쏟아졌다. 선배들이 감당할 수준이 아니라는 것을 새내기들도 이미 직감한 듯했다. 흔들리는 사람들의 눈빛과 얼굴과 입술과 심장을 공포는 한 줄로 꿰고 있었다. 가방과 가방, 사람과 사람, 사람과 가방이 서걱거리는 소리를 먹으며 공포는 몸집을 키웠다.

층마다 사람들이 넘쳐 나면서 우리는 1층에서 2층으로, 2층에서 3층으로, 다시 4층으로 밀려 올라갔다. 건물은 이미 수용 가능 인원을 훨씬 넘어서 있었다. 한 치 앞을 내다볼 수 없는 상황이었다. 말을 잃어버린 눈들은 정적만 먹고 있었다. 한 친구가 흐흑, 하고 울음을 터트렸다. 여자아이였다. 1학년이었을 것이다. 침묵 위로 솟은 울음은 생각보다 크게 울렸다. 울음은 뒤늦은 탄식 같기도 했고, 넘실대는 공포에 떠는 후회 같기도 했다. 울음은 공포에 떠는 사람들을 한낮의 어둠 속으로 밀어 넣고 있었다.

"자, 이러지들 말고 책상이랑 의자라도 좀 치웁시다!"

4층으로 올라갔을 때 누군가 손을 입에 대고 외쳤다. 공간을 확보하기 위해 사람들이 움직이기 시작했다. 강의실 뒤쪽으로 책상과 의자를 쌓아 올렸다. 오갈 공간만을 남긴

채 복도에도, 계단에도 책상과 의자들이 쌓였다. 제자리를 잃어버린 책상처럼, 의자처럼 사람들은 말이 없었다.

작업을 마친 후배들이 강의실 한쪽으로 모여들었다. 눈 밑에 치약을 묻힌 사람, 손수건을 목에 묶은 사람, 모자를 쓴 사람, 팔과 얼굴에 찰과상을 입은 사람… 모두 그을린 얼굴이었다. 민규가 강의실 바닥에 앉았다. 후배들이 하나둘씩 따라 앉았다. 아무도 입을 열지 않았다. 절벽에서 우리를 제일 먼저 둘러싼 것은 그 무엇도 아닌 침묵이었다.

"무서운 것은 무섭다고 해도 되는 거야."

내가 한마디를 만들어 냈다. 공포를 조금이라도 덜어 주고 싶었다. 후배들이 내 말에 마지못해 미소를 지었다. 그러나 그들은 울 수 없기에 웃는 것 같았다.

"나도 새내기 땐 전투경찰만 보면 다리가 후들거렸다니까! 정말이야!"

민규가 농담을 보탰다.

"별일 없을 거야. 조금만 힘을 내자."

선주의 말이었다. 그 외에 할 수 있는 말이란 없을 것 같았다. 뱉어 낸 말들은 조금씩 공포를 머금고 있었다. 낯선 공포만이 두려움 없이 우리를 지켜보고 있었다.

날이 어두워지면서 웃음소리가 들려왔다. 사람들은 소금

처럼 웃음을 뿌려 공포를 눅이려 애를 썼다.

　　바위처럼 살아가 보자.

　　모진 비바람이 몰아친대도

　　어떤 유혹의 손길에도 흔들림 없는

　　바위처럼 살자구나

　　바람에 흔들리는 건 뿌리가 얕은 갈대일 뿐

　　대지에 깊이 박힌 저 바위는 굳세게도 서 있으니

　　우리 모두 절망에 굴하지 않고

　　시련 속에 자신을 깨우쳐 가며

　　노래도 흘러나왔다. 단위별로 자리를 잡은 사람들은 안정을 되찾으며 조금씩 두려움에서 벗어나고 있었다. 박수 소리가 들려왔다. 웃음과 노래와 박수는 공포를 뒤져 찾아낸 생활필수품 같았다. 헬리콥터는 최루액을 뿌려 대며 여전히 공포를 흘리고 있었다.

　　민규가 선주와 나를 불러냈다. 밤이 깊어 가고 있었다. 오후쯤이면 방에 돌아가 있을 거라는 내 예상은 빗나가 있었다. 출근하지 않은 것을 알게 된 전기 소장의 욕설이 귀청을 때리는 듯했다. 건물로 사람들을 몰아넣은 경찰은 학생들 움직임을 주시할 뿐 특별한 움직임을 보이지 않고 있었다.

가끔씩 헬리콥터가 긴장 촉진제처럼 최루액을 뿌려 댈 뿐이었다. 최루액을 뒤집어쓴 사람들의 몸에는 주홍글씨처럼 물집이 잡혔다. 94년이었던가. 가방에 최루액이 묻은 적이 있었다. 얼룩은 좀처럼 지워지지 않았다. 결국 가방은 버려야 했다.

"힘내라!"

어깨를 툭 치자 선주가 힘없이 웃었다. 나도 웃었다. 민규는 옥상으로 올라갔다. 옥상에는 사람들이 군데군데 모여 있었다. 헬리콥터가 한차례 휘젓고 간 뒤여서 사람은 그리 많지 않았다. 몇몇은 회의를 하는 듯 보였고, 또 몇몇은 주위를 살피며 이야기를 나누고 있었다. 민규는 한쪽 구석으로 걸어갔다. 멀리서 신촌 거리 네온사인이 반짝이고 있었다. 우리는 말없이 신촌 거리를 바라보았다. 장사를 망친 상인들은 아우성이었다. 거리에서 사람들을 쫓아낸 이는 누구일까. 우리일까. 경찰일까. 권력일까. 말없이 생각에 잠겨 있는데 민규가 말을 꺼냈다.

"선주야, 잘 들어! 섣부른 판단일 수도 있겠지만 어쩌면 86년 건대항쟁의 재판이 될지도 모르겠다. 흔히 사람들은 건대 사태라고 하지."

1986년에 있었던 애학투련 사건은 흔히 건대 사태로 불렸다. 1986년 10월 28일 시작된 건대 사태는 건국대에서 애학투런 발족식을 열려다 1447명의 학생이 연행되고, 1288명이 구속된 사건이었다. 학생운동 사상 최대 규모였다. 애학투런은 전국 반외세 반독재 애국학생 투쟁연합을 줄인 말이었다. 한총련의 전신이 전대협이라면 전대협의 모태가 된 것이 바로 애학투런이었다. 군사독재에 저항하기 위해 건대로 모여든 학생들에게 좌경 용공 딱지를 붙여 놓고, 북을 추종하는 공산혁명 난동분자로 낙인찍어 공안몰이에 나선 사건이었다. 실체도 없는 이북의 금강산 댐 수공 계획을 발표하여 온 나라가 수몰의 공포에 사로잡혀 있던 때였다.

민규의 말은 우리를 납덩이처럼 무겁게 짓눌렀다. 같은 생각을 하고 있었지만 내가 할 수 있는 말이 아니었다. 선주는 긴장하는 기색이 역력했다. 역사가 되풀이되지 않기를 바랐지만 그것은 가능성이 아니라 현실이 되어 가고 있었다.

"일단 전원 연행이 되겠지. 다 구속될지도 몰라."

선주가 고개를 숙였다. 피할 수 없는 시련이었다.

"알다시피 이번에 온 문과대 사람들은 대부분 2학년 이상이야. 대개 단련이 되어 있는 사람들이지. 무슨 일이 벌어진다 해도 걱정할 필요까지는 없다. 하지만 1학년들은 조금 달라. 작은연못만 새내기들 세 명이 와 있다. 사태가 심각해지면 새내기들은 물론 작은연못 미래도 장담할 수 없는 상황이 될 수도 있어. 그래서 하는 말인데."

민규가 숨을 골랐다. 선주는 듣고만 있었다. 작은연못 새내기란 민호와 대선이, 은초를 말하는 것이었다.

"한 치 앞을 내다볼 수 없는 상황이라면 나는, 최악의 상황도 염두에 두어야 한다고 생각한다."

"각오는 돼 있어요."

선주가 한마디를 들어 올렸다.

"그래. 우리가 모두 잡혀가는 것은 각오해야겠지. 하지만 나는 우리 미래를 위해서는 씨앗 하나는 남겨 놓아야 한다고 생각한다."

선주가 고개를 들었다. 민규가 말을 이었다.

"그래서 새내기들 중 한 명 정도는 내보냈으면 하는데… 선주 네 생각은 어떠냐?"

어느 시기든 일꾼의 맥이 끊기면 학생회는 그만큼 활력을 잃었다. 그리고 활력을 되찾기까지는 다시 많은 시간이 필요했다. 동아리도 마찬가지였다. 단련되지 않은 새내기들은 시련을 이겨 내지 못하고 동아리를 떠나는 경우가 많았다.

"네… 그럼 누구를…"

선주가 물었다.

"너도 생각이 있겠지만, 나는 은초가 앞으로 작은연못을 이끌어 갈 후배라고 생각한다. 은초의 성품으로 보아 어려운 일을 겪게 될지라도 작은연못을 잘 건사해 낼 수 있을 거라 나는 믿는다. 결과를 예단할 수는 없지만 큰일을 겪게 되면 어느 조직이든 어려움을 겪게 되지. 80년 서울대 무림사건 때도 그랬고, 81년 전민학련도 그랬고, 85년 5.3 인천 사태 때도 그랬어. 86년 건대 사태도 마찬가지였고. 사회에 미치는 파장이 클수록 주도 조직은 탄압으로 커다란 시련과 마주했어. 우리도 그렇게 되겠지. 나는 시련을 함께 이겨 내는 것도 좋지만 한 사람이라도 거기서 비켜서게 해 타격을 줄이고 조직이 살아남을 수 있도록 조치해 놓는 것 또한 선배들의 일이라고 생각한다."

작은연못 출신인 민규는 모두 시련을 감내하고 있기보다 씨앗 하나는 보존해야 한다는 결론에 이른 것 같았다. 그리고 결심이 선 듯했다.

"그럼 다른 친구들이 문제겠군요."

선주가 동의한다는 듯 덧붙였다. 다만 민호와 대선이가 마음에 걸리는 듯했다.

"이 사태가 어떻게 막을 내릴지 모르지만 민호랑 대선이를 잘 보호하는 게 우리의 첫 번째 임무가 되겠지."

선주가 희미하게 고개를 끄덕거렸다.

"형은 어떠세요?"

선주의 동의를 얻어 낸 민규가 내게 의견을 물었다. 고개를 끄덕였다. 함께하고 있는 사람들은 많기 때문에 미래를

대비해 보자는 생각은 최선의 선택으로 보였다.

"그럼 어떻게 내보내죠?"

선주도 결심이 선 듯 민규에게 물었다. 민규가 나를 쳐다
보았다.

11

내 발목과 무릎을 저들에게 팔아먹은 놈
은 찬바람이었을까, 밭길에 넘어진 오토바이였을까. 왼쪽
발목과 무릎에서 잇따라 이상 신호가 올라왔다. 종일 오토
바이를 타면서 맞았던 찬바람 때문일 수도, 구덩이에 빠진
오토바이를 끌어올리며 힘을 쓴 것 때문일 수도 있었다. 둘
다일 수도 있었고, 둘 중에 하나일 수도, 둘 다 아닐 수도 있
었다. 분명한 건 놈들이 격발시킨 탄환이 나를 향해 날아오
고 있다는 것이었다.

은초를 올려 보낸 뒤 병원으로 돌아왔다. 진통제의 철책
은 넘어져 있었다. 놈들은 방아쇠를 당기고 총알이 과녁으
로 날아드는 모습을 지켜보고 있었다. 총알은 발목과 무릎

달의 뒤편

으로 달려들었다. 나는 총을 쏠 수도, 칼을 쓸 수도, 주먹을 휘두를 수도 없었다. 총알이 박히는 곳마다 통증이 쏟아졌다. 저항이라고는 한 줌 신음뿐이었다. 놈들의 무기는 무엇이었을까. 놈들의 무기는 보이지 않았다. 고통만이 부풀 대로 부풀어 밤의 천장에 닿았다. 볼 수도 없으며 핏자국도, 가짓빛 멍도, 흉터도 없는 적과의 싸움은 언제나 나의 처절한 패배로 막을 내렸다. 놈들은 내게 가짓빛 멍이 아닌, 흉터가 아닌, 핏방울이 아닌 눈물을 안겼다. 승리를 거머쥔 저들의 함성 소리가 어둠 저편에서 들려오는 듯했다.

밤새 통증 때문에 잠을 자지 못했다고 말하자 원장은 다시 진통제를 처방해 주었다.

"진통제 자주 맞으면 좋지 않다는 건 알고 계시죠?"

원장이 왼쪽 발목과 무릎을 만지며 말했다. 진통제를 맞기 위해 주사실로 내려갔다. 걸음마다 통증이 다리를 붙들었다. 뼈에 눌린 관절은 맷돌로 으깬 콩처럼 통증을 게워 냈다. 진통제는 용병이 되어 놈들과 싸웠다. 그들이 싸우는 모습은 보이지 않았다. 줄어드는 통증이 전황을 전해줄 뿐이었다. 용병의 기세에 놈들이 물러나면 나는 고통에서 시나브로 풀려났다. 그 시간은 길지 않았다. 진통제를 계속 맞을 수 없다는 사실을 알고 있다는 듯 놈들은 시간이 지나면 미소를 지으며 나타났다. 놈들의 웃음이 특이한 콧수염을 접었다 폈다 하는 히틀러의 미소 같았다. 나는 아우슈비츠 유대인처럼 절망했다.

청년회 손말사랑 회원들이 찾아왔다. 손말사랑은 내가 주도해 만든 모임이었다. 버스에서 한 무리의 아이들을 만난 적이 있었다. 그들의 무수한 대화가 버스 안에서 화살처럼 오갔다. 나는 그 말을 전혀 알아들을 수가 없었다. 수많은 단어들이 머나먼 우주에서 날아온 운석처럼 둥근 파문을 내며 귀로 떨어지고 있었다. 나팔꽃처럼 귀를 넓혀 말을 담아보려 애를 썼지만 그들의 말은 동공과 고막과 뇌가 연결된 조직을 해체시킨 물질처럼 내 해석 기관을 유유히 빠져나갔다. 나는 하나의 귀를 가진 사람들의 행성에 불시착한 두 개의 귀를 가진 외계인이었다. 며칠 뒤 한 신문사 문화센터 수화교실 광고가 눈에 들어왔다. 행성에 불시착한 외계인에게 보낸 구조 신호처럼. 신호를 잡고 나는 급히 승선했다. 그리고 문화센터와 구청 수화 교실을 오가며 1년의 준비 끝에 청년회에 손말사랑 모임을 만들었다. 수화에 관심이 많은 성희와 만든 모임이었다. 정식 모임으로 출범할 때 회원은 다섯 명으로 불어나 있었다.

회원들의 방문은 내가 고향으로 내려온 지 한 달 만이었다. 내가 시골에 처박혀 있는 것은 그들로서는 여러모로 배

달의 뒤편

신 행위였으리라. 이제 막 닻을 올린 모임이 튼튼하게 뿌리를 내리기 위해서는 더욱 분발이 필요한 때였다.

"뭐야. 오빠 혼자 병원에서 놀기나 하고."

병실에 들어선 성희의 첫마디였다. 성희는 나를 대신해 손말사랑 대표를 맡고 있었다. 성희는 내 몸이 썩 좋지 않다는 정도만 알고 있었다. 성희도 회원들도 아직 내 병을 모르고 있었다. 인사를 나누며 웃음들을 내보였지만 분위기는 생각보다 밝아지지 않았다. 내 몰골이 그들의 예측 범위를 벗어나 있는 듯했다. 먹을 것을 사 오겠다며 회원들이 병실을 나갔다. 성근이만 남겠다고 했다. 전기 일을 하며 알게 된 성근이는 내 소개로 청년회에 들어와 있었다. 청년회 모임 소개를 받은 뒤 주저 없이 손말사랑을 택했다. 녀석은 일터에서도 청년회에서도 활달했다. 좀 쉬겠다며 녀석에게 총무를 맡아 달라 부탁하고 내려온 터였다. 녀석은 사람들이 병실을 나간 뒤 한동안 나를 빤히 쳐다보았다.

"형."

"왜?"

"형."

"왜?"

"형."

"왜 그러냐니까?"

녀석을 쳐다보았다.

"형, 뭐 있지?"

뜨끔했다.

"뭘?"

답이 흐려졌다.

"봐. 벌써 대답이 흐물흐물해지네. 형 얼굴이랑 몸에 다 써 있어. 나 많이 아프다. 참을 수 없을 정도로. 아니 일어날 수 없을 정도로. 아니야?"

답하지 못했다.

"아니야."

하지만 가만히 있을 수는 없었다.

"아니긴 뭐가 아니야."

"아니라니까."

"이 몰골! 이 몰골이 뭘 말하고 있는 걸까?"

"몰골이 어때서."

"형은 지금 상상 이상이야. 형은 언제나 상상 이상이긴 하지만. 지금 훨씬 상상 이상인 거 알아?"

"무슨 말이 그렇게 어려워?"

"세상에는 혼자만 아는 병이 있더라고. 주변은 아무도 모르는 병도 있고."

"뭔 소리야."

"그러게. 그게 뭔 소릴까."

"녀석하고는. 그걸 내가 어떻게 알아."

"우리 삼촌이 총각이었어. 형도 총각이지?"

"세상에 널린 게 총각이다. 너도 총각 아냐."

"그래. 세상에 널린 게 총각이지. 하지만 말이야. 병 걸린 총각은 그중에 적고. 병 걸려 죽은 총각은 그중에 더 적어. 그리고 병 걸려 죽은 총각이 내 삼촌이라는 건 일 분의 일, 언제나 백 퍼센트 확률이지. 형이 우리 삼촌과 같은 길로 가지 않기를 바랄 뿐이야. 삼촌은 루프스였어. 자가면역질환이라고 하데. 치료가 너무 늦어져서 빨리 가 버렸어. 아주 멀리."

"그래."

입에서 한마디가 희미하게 빠져나왔다.

"일할 때 더 빼 주는 건데. 아픈 줄도 모르고. 아, 씨!"

성근이는 자신을 자책했다.

"편의 많이 봐줬잖아. 그 정도면 됐지, 뭘. 일 안 하고 돈 받아 가면 강도지."

"그래도 이렇게 아픈데 말도 안 하고 뭐야 이게!"

"괜찮아. 낫겠지, 뭐."

그때 손말사랑 회원들이 들어왔다.

"잘 생각해. 은초 씨 그대로 보내지 않을 거면."

녀석은 한마디를 슬쩍 보태며 물러났다.

"무슨 얘기하고 있었어?"

성희가 침대로 다가오며 물었다.

"아, 아무것도 아니야. 은초 씨 잘 있냐고. 자, 우리 형을 위해서 좀 먹어 볼까!"

성근이가 아무 일 아니라는 듯 큰소리로 말했다. 사람들이 과자 봉지를 뜯기 시작했고, 나는 다른 사람들 안부를 물었다.

"다들 잘 있지?"

"잘 있다고 해야 하나, 그렇지 못하다고 해야 하나."

눈을 게슴츠레하게 뜬 채 성희가 말했다.

"왜? 무슨 일 있어?"

"왜긴 왜야. 앞에 서 있어야 할 사람이 이렇게 낙향해서 놀고 있으니 하는 말이지. 조선시대도 아니고 왜 은둔하는 선비가 되려고 그러는 거야."

성희의 농담이 이어졌다.

"은둔은 무슨. 선엽이는 잘해?"

웃으며 말꼬리를 틀었다. 선엽이는 청년회 회장으로 선출되어 있었다.

회장인 선주가 동의를 표하자 민규는 곧바로 은초를 불러냈다. 잠행이라고 하기에는 너무 맑고 도주라고 하기에는

달의 뒤편

야박한, 은밀한 탈출이었다. 선주와 민규를 뒤로하고 종합관을 빠져나왔다. 은초는 영문도 모른 채 나를 따라나섰다. 은초도 나도 종합관에 가방을 남겨 둔 채였다. 경찰 진입에 대비해 종합관 입구에서는 사람들이 보초를 서고 있었다.

"형, 잘 부탁해."

"은초야, 조심해."

종합관 앞까지 배웅을 나온 민규와 선주의 목소리가 발뒤꿈치로 떨어졌다. 우리는 길 가장자리를 따라 몸을 숙이고 특수 임무를 부여받기라도 한 사람들처럼 조용히 밤의 갈피 속으로 몸을 끼워 넣었다. 민규의 뜻을 알고도 못하겠다고 할 수는 없었다. 은초를 무사히 데리고 나갈 수 있을 거라는 확신을 해 줄 수도 없었다. 어둠에 긴장을 겹겹이 엮어 놓은 밤길은 공포를 내 심장까지 밀어 넣었다. 은초를 경찰 손에 넘겨줄지도 모른다는 두려움이 내 안에 가득했다. 발걸음은 소리를 죽일수록 부풀어 올라 귓전을 때렸다. 그때마다 불에 올린 오징어처럼 심장이 오그라들었다. 조심스레 뒤로 손을 내밀어 은초의 손을 잡았다. 주변을 경계하는 눈빛에 은초를 향한 마음이 더해지며 손바닥에 땀이 가득했다. 은초는 내 손을 거부하지 않았다. 가로수를 더듬어 걸음을 옮겼다. 정문으로 이어진 도로를 버리고 대학 본관 앞을 지나 노천극장 입구에 있는 건물로 다가가 벽에 몸을 붙였다.

우리는 늑대를 피해 달아나며 두려움으로 두 눈을 번뜩이는 한 쌍의 토끼 같았다. 주위를 살핀 뒤 건물을 따라 학생회관 쪽으로 걸음을 옮겼다. 벽 끝에 계단이 있었다. 계단을 내려가 아래쪽에 있는 건물 벽에 등을 기댔다. 그때 은초가 낮게 물었다.

"저, 그런데 어디 가는 거예요?"

선주는 은초에게 아무 설명도 하지 않은 모양이었다. 그녀를 돌아보았다. 은초를 데리고 내려오라는 민규의 지시에 따로 설명해 줄 시간은 없었을 것이다. 사람들로 꽉 찬 강의실에서 말해 줄 상황도 아니었을 것이다. 내가 잘 이야기를 해 줄 것이라는 기대도 있었을 것이다. 은초의 눈동자가 어둠 속에 빛나고 있었다.

"도망치는 건 아니죠?"

대답이 없자 질문이 이어졌다. 은초는 자신이 선배와 동기들로부터 멀어지고 있다는 결론에 이른 것 같았다. 그것은 아마도 도주라는 의심을 도출해 냈을 터, 받고 싶지 않은 질문이었다. 답을 못하고 머뭇거렸다.

"전 비겁하게 도망치고 싶지는 않아요."

의심의 보따리에서 튀어나온 은초의 목소리는 단호했다. 엠티에서 승필 선배를 밀어붙이던 그 당돌함이 되살아나고 있었다. 선주가 귀띔을 해 주지 않은 것은 은초가 탈출을 거

달의 뒤편

부할지도 모른다는 판단 때문이었는지도 모른다. 내놓을 말
이 없었다.

"답을 못하신다면 저는 돌아가겠습니다."

은초의 최후통첩이 이어졌다. 당황한 내가 입을 떼려 할
때 어둠 속에 움직이고 있는 그림자 하나가 내 눈에 띄었다.
정체를 알 수 없는 그림자 하나에 온몸의 터럭이 곤두섰다.
누군가 우리를 뒤쫓고 있었다. 은초도 그림자를 본 듯했다.
종합관으로 되돌아가려는 그녀에게, 그녀를 탈출시켜야 하
는 내게 상상도 하고 싶지 않은 상황이 도래한 듯했다. 모든
게 불가능해질 수도 있는 상황이었다. 학생회관 쪽으로 향
하던 방향을 틀어 어둠 속 건물 뒤로 몸을 숨겼다. 우려는
현실로 바뀌고 있었다. 그녀를 경찰에 넘겨줄지도 모른다는
공포가 땀을 퍼 올려 옷을 흥건하게 적셨다. 어둠 속 그림자
는 우리를 노리고 오는 것이 분명했다. 손으로 바닥을 더듬
었다. 주변에는 잡동사니들이 쌓여 있었다. 각목 하나가 손
에 잡혔다. 그림자는 계단을 내려와 우리 쪽으로 다가오고
있었다. 은초를 뒤로 물렸다. 숨을 닫았다. 숨이 닫힌 심장
이 요동치며 피를 토해 냈다. 각목을 들어올렸다. 심장박동
소리가 부풀어 오르며 고막을 때렸다. 모서리를 사이에 두
고 나는 각목을 든 채 그림자를 기다리고 있었고, 그림자는
우리 숨통을 조이며 다가오고 있었다. 건물 중간쯤에서 그

림자가 뒤를 돌아보는 듯하더니 다시 걸음을 옮겼다. 칼날처럼 벼려진 신경이 그림자로 날아가고 있었다. 심장의 피는 정수리로 올라가고 있었다. 이마에서 솟은 땀방울이 뺨을 타고 내려와 턱 끝에서 떨어졌다. 손에 힘을 주었다. 이윽고 그림자가 모서리로 머리를 내밀었다. 그 순간 야구방망이를 휘두르듯 온 힘을 다해 각목을 휘둘렀다.

"어이쿠!"

사내가 비명과 함께 땅바닥에 나뒹굴었다. 다시 각목을 내려쳤다. 사내가 몸을 피하면서 각목이 허공을 갈랐다. 각목을 다시 들어 올렸다.

"잠깐만요! 저도 종합관에서 나왔단 말이에요!"

다급한 한마디였다.

"짭새가 아니고, 요?"

"아, 아닙니다. 아이고, 죽겠네!"

"거짓말 마!"

각목을 다시 들어올렸다.

"정말이라니까요! 아이고 죽겠네!"

"그 말을 믿으라고?"

"경찰이면 당신을 이미 제압하려고 덤볐겠죠!"

사내는 손으로 부지런히 몸을 문지르고 있었다.

"그쪽도 종합관에서 나왔잖아요!"

사내를 일으켜 세웠다.

"진작 말씀을 하시지."

"그럴 틈이나 있었고요. 아이고!"

"미안합니다. 괜찮습니까?"

"예, 뭐. 괜찮아지겠죠."

사내가 흙을 털며 자기 몸을 둘러보았다.

"나가시는 길입니까?"

"네. 후배들 좀 보러 왔다 가는 길입니다."

그도 나처럼 후배들을 보고 나오는 길이라는 말에 의심이
수그러들었다. 은초를 돌아보았다. 그림자에 대한 의심이
풀리자 뒤에 서 있던 은초가 결심을 드러냈다.

"선배님, 저는 이쯤에서 돌아가겠습니다."

그녀는 되돌아가는 것으로 결심을 굳힌 듯했다. 오빠가 아
닌, 선배라는 호칭으로 그녀는 의지를 선명하게 드러냈다.
그녀의 결심을 탓할 수는 없었다. 그러나 돌려보낼 수는 없
었다.

"은초야. 때로 돌아가는 것이 더 크게 이기는 길일 수도
있다. 보다시피 사태는 엄중하다. 민규랑 선주는 네게 작은
연못을 부탁한다고 했어. 너는 작은연못의 내일을 짊어지고
나가는 거야. 네가 돌아가면 작은연못의 내일은 없어."

내가 민규와 선주의 뜻을 전했다. 은초가 정면으로 나를

응시했다. 가라앉는 배에서 빠져나온 듯한 두 눈이 어둠 속에서 부싯돌처럼 부딪히고 있었다. 짙은 침묵이 짧은 시간 속으로 빨려들었다. 침묵은 질문과 대답을 동시에 수행하는 것처럼 보였다. 논쟁을 벌일 시간은 없었다.

"자, 가시죠?"

사내가 걸음을 재촉했다. 은초의 손을 끌어당겼다. 손에서 힘이 풀렸다. 그녀가 종합관 쪽을 돌아보며 손으로 눈가를 훔쳤다.

우리는 학생회관을 돌아 병원으로 들어섰다. 경찰 경비는 생각보다 삼엄하지 않았다. 학생들이 개별적으로 나오지 않으리라는 판단 때문이었을 것이다.

사내는 서너 걸음 앞서서 뛰었다. 약속이 되어 있다고 했다. 그가 우리를 데리고 간 곳은 대학 병원 주차장이었다. 그가 주위를 두리번거렸다. 상대가 아직 오지 않은 듯했다. 사내가 몸을 돌렸다. 어둠 속에서 보지 못했던 얼굴이 주차장 불빛에 훤히 드러났다. 그 순간 나는 하마터면 소리를 지를 뻔했다.

"박선엽!"

사내가 놀란 눈으로 나를 쳐다보았다.

12
———

       대학 2학년 때 농촌활동을 간 곳은 순창에 있는 조그만 마을이었다. 모내기를 한 지 한 달가량이 지난, 거침없이 내리쬐는 뙤약볕에 빗방울을 말아먹은 억새가 내 키보다 더 높이 자라 있던 때였다. 태양은 초록을 절정으로 끌어올리고 있었고, 들판에는 개망초 꽃들이 허공과 초록의 경계에 여름의 보풀처럼 하얗게 떠 있었다. 태양이 둥그런 반원을 그리며 서산을 넘어가면, 낮이 산란散亂했던 소음들이 어둠 너머로 스러지고, 낮이 스러진 자리에서 밤의 빗살무늬처럼 개구리 소리가 들려왔다.

  농활대는 흙에 대한 이해는 부족했지만 농촌의 일손을 거들기엔 부족함이 없었다. 논으로 간 대원들은 횡대로 줄을

서 피사리를 했다. 대원들은 피가 아닌 모를 뽑아 올리고는
주인의 놀림을 받기도 했고, 풀을 뽑다 물이 가득한 논에 엉
덩방아를 찧기도 했다. 여학생들은 다리로 달려드는 거머리
를 보면 비명을 질러 댔고, 거머리가 붙어 있기라도 하면 대
원들에게 다리를 맡긴 채 울먹이며 애써 거머리를 외면하고
는 했다. 피사리는 직각으로 몸을 구부려 허리 부근에서 고
통을 뽑아내는 일이었다. 해가 지면 논은 태양의 이빨로 직
조한 양말을 대원들 종아리에 신겨 주었다.

　밭으로 간 대원들은 담배를 따 나르거나 고추밭에 지지대
를 세웠다. 지지대가 꽂혀 있는 밭에서는 고추가 넘어지지
않도록 지지대와 지지대를 끈으로 잇는 작업들이 많았다.
농활대로는 가끔씩 축사의 분뇨를 치워 달라는 요청이 들어
오기도 했고, 드물게 뒷간 인분을 퍼 달라는 요청이 들어오
기도 했다. 인분 작업은 작업반장도 대원들의 눈치를 보며
맡기는 일이었다. 일을 마친 뒤까지도 냄새가 남아 작업을
한 대원뿐만이 아니라 다른 대원들까지도 곤란하게 만들었
기 때문이다. 인분 작업을 한 대원이 마을회관으로 돌아오
면 대원들이 코를 막고 일을 하고 온 대원을 놀리며 도망 다
녔다. 짓궂은 대원은 인분 냄새를 무기로 대원들을 향해 부
러 달려들기도 했는데 그때마다 마을회관에는 하얀 박꽃 같
은 웃음이 번졌다.

달의 뒤편

농활대는 마을대장, 작업반장과 함께 취사반장이 일꾼으로 뽑혀 있었다. 취사반은 농활대가 돌아가며 하는 일이었는데 일을 쉬며 식사 준비만 하는 것이 아니었다. 취사반장을 중심으로 한 취사반은 대원들보다 한 시간 이른 새벽 5시에 일어나 아침을 준비했고, 끼니때는 대원들보다 먼저 마을회관으로 돌아와 식사를 준비했다. 대원들보다 더 길고, 더 분주한 하루를 보내는 것이 취사반이었다.

대원들은 새벽 한 시가 넘어서야 눈을 붙일 수 있었다. 토론 때문이었다. 토론 때면 대원들은 의식과 무의식의 경계를 무시로 넘나들었고, 귀와 의식은 빵과 빵 부스러기처럼 따로 놀았다. 조는 대원들의 귀로 누군가의 말이 포구에 들른 배처럼 잠시 흘러들기도 했지만 대원들은 좀처럼 졸음을 짚고 일어서지 못했다. 그러나 한번도 토론을 거르는 일은 없었다. 들일은 낮의 노동이었지만 토론은 밤의 노동이었기 때문이다.

새벽같이 일어난 대원들은 세면을 기다리는 시간이 조금 길어지기라도 하면 열에 녹은 엿가락처럼 방바닥에 몸을 뉘었다. 대원들 눈에는 엿에 묻어 있는 밀가루처럼 잠이 묻어 있었다. 얼굴을 씻고 아침을 먹고 나면 대원들은 하나둘씩 마을회관 마당으로 모여들었다. 그 자리에서 작업반장은 전날 마을을 돌며 받아 온 일들을 대원들에게 분담시켰다. 대원들의 노동은 작업반장에 의해 좌우되었는데 농활대에서 가장 큰 권한을 행사하면서도 가장 한가한 직책이 작업반장이라며 대원들은 놀리기도 하고 부러워하기도 했다.

농활 사흘째 되는 날이었다. 저녁을 먹고 난 뒤 평가 시간을 기다리고 있는데 작업반장이 나를 찾았다. 손님이 왔다는 것이다.

"누가?"

"나와 보세요. 밖에 와 계시니까요."

마을대장이나 작업반장은 모두 후배들이었다. 낮에 일을 나갔던 집주인이 와 있었다. 그날 내가 한 일은 외양간에서 쇠똥을 치우는 일이었다. 집주인은 오른팔이 불편한 사람이었다. 삽이나 쇠스랑 같은 농기구를 사용해야 하는 외양간 일은 직접 하기 어려워 농활대에 작업을 요청한 것 같았다. 집주인이 나를 알아보고 다가왔다.

"일을 부려만 먹고 그냥 보낸 것이 미안해서 왔구만."

집주인은 못내 미안한 표정이었다. 손에는 막걸리와 술안주로 보이는 것들이 들려 있었다. 마을대장을 쳐다보았다.

"이런 거 가져오시면 안 되는데…"

내가 난처한 표정을 지었다. 농활대는 쌀과 반찬거리들을 마련해 와 끼니를 스스로 해결하고 있었다. 식사 재료를 사기 위해 회비까지 걷고 있었다. 농부들로부터 일에 대한 대

가를 받지 않는다는 것이 농활대 내부 규율이었다. 일을 해 준 것에 대한 성의 표시로 농부들이 식사를 준비해 놓거나 뭔가를 농활대로 들고 오는 일이 종종 있기는 했다. 그때마다 농활대는 농부들과 실랑이를 벌이곤 했다. 상황을 지켜보다 마을대장이 일단 취사를 위해 설치해 놓은 천막 안으로 집주인을 안내했다.

"집사람이 그냥 보내면 어떻게 하냐고 해서 말이여."

집주인은 사람 좋게 웃었다.

"농활대는 일한 대가를 받지 않는 게 원칙입니다."

내가 농활대의 원칙을 꺼내 들었다.

"나도 알고 있네. 그려도 일에도 앞뒤가 있고 농부들한티도 염치가 있는 것인디. 여기 책임자가 누구신가?"

내가 마을대장을 쳐다보았다.

"이분이신가? 박강엽이라고 하네."

집주인이 마을대장에게 인사를 건넸다.

"지나친 겸손은 예의가 아니라고 그러잖은가? 손윗사람이 이렇게까지 하는디 사양하면 예의가 아닌 것이여. 어뗘, 쪼까 봐주드라고?"

그의 말에는 서울말과 전라도 사투리가 뒤섞여 있었다. 농활대에서 최종 판단은 마을대장 몫이었다.

"여보."

마을대장이 상황을 정리하지 못하고 있는 사이 언제 왔
는지 한 아주머니가 천막 끝에 서 있었다. 집주인의 아내
같았다. 낮에 일하러 간 그의 집에서 아내의 모습은 볼 수
없었다.

"당신이여? 어서 와."

집주인이 아내를 불러들였다.

"집사람이여. 인사 혀. 오늘 우리 집 일해 준 친구들이고만."

집주인의 아내가 대원들에게 고개를 숙였다.

"오늘 고생 많으셨죠. 고맙습니다."

내가 그녀와 인사를 하기 위해 고개를 숙일 때까지 그녀
는 그냥 한 농부의 아내였다. 그런데, 고개를 드는 순간 그
목소리가 문득 익숙하게 들려왔다. 아니 익숙한 목소리였
다. 맑고 부드러운 서울 말씨, 어디에서 들었을까. 짧은 순
간 목소리를 붙들고 귀를 스쳐 간 수많은 목소리와 그 주인
들을 번개처럼 훑었다. 오래된 기억들을 휘저으며 머릿속이
뿌옇게 흐려지는 듯했다. 그러나 목소리의 주인을 가려내기
전 그녀의 얼굴을 정면으로 마주하면서 내 의문은 쉽게 풀
려 버렸다. 그녀는 고등학교 때 내게 멋진 시 세계를 보여
주었던 바로 그 교생 선생님이었던 것이다. 얼굴은 예전 그
대로였지만 긴 생머리는 파마머리로, 바람에 하늘거리던 분
홍색 원피스는 몸뻬 바지에 하얀 티셔츠 차림으로 바뀌어

있었다. 추억 속 그녀와 눈앞의 그녀는 부잣집 외동딸과 동자아치만큼이나 달랐다.

"선생님! 한송희 선생님 아니세요?"

놀란 내가 물었다. 그녀도 놀란 표정이었다.

"저 기억 못 하시겠어요? 저예요. 선암고등학교 2학년 4반. 윤시헌. 교생실습 오셨던 선암고등학교 학생이오!"

"선암고?"

그녀가 나를 뚫어지게 바라보았다.

"저랑 모악산 바라보면서 시도 읊고 그러셨잖아요."

그녀가 과거로 달려가는 듯했다. 내가 그녀를 바로 알아보지 못했듯 그녀도 나를 쉽게 알아보지 못했다. 그녀를 본 것이 고등학교 2학년 때였다. 그때보다 나는 키가 10센티미터 넘게 자라 있었고, 머리도 고등학교 때의 짧은 상고머리가 아니었다. 알아보지 못하는 것도 무리는 아니었다. 그때 작업반장이 일 나갈 집 아주머니가 선생님이라고 한 말이 생각났다. 의미를 담아 한 이야기로는 보이지 않아서 나는 그 말을 흘려듣고 말았었다. 고향에도 드물지 않게 선생님이 살고 있어서 반장의 말에 그다지 관심 두지 않았기 때문이다.

"아, 그래요, 잔디밭! 그래. 윤시헌!"

그녀가 잔디밭, 이라는 말에서 소리가 커지며 생각난다는 듯 손뼉을 쳤다. 얼굴에 환한 미소가 번졌다.

"허허, 이렇게 되면 그냥 가시기는 그렇고, 자리를 좀 봐야겠는데요?"

마을대장이 선생님을 보며 말했다. 대원들이 모여들었다.

"대장님, 그럼 오늘 토론 안 하는 거예요?"

한 대원이 기대를 섞어 물었다. 대원들은 저녁 식사 후 이어지는 일정들을 버거워했다. 새벽까지 이어지던 평가와 토론은 대원들이 한 번쯤 걸렀으면 하는 일과였다. 그런 기대는 이심전심으로 널리 퍼져 있었다.

"선생님은 시헌이 형 선생님이지 너희들 선생님은 아니시잖아? 잠시 후 평가 시간을 갖겠으니 시헌 선배를 제외한 다른 대원들은 마을회관으로 들어가 주시기 바랍니다."

마을대장의 명령이 떨어지자 대원들이 여기저기서 모기처럼 앵앵거렸다.

"아, 이거 선생님 없는 사람 서러워서 살겠나!"

"우리 선생님은 순창에 안 오시나?"

대원들이 실없는 소리들을 내뱉으며 마을회관을 향해 돌아섰다. 선생님 부부를 멍석이 깔린 자리로 안내했다.

"훌쩍 커서 이제 남자가 되어 버렸네?"

"선생님은 여전히 그대로신데요?"

그녀와 내가 인사를 주고받았다.

"허허, 이거 내가 졸지에 마누라 제자 똥일 부려 먹은 막

달의 뒤편

돼먹은 인간이 되어 부렸네이.”

박강엽 씨가 자리에 앉으며 말했다.

“별말씀을요. 저는 오늘 일이 제일 편했습니다.”

“그래? 그리 말해 주니 고맙구만.”

순박한 표정으로 박강엽 씨가 말을 받았다.

“교생실습 때 만났던 학생이라… 이름이 뭐였더라?”

잊어버린 듯 그가 내 이름을 물었고 내가 다시 이름을 말해 주었다.

“그래, 윤시헌.”

박강엽 씨가 생각이 났다는 듯 내 이름을 새겨 넣었다.

“이왕 가져오신 거 한 잔 하셔야죠?”

내가 막걸리에 눈길을 주며 말했다. 취사도구를 뒤져 잔으로 쓸 만한 사발과 젓가락을 가져왔다. 박강엽 씨가 들고 온 상추 겉절이와 돼지고기 편육도 멍석 위에 펴 놓았다. 선생님이 오른손으로 달려드는 모기를 잡았다. 내가 먼저 막걸리를 따랐고, 박강엽 씨가 병을 건네받아 내 잔을 채웠다. 잔을 부딪히며 선생님은 오랜만에 막걸리를 마셔 본다고 말했다.

“그런데 두 분은 시골에 사시는데도 사투리를 별로 안 쓰시네요?”

“왜, 우리도 이곳 사람 다 됐지.”

박강엽 씨가 웃었다.

"나는 원래 서울에서 태어나 자랐어. 강엽 씨도 마찬가지고. 강엽 씨가 고등학교 때 할아버님이 편찮으셔서 아버님께서 귀향을 하게 되었다더군. 강엽 씨도 그때 서울에서 전주로 전학을 와 공부를 하게 된 거고."

"그러셨군요."

"강엽 씨가 눈에 들어온 것도 따지고 보면 서울말 때문이야. 내가 지방으로 편입해 내려왔는데 전부 사투리만 써 대니 말귀를 알아들을 수가 있어야지. 그런데 어느 날 서울말이 귀에 확 꽂히는 거야. 얼마나 반갑던지. 머나먼 타국에서 한국 사람을 만난 기분이랄까. 기분이 꼭 그랬어. 그 서울말을 쓰던 사람이 바로 강엽 씨였고."

그녀가 살짝 미소를 지었다.

"내가 잘생겨서 눈에 확 띄었다고 솔직하게 말을 허지 그래."

박강엽 씨가 짐짓 거드름을 피우며 말했다. 그녀와 내가 웃음을 터트렸다.

"아, 선생님. 옛날에 잔디밭에서 선엽이를 아느냐고 물으셨잖아요? 선엽이는 어떻게 아시는 거였어요?"

내가 민 고등학교 시절 이야기를 꺼냈다. 누구에게 물어볼 수도 없던 내용이었다.

"선엽이?"

먼저 반응을 보인 것은 박강엽 씨였다.

"선엽이는 내 동생인데?"

그때 무언가가 머릿속을 번개처럼 스치고 지나갔다. 박선엽과 박강엽. 그 순간까지도 나는 두 사람이 형제일 수 있다는 생각을 하지 못하고 있었다.

"그럼 선엽이와 형님이?"

내가 놀란 표정으로 물었다. 형님이라는 호칭이 자연스럽게 따라 나왔다.

"그려, 그놈은 내 동생이지. 하나밖에 없는."

박강엽 씨가 웃으며 말했다.

"내가 교생실습 나갔을 때만 해도 도련님이 그 고등학교에 다닌다는 걸 몰랐어. 나중에 사람들을 통해 도련님이 그 학교에 다녔다는 걸 알게 되었지. 그런데 그땐 이미 학교를 그만둬 버린 뒤였어."

"그만둬 버렸다니요? 전학이 아니라 자퇴란 말씀이십니까?"

"몰랐나 보네?"

"선생님이 전학을 갔다고 그랬었거든요."

"나랑 같이 지내던 때였지. 내가 가끔씩 사회문제에 대해 이야기를 해 주곤 했었고. 친구들이 자취방으로 놀러올 때도 녀석이 궁금한 것들을 두루두루 묻기도 했고."

박강엽 씨가 막걸리 잔을 기울이며 말했다.

"언젠가 선엽이가 방에서 시를 외우기에 친일파 문인들 얘기를 해 준 적이 있었지. 친일파였던 최남선, 이광수, 서정주, 김동인, 모윤숙 같은 작가들 말이야. 많이 놀라더군. 전부 국어책에 실려 있는 사람들이잖아. 나도 놀랐으니까 녀석도 그럴 수밖에 없었겠지."

수업 중에 질문을 하기 위해 손을 든 선엽이의 모습도, 선엽이를 노려보던 선생님의 모습도, 놀라던 내 모습도, 그리고 슬쩍 달아오르던 교실 분위기도 어제 일처럼 생생하게 떠올랐다.

"그런데 선엽이가 선생님한테 질문을 한 모양이야."

"네, 그랬죠."

내가 확인을 해 주었다.

"친일파 작품이 교과서에 실린 걸 알게 되었으면 학생은 왜 그렇게 되었는지 질문을 하는 게 당연한 거 아닌가. 선생님은 질문을 받았으면 문학사나 시대를 배경으로 잘 설명해 주었으면 좋았을 텐데 생각보다 간단치가 않았겠지. 진실을 말하는 것에는 용기가 필요하니까. 국어 선생님이라면 대학 때 친일 문인들이 있었다는 것쯤은 알았을 테고, 그런 사실조차 알지 못했다면 공부를 게을리한 것이겠지. 그게 아니라면 최소한 회피한 것이고. 많은 시인이나 소설가들이 일제에

달의 뒤편

부역한 사람들이라는 걸 알게 되었다면 친일파의 시나 소설이 책에 실려 있는 것에 한 번쯤 의문을 제기하는 것이 자연스런 순서 아니겠나. 몰랐던 사실을 알게 되었다면 왜 그런 내용은 책에 없는지를 물어야 하는 것 아닌가."

박강엽 씨 목소리에 조금씩 열기가 묻어났다.

친일 논쟁은 아직도 계속되고 있었다. 한국 문학 초창기를 대표하는 이광수, 최남선, 서정주는 대표적인 친일파였다. 〈민족개조론〉에서 조선인을 이기적이고 나약한 겁쟁이로 묘사한 이광수는 제국주의 일본에 고개를 숙이며 스스로 이기적 친일의 길로 들어섰다. 〈민족개조론〉은 결국 일본 제국주의자들에게 바치는 조선인의 헌사가 되어 버렸다. 서정주의 〈오장 마쓰이 송가〉는 가미카제 특공대를 찬양한 대표적인 친일시였다. 친일의 길로 들어선 작가는 한둘이 아니었다. 친일을 하지 않은 문인을 말하는 게 빠를 정도였다. 김동인은 일본이 항복한지도 모르고 1945년 8월 15일에도 총독부에 들어가 담당 관리에게 자신의 구상안에 재정 지원 요청을 하고 있었다는 웃지 못할 이야기까지 전해진다. 많은 작가와 지식인들은 전선에 나가 일본을 위해 총을 들어야 한다는 군사적, 정치적 발언까지 서슴지 않았다.

"기득권을 가진 자들은 나라를 팔아먹었고, 출세와 이익을 고리로 수많은 개인과 집단이 일제를 위해 복무했어. 문인들도 일제를 위해 앞다퉈 선전 선동에 나선 것이고."

박강엽 씨와 내 눈이 부딪혔다.

"학생의 공부란 게 가정경제의 영향을 받을 수밖에 없지 않은가. 가정경제라는 건 사회의 정치, 경제 영향 아래 놓여 있는 거고. 그래서 정치, 경제, 사회에 관심을 끄고 공부나 하라는 말은 학생을 위하는 말 같지만 사실 기득권을 보호해 주는 논리밖에 되지 않아. 정치적, 사회적, 경제적 문제는 힘없는 서민이 아니라 정치적, 사회적, 경제적 힘을 가진 사람들이 만들어 내는 것 아닌가. 그런데 서민의 자식인 학생이 그 문제를 모르면 나중에 누가 그런 것들을 해결해 주겠는가. 결국 책 읽지 말고 공부나 하라는 말은 이 사회의 정치, 경제 문제에는 눈을 감고, 사회적, 정치적, 경제적으로 이익을 보는 집단의 논리가 잘 배열된 교과서나 보고 있으라는 말 아닌가. 그것은 힘없는 사람들이 힘 있는 사람들을 분석, 감시할 수 있는 눈을 빼앗는 것이나 마찬가지지. 기득권을 위협하는 논리들은 교과서에는 없고 대개 교과서 밖에 있잖아. 친일 문제, 그중 친일 문학은 교과서나 참고서에는 전혀 언급이 없었어. 고등학교 때 우리도 누가 가르쳐 준 적이 없고. 대학 가서야 알았지. 사회정의에 눈멀고, 입신양명에 눈먼 학교 교육대로 끌려가다 보면 한쪽 세계만 보게 되는 거야. 기득권 세력은 그렇게 현상 유지를 하게 되

달의 뒤편

는 거고. 물론 그것은 선생님보다는 아주 높으신 분들의 의
도겠지만."

박강엽 씨가 덧붙였다.

"선엽이가 학교를 떠나던 무렵에도 교실까지 최루탄 가스
가 날아들어 기침도 하고 콧물도 흘리고 그랬던 기억이 납
니다. 교실로 최루탄 가스가 날아들어도 선생님들은 최루탄
에 관한 사회적, 정치적 이야기는 하려 들지 않았어요. 약속
이나 한 듯 말이죠. 최루탄은 지배계급의 치부를 가리는 방
향제 같은 것이지요. 교육은 그런 지배 권력이나 기득권 세
력이 자신들의 세상을 재생산해 내는 강력한 무기로 작동하
는 것이겠고요."

"그렇지. 노동자라는 단어만 나와도, 민중이나 대중이란
두 글자만 나와도 주위를 살펴야 했던 때가 있었지. 이상한
일 아닌가. 친일이라는 말도 나는 그런 범주라고 봐. 최고 권
력자들 면면을 보면 친일 계보가 줄줄이 이어지잖나. 국제사
회에 위임통치를 구걸한 사실이 탄로나 임시정부에서 탄핵
당했던 초대 대통령 이승만은 미 군정이 되살려 놓은 친일파
를 기반으로 대통령이 되었지. 이승만이 독립운동에 몸을 바
친 김구, 여운형 등 나라의 정통성을 잇는 지도자들을 암살
한 것은 다 알려진 사실이고. 4.19 혁명으로 대통령이 되었
던 윤보선은 윤치호, 윤치오, 윤치영으로 상징되는 대표적

인 친일파 집안사람이고. 윤보선과 함께 총리가 된 장면도 친일파, 수구 세력이 교주처럼 떠받드는 박정희는 일본 이름이 다카키 마사오였고, 그가 만주에서 독립군을 토벌하던 일본군이었다는 건 이제 상식처럼 되어 있지. 박정희가 비명횡사한 뒤 잠시 대통령 자리에 있던 최규하도 친일 관료를 육성하는 만주 대동학원 출신이고. 일본 이름이 우메하라였다지. 육군사관학교 생도들의 5.16 쿠데타 지지 시위를 배후에서 주도한 전두환은 박정희가 키워 준 사람이고.

이 나라 역사는 1945년부터 1987년까지 적어도 42년을 친일파나 친일파의 방계 권력 아래 있었다는 얘기야. 광주를 피로 물들인 전두환의 친구 노태우까지 합하면 47년이고 전두환, 노태우 집권 시기를 뺀다 해도 37년, 일제시대만큼 긴 시간이잖아. 청산하지 않은 역사는 어떤 형태로든 되풀이되는 거지. 일제는 36년이 아니라 70년 이상 이 땅에서 유지되었던 거야. 그런 의미에서 친일파라는 말은 권력의 비위를 건드리는 말일 수 있었지. 그래서 학교에서도 감히 친일 문학을 입에 올릴 수 없었을 테고. 그렇게 권력의 비위를 건드리면 결국 빨갱이로 몰리잖아… 그런 친일파와 미국, 일본의 이해관계가 유일하게 일치하는 지점이 바로 반공 아닌가."

"오랜만에 만났는데 그런 재미없는 이야기는 이제 그만

해요."

한송희 선생님이 대화를 가로막았다. 그녀는 남편의 팔을 쓰다듬고 있었다. 그 팔에 무슨 사연이 있는 듯 표정이 어두웠다.

"그래. 동생 친구를 만나다 보니 내가 좀 흥분했나 보군."

박강엽 씨가 나를 보며 웃었다. 나는 아픈 기억을 건드리는 것 같아 더이상 물을 수가 없었다.

"아, 당신하고 시현 학생하고 시 낭송 한 번 해 보는 게 어때? 아까 들어 보니까 고등학교 때도 해 본 모양인데. 나 있을 때도 한번 해 봐. 그때 생각험서."

박강엽 씨가 갑자기 생각이 난 듯 말했다.

"지금 말입니까?"

"그럼 지금이지 언제 허겠는가? 풀벌레 소리, 개구리 소리 들려오고, 어둠은 적당히 쑥스러움을 감춰 주면서 달빛은 운치 있게 빛나고. 이보다 더 좋은 무대도 찾기 어려울 턴디."

박강엽 씨가 경쾌하게 말했다. 선생님이 나를 보며 웃었다.

"그래요."

"좋습니다."

그녀와 내가 차례로 대답했다.

"생각해 보니 정말 이런 무대도 없겠군요!"

내가 천막 밖으로 눈길을 던지며 말했다.

"가끔씩 교실에서 시를 읊어 주기도 하는데 꿈의 무대란 것이 따로 정해져 있는 것도 아닐 테고. 이런 무대도 다시없 겠는데?"

"그러게요. 꿈의 무대라고 생각하니 조금 떨리는데요?"

"꿈은 이상이고, 이상은 완벽하다기보다는 아름답다는 거 아닐까?"

"허, 이거 이백과 두보가 따로 없네이."

박강엽 씨가 큰소리로 말했다.

"황진이와 서화담이 환생한 걸로 해 줘요."

그녀가 되받았다.

"그럼 제가 엉겁결에 화담 선생이 되는 건가요?"

"나는 황진이가 되는 거고."

"뭐야, 나는 벽계수밖에 할 게 없잖아!"

웃음소리가 달빛 발치로 뻗어 나갔다.

"그럼 한번 가 볼까요? 〈슬픔이 기쁨에게〉 어때요?"

"좋아."

"이번엔 제가 먼저 갑니다. 두 줄씩입니다."

내가 선생님을 보며 말했다.

슬픔이 기쁨에게

나는 이제 너에게도 슬픔을 주겠다

사랑보다 소중한 슬픔을 주겠다

내가 제목과 함께 첫 두 행을 시작했다.

　　　겨울밤 거리에서 귤 몇 개 놓고
　　　살아온 추위와 떨고 있는 할머니에게

그녀가 받았다.

　　　귤값을 깎으면서 기뻐하던 너를 위하여
　　　나는 슬픔의 평등한 얼굴을 보여주겠다

　　　내가 어둠 속에서 너를 부를 때
　　　단 한 번도 평등하게 웃어주질 않은

　　　가마니에 덮인 동사자가 다시 얼어죽을 때
　　　가마니 한 장조차 덮어주지 않은

선생님 얼굴에 환한 미소가 번졌다. 천막 주위로 달빛이
쏟아지고 있었다.

186

13

은초에게 푹 쉬라고 했지만 그럴 수는 없었을 것이다. 고립된 이들은 두말할 나위 없겠지만 언론을 통해 상황을 듣고 있는 사람의 마음도 편할 리 없었다. 언론은 연대 상황에 대해 중계방송 수준으로 떠들어 대고 있었다. 어쩌면 안정을 취하기가 더 어려웠을 것이다. 전화번호라도 받아 놓지 않은 것이 못내 후회가 되었다. 마음을 잘 다스리고 있기를 빌 수밖에 없었다.

경찰의 경계는 느슨해져 있었다. 대학 병원과 학생회관 사이 공터에는 사람들이 삼삼오오 모여 있었다. 빈 터에 의자 몇 개 놓여 있는 곳이었다. 병원 관계자도 있었지만 학생들이 걱정되어 온 사람들도 있었다.

달의 뒤편 •

8월 16일. 낮에 경찰이 한바탕 몰아붙였다는 얘기가 들려왔다. 헬리콥터가 최루액을 뿌리며 돌아다니면 사람들은 발을 동동 구르며 비명과 함께 탄식을 쏟아 냈다. 사람들이 탄식하면 나도 탄식했고, 사람들이 한숨을 쉬면 나도 한숨을 쉬다 방으로 돌아왔다.

8월 17일. 이과대와 종합관의 전기가 차단되었다. 가슴 졸이며 기다리는 것밖에는 할 수 있는 게 없었다. 공터에서 탄식만 하다 문득 종합관에 들어가 볼 수도 있지 않을까 하는 생각이 들었다. 경찰은 여전히 학생들이 개별적으로 나오지는 않을 것으로 판단하고 있는 듯했다. 은초와 종합관을 빠져나오며 반쯤은 확인한 상황이었다. 들어가는 길목도 지키고 있을 것 같지는 않았다. 물론 불가능할 수도 있었다. 그러나 아무것도 하지 않고 소식만 기다리느니 시도를 해 보자는 쪽으로 마음이 기울기 시작했다.

공터를 빠져나왔다. 학생회관 앞을 걸을 때 헬리콥터가 머리 위로 떠올랐다. 헬리콥터는 폭풍을 실어와 나무들을 격하게 흔들었다. 지상의 먼지들이 회오리로 일어섰다. 헬리콥터가 최루액을 뿌리기 위해 날아온 것인지 나를 주시하기 위해 날아온 것인지 확인할 길은 없었다. 나는 나무 밑 인도가 아닌 도로 위를 걸었다. 용감해서가 아니라 헬리콥터의 움직임을 파악해 재빨리 대처하기 위해서였다. 나무

밑은 몸을 감출 수는 있었지만 시야를 가렸다. 대처가 느릴 수밖에 없었다. 헬리콥터가 머리 위를 선회했다. 내게 최루액을 뿌려 댄다는 것은 낭비라 여겼을까. 불을 향해 달려드는 한 마리 불나방처럼 보였는지도 모른다. 종합관 입구가 시야에 들어왔다. 입구에 다다를 때까지 헬리콥터는 나를 따랐다. 학생들이 전경에게 빼앗은 방패를 세운 채 보초를 서고 있었다. 내가 다가서자 학생들이 경계 자세를 취했다.

"시헌이 형!"

누군가 내 이름을 불렀다. 주위를 두리번거리는데 사수대 틈바구니에서 민규가 걸어 나왔다. 목소리는 쉬어 있었다.

"민규야!"

민규를 부르며 반갑게 다가섰다.

"어떻게 들어왔어요?"

"아무도 안 막던데? 헬리콥터로 호위까지 해 주고."

민규가 고개를 들었다. 헬리콥터는 종합관 뒤쪽으로 날아갔다. 느티나무 머리카락과 옷들이 흔들리고 있었다.

"은초는 무사히 나갔고요?"

"그래, 다행히. 애들은 어때? 다친 사람은 없고?"

"오늘도 한번 밀어붙이고 돌아갔는데 많이 다친 사람은 없어요."

"다행이다. 좀 들어가 봐도 될까?"

달의 뒤편

종합관 쪽으로 눈길을 던지며 물었다. 민규가 잠시 생각
하더니 말했다.

"안 들어가는 게 좋을 것 같아요."

어차피 후배들을 모두 데리고 나가는 것은 불가능했다.
갑작스런 방문에 후배들이 동요할 수도 있었다. 현장의 판
단을 존중해야 했다. 다친 후배들이 없다는 것으로 위안을
삼았다. 다친 사람이 분명히 있는데 후배들이 다치지 않았
다면 다른 누군가가 다쳤다는 얘기밖에 되지 않지만.

"갑자기 들어오다 보니 빈손으로 와 버렸네. 미안하다. 먹
을 것도 없을 텐데."

종합관에 다다라서야 먹을거리를 사 들고 왔어야 한다는
것을 깨닫고 가슴을 쳤다. 하지만 이미 늦은 후회였다.

"괜찮아요. 어차피 형이 여기 있는 사람들을 다 먹일 수는
없잖아요."

민규가 웃었다.

"은초 나가고 어땠어?"

"좀 놀라는 눈치였지만 자기들이 나가는 것보다는 은초가
나가는 게 낫다고들 하더군요. 잘 지내고 있어요. 밖은 어때
요?"

"중계방송 수준이지 뭐. 확실하게 존재를 알린 것만은 분
명해. 검문검색은 계속하고 있고, 여기는 경찰의 바다로 둘

러싸인 섬이고."

안부를 확인하고 별 도움이 되지 않을 위로를 했다. 다친 후배가 없다는 사실에 안도했다. 기죽지 않은 모습은 여전했다. 오히려 내가 위안을 받은 듯도 했다. 민규와 이야기를 나누었을 뿐 모든 것이 그대로인 채 길을 되돌아 나왔다. 전기는 차단되었고, 먹을거리는 시간이 흐르면 소진되기 마련이었다. 후배들은 나빠진 조건과 더 나빠질 조건밖에 갖고 있지 않았다.

8월 18일. 일을 쉬는 날이었다. 다른 날보다 일찍 연대로 갔다. 경찰은 압박 강도를 높이고 있었다. 음식물 반입이 차단되고, 수돗물이 끊겼다. 고사 작전에 돌입한 것 같았다. 빈손으로 들어갔다 온 것이 더 마음에 걸렸다.

우두커니 하늘을 보고 서 있는데 누군가 내 옆구리를 쳤다.

"어? 웬일이냐?"

선엽이었다. 사흘만이었다.

"너만 후배들 있냐."

녀석이 의자에 앉았다.

"사돈어른께서 입원을 하셨어."

"그래? 시끄러우실 텐데."

"최루탄은 좀 덜 쏘잖아. 여기서 계속 치료를 받아 왔나 봐."

"어디가 편찮으신데?"

"간암."

"저런, 어쩌다가."

혀를 차며 나도 앉았다. 선엽이는 더운 듯 반소매를 어깨 위로 걷어 올렸다. 녀석이 고등학교 때 질문을 하기 위해 손을 들어 올리던 모습이 떠올랐다.

"물어보고 싶은 게 있는데 말이야. 너 고등학교 때 전학이 아니라 자퇴였다고 선생님이 그러시던데 어떻게 된 거냐?"

전학 간 것으로만 알고 있다 한송희 선생님에게 자퇴였다고 전해 들은 내용이었다. 선엽이가 아, 그거, 하며 생각난다는 듯 웃었다.

"그때 우리 학교가 매년 선생님이랑 학생들이 같이 올라가는 형식이었잖아. 1학년 때 영어 선생님이 2학년 때도 영어 선생님으로 올라오는."

"그랬지. 우리 담임선생님도 1학년 때 국어 선생님이었고."

"그래. 그때 교련 선생님 기억나냐?"

"기억나. 악명 높기로 유명했지. 김 부장으로 통했잖아. 중앙정보부장 같다고 해서."

"그래, 김 부장! 갑자기 욕 나오려고 그러네."

"그 선생님이 왜?"

"그 인간이 우리 형 고생시킨 장본인이야! 그런 게 선생이었다니. 참."

선엽이의 목소리가 커졌다.

"1학년 때 너는 다른 반이어서 잘 모르겠지만 하루는 비가 와서 교련 시간에 실내에서 자율 학습을 했어. 그 인간이 뒷짐을 지고 교실을 왔다 갔다 하다가 궁금한 거 있으면 질문하라고 그러더라. 내가 손을 들었지. 형들한테 귀동냥한 걸 참고로 해서 질문을 해 보려고. 좀 무리긴 했지. 김 부장한테 질문이라니."

"질문이 뭐였는데?"

내가 웃으며 물었다.

"형들이 자꾸 우리나라 군대는 작전 지휘권도 없다고 그러는데 진짜로 그런 거냐고 물었지. 교련 시간이니까. 딴에는 연관이 있다고 생각한 거지. 그리고 한마디를 덧붙였어. 작전 지휘권도 없는 게 군대냐고."

한국전쟁 때 이승만은 한국군 작전 지휘권을 맥아더에게 넘겨주었다. 이후 한국은 군대의 존재 이유라고도 할 수 있는 작전 지휘권을 미국으로부터 돌려받지 못하고 있었다. 1994년에야 평시 작전 통제권을 돌려받았을 뿐이었다. 전시 작전 지휘권은 여전히 미군이 갖고 있었다.

"김 부장 표정이 볼만했겠구나. 그랬더니?"

"그랬더니 그 인간이 눈을 부라리면서 지휘권 있다고, 국 군한테 군사 작전 지휘권이 있다고 그러는 거야. 그래서 그 러면 왜 자꾸 대학생들이 작전 지휘권이 미군한테 있다고 그러냐고 했지."

"그랬더니?"

"그랬더니, 그 인간이 빨갱이들이라서 그렇다더군. 그러 면서 네놈 형이 빨갱이인 거지, 그러는 거야. 그래서 내가 우리 형이 왜 빨갱이냐고, 사실만 확인해 주면 되지 왜 우리 형을 빨갱이로 모느냐고 따졌지."

"그래서?"

"얻어터졌지, 뭐. 대들었다고."

녀석은 오래전 이야기를 하면서도 얼굴이 금세 달아올랐다.

"여기까지는 1부고. 2학년 올라갈 때 그 인간도 같이 올 라왔잖아."

"그랬지."

"근데 그 인간 자리가 하필 담임선생님 옆자리였어."

내가 기억을 떠올리며 그랬었지, 하고 확인해 주었다. 나 는 반 서기로 고등학교 3년 내내 학급일지를 들고 교무실을 들락거렸기 때문에 선생님들 자리 배치 상황을 대략 알고 있었다.

"내가 국어 시간에 서정주가 친일파냐고 물으면서 선생님

은 왜 시를 외우지 못하면 때리기까지 하냐고 따지고 그랬
었잖아."

"그랬지."

"그 일로 담임선생님한테 불려갔는데 그 인간이 담임 옆
에서 가만히 듣고 있더니 이런 빨갱이 새끼들, 너희들은 정
신 좀 차려야 돼 이 새끼들아! 그러는 거야. 기분이 나빴지
만 다른 선생님들도 계시고 해서 꾹 참았지. 그런데 형이 경
찰에 끌려가고 담임선생님이 불러서 교무실에 갔는데 그 인
간이 나를 보면서 그러는 거야. 어이 빨갱이 동생 왔네? 하
고 말이야. 눈이 뒤집혔지만 그것도 참았어. 그런데 그다음
말이 결국 나를 폭발시켜 버리고 말았지."

"뭐라고 그랬는데?"

"그 인간이 글쎄 우리 가족이 수상한 게 한두 가지가 아니
라고 그러면서 친구들이 대공분실에 있는데 내가 네 형 놈
조사 좀 해 보라고 했어, 그러는 거야."

"그래서?"

"그래서는 뭐가 그래서야. 달려들어 주먹을 날려 버렸지.
그 인간 나한테 두들겨 맞고 선생님들 달려오고 난리가 났
었어. 그리고 이런 좆같은 학교 안 다닌다고 소리치고 나와
버렸고. 그게 마지막이었어, 학교는. 선생님들이 말렸는지
잡아넣지는 않더군."

"그랬구나. 담임선생님 표정이 어쩐지 좋지 않더라니."

먼 기억들이 쓸쓸하게 고개를 넘어와 유령처럼 주위를 맴도는 듯했다.

"그래도 담임선생님은 교무실로 불러서 잘 타이르고, 조언도 해 주고 그러는 편이었어. 내 심정도 알아 주고. 옆에 있던 그 인간이 문제였지."

선엽이는 분을 삭이지 못했다. 사건의 조각들이 제대로 맞춰지는 느낌이었다. 녀석은 학교를 뛰쳐나간 뒤 검정고시로 나보다 일 년 먼저 대학에 들어갔고, 졸업 뒤에는 청년회 활동을 하고 있었다. 녀석은 대학도, 군대도 나보다 일 년씩 빨랐다.

멀리서 박강엽 씨가 병원 출구로 나오는 것이 보였다.

"형님도 오셨구나."

"당연하지. 사위잖아. 어제 올라왔어."

"뭐 하나 더 물어봐도 되냐?"

내가 박강엽 씨를 쳐다보며 말했다.

"뭘?"

"형님 오른팔은 그럼 그때 그렇게 된 거냐?"

"맞아. 그때 끌려가 당한 고문 때문에."

"고문?"

내 목소리가 커졌다.

"형이 그때 끌려가서 고문 때문에 다 죽다 살아 나왔어."

소문으로만 들었지 내가 고문 피해자를 만나게 되리라고는 상상조차 해 보지 못한 것이었다. 박강엽 씨가 병원 출입구를 서성거리다 우리가 있는 쪽으로 다가왔다. 우리를 발견한 모양이었다.

"누군가 했는데, 오랜만이군."

"아, 네. 안녕하세요."

내가 일어나 인사를 했다.

"여긴 웬일인가?"

"네, 후배들 때문에."

내가 종합관 쪽에 눈길을 주며 말했다.

"그래. 고생들 많군."

박강엽 씨가 이해했다는 듯 고개를 끄덕였다. 박강엽 씨와 인사를 나누는 사이 선엽이가 일어나 박강엽 씨를 자리에 앉혔다.

"시헌이가 형 팔이 왜 그렇게 됐는지 궁금했었나 봐."

"사회가 훌륭해서 그렇지, 뭐."

박강엽 씨가 웃으며 말했다.

"그렇게 고생하신지는 몰랐습니다."

"고생은 뭐. 다 지난 일인데. 몇 년 전인가. 선엽이가 고등학교 때였으니까… 어느새 시간이 그렇게 됐군. 이 녀석 학

교 가고 밥상도 치우지 않았을 때였는데…"

박강엽 씨는 한동안 말이 없었다. 반갑게 웃던 그의 표정이 굳어져 있었다. 아픈 기억들이 마음을 헤집는 듯했다.

"그놈들이나 저놈들이나…"

박강엽 씨가 하늘을 쳐다보았다.

"방에 난입하더니 차로 끌고 가 머리를 처박더군. 내 머리를 찍어 누르고 점퍼를 덮었어… 얼마나 달렸을까… 차에서 내려 어떤 건물 계단을 내려갔지. 방에 들어서자 콘크리트 냉기가 훅 끼쳐 왔어. 누군가 머리에 씌워져 있던 점퍼를 치우더군."

그가 고통의 집에 누워 있던 기억들을 하나씩 일으켜 세우기 시작했다.

14

한 사내가 책상 너머에 앉아 있었다.

"박강엽?"

"그렇소."

"갈아입어!"

발 앞에 옷 한 벌이 던져졌다. 옷깃과 소매 끝, 가슴주머니의 가장자리가 해진 낡고 빛바랜 군복이었다. 강엽은 상하의가 티셔츠와 트레이닝복 차림이었다. 자신이 왜 끌려왔는지, 허름한 군복을 왜 입어야 하는지 강엽은 물을 수가 없었다. 하체의 힘을 부러뜨리며 올라온 불길한 예감은 이미 온몸을 흔들고 있었다. 그들이 음모를 획책하기 위해 사람 하나쯤은 흔적 없이 제거할 수 있다는 것 정도는 강엽도 잘

달의 뒤편

알고 있었다. 티셔츠를 벗었다. 실내의 냉기가 달려들어 모공을 들어올렸다. 윗옷을 갈아입고 바지를 벗을 때 강엽은 떨고 있는 자신의 다리를 보았다. 서늘한 풍경 뒤에서 크기를 알 수 없는 공포가 넘실거리고 있었다.

"불온한 사상을 가졌더군."

책상 너머 사내가 말했다.

"나는, 모두를 위한 정부를 원할 뿐이오."

뭐라 대응을 해야겠기에 내뱉은 말이었다. 뾰족한 것들을 쳐낸 몽돌처럼 둥근 말이기도 했고, 떨고 있는 모습을 감춰보려 한 말이기도 했다. 저항도 못해 보고 무릎을 꿇어 버릴 것만 같아 미리 오금을 박아 놓은, 각오 같은 말이기도 했다. 그 말을 버리는 것이 살아 나갈 실낱같은 희망을 조금은 키워 주리라는 것도 강엽은 잘 알고 있었다.

"뭐야, 이 새까?"

욕설은 몽둥이의 입이었다. 머리와 얼굴, 팔과 다리, 가슴, 등과 허리, 허벅지와 정강이… 눈이 없는 몽둥이는 아무 곳도, 아무것도 피해 가지 않았다. 고함과 함께 각목과 곡괭이, 도끼 자루, 야구방망이가 허공을 갈랐다. 머리 위에서 천둥이 쳤다. 쓰러지며 머리를 손으로 감쌌다. 욕설로 갈라진 허공에 번개가 튀었다. 웅크린 몸으로도 방망이가 쏟아졌다. 저들은 피를 찾고 있었다. 몸이 무너진 곳으로 절망이

200

고이며 곳곳이 무덤처럼 부풀어 올랐다. 때 이른 죽음의 그림자가 무덤 부근에 어른거렸다.

"빨갱이 새끼!"

"간첩 새끼 같으니라구!"

"너 같은 놈들 뒈지면 거적에 둘둘 말아서 산에 묻으면 그만이야!"

몽둥이를 휘두르며 그들은 짐승 같은 말들을 뱉어 냈다. 강엽은 빨갱이와 간첩과 죽음 사이 어느 지점에 자신의 무덤이 놓이는 것이라 생각했다. 무엇 때문이었을까. 아버지일까. 어부였던 아버지는 오래전 바다에서 납북되었다 돌아와 긴 조사 끝에 풀려나온 적이 있었다. 이후 집 주변에는 정체를 알 수 없는 눈동자들이 굴러다녔다. 학생운동 때문일까. 어둡고 거대한 체제에 구멍을 낼 수 있다면 한 몸 기꺼이 바칠 수 있다고 생각했다. 그러나, 느닷없이 마주친 체제는 상상 이상으로 커 이상은 금세 번데기처럼 쪼그라들었다. 눈먼 피가 뒹구는 주인을 적셨다. 핏물을 밟으며 저승사자가 걸어왔다. 저승사자는 어딘가로 끊임없이 피를 실어 날랐다. 얼마나 맞았을까. 이리 주둥이에서 떨어지던 침의 허리가 끊긴 것처럼 몽둥이질이 멈췄다.

"머릿속에 이미 사회주의 국가가 건설되어 있는 것인가?"

의자에 앉은 사내가 물었다. 공격적으로 높게 질러 대는

달의 뒤편

소리가 아닌 낮고 절제된 음성이었다. 고음이 제어된 지점에서 흘러나온 말에 강엽의 생각들이 미끄러졌다. 사내의 말은 자신이 그렇게 결론을 내렸다는 것인지 강엽이 그런 생각을 품고 있다는 것인지 갈피를 잡을 수가 없었다. 음모가 그렇게 설계되어 있다는 뜻일까. 머뭇거리는 사이 책임자일까, 라는 질문이 뜬금없이 머릿속에 떠올랐다. 사자 우리에서 왜 그런 질문이 떠오른 것인지 알 수가 없었다. 사내가 책임자든 아니든, 저자 위에는 더 높은 권력이 있을 것이고, 더 높은 권력 위에는 더 큰 권력이 있을 것이며, 그 줄을 잡고 올라가다 보면 맨 위에 가장 큰 권력이 앉아 있을 것이다. 작은 모순을 잡고 저 위로 올라가다 보면 사회의 가장 커다란 모순과 마주치게 된다는 것을 알게 되기까지는 오랜 시간이 걸리지 않았다. 유일무이한 권력으로부터 눈앞의 사내들까지 그들은 모두 하나의 결론을 음모하는 무리들로 보였다.

눈꺼풀을 들어 올렸다. 눈두덩이가 천장을 가렸다. 천장에 쌓아 둔 무덤처럼 눈두덩이가 부어올라 있었다. 사내가 다리를 꼬았다. 강엽은 생각을 더듬었다. 그러나 미끄러지듯 흘러나온 생각은 몽둥이에 부러진 것처럼 어느 곳으로도 나아가지 못했다. 생각이나 말이 그 뿌리인 머리와 가슴에서부터 부러지며 아무것도 표현할 수 없는 상태, 그것을 일러 사람들은 아마 공포라 했을 것이다. 정신을 집중하려 애를 썼다. 강엽은 불의의 일격으로 쓰러진 장수처럼 혼신의 힘을 다해 부러진 창끝에 한마디를 내걸었다.

"나는 군부독재가 어서 무너지길 바랄 뿐이오!"

강엽은 정반대 방향으로 내달았다. 부푼 풍선이 바늘을 치받듯 모든 것을 던진 한마디였다.

"그러셔."

'책임자'가 일어섰다. 군복이 벗겨졌다. 겨울을 알리는 마지막 나뭇잎처럼 헝겊 조각이 사타구니에서 강엽의 몸을 붙들고 있었다. 강엽의 손목과 발목이 묶이고, 무릎을 두 팔 안으로 구부려 넣은 뒤 무릎 뒤로 봉이 끼워졌다. 그리고 책상에 봉이 걸쳐졌다. 강엽은 한 마리 닭이었다. 이상을 담고 있던 몸은 이상도 현실도 아닌 지옥에 매달려 흔들리고 있었다. 관을 덮는 흙처럼 얼굴 위로 수건이 덮였다. 이승과 저승 사이 경계처럼 눈앞이 흐려졌다. 이어 삐그덕거리는 주전자 소리가 들려오는 듯하더니 수건 위로 물이 쏟아졌다. 본능적으로 입을 닫고 코를 닫았다. 물은 먼저 콧구멍으로 달려들었다. 물이 덮친 코는 숨을 들일 수가 없었다. 입을 벌렸다. 수문을 연 댐처럼 입으로 물이 쏟아졌다. 입은 저수지처럼 물을 쓸어 담았다. 그러나 입은 욕조의 물은커녕 주전자의 물조차 다 받아 낼 수가 없었다. 쏟아지는 물을

달의 뒤편

목구멍으로 저지하며 숨구멍을 찾아 몸을 비틀었다. 비트는 힘보다 더 강력한 힘이 머리를 붙들었다. 닫았던 코의 숨길을 열었다. 자취방으로 난입한 사내들처럼 물은 콧구멍으로 거침없이 몰려들었다. 코와 눈자위가 시큰해지고 눈시울로 신물이 솟구치더니 재채기가 올라왔다. 순간 쇳덩이 같은 물이 재채기를 제압했다. 숨과 재채기와 물이 뒤섞인 혼돈이 소용돌이치며 목구멍으로 떨어졌다. 목구멍은 절망으로 지어진 수로였다. 주전자는 끊임없이 절망을 쏟아부었다. 비명을 제압한 물기둥이 목구멍에 박혔다. 강엽은 구멍난 배처럼 가라앉았다. 콧구멍에도 목구멍에도 물만이 부풀어 올랐다. 호흡을 제압한 물이 낙하하는 지점에서 폭탄이 터지며 불길이 치솟았다. 불길은 후두엽에서 전두엽으로 섬광처럼 번졌다. 비틀 수 없는 머리를 비틀었다. 비웃음 소리가 들려왔다. 울부짖고 싶었지만 울부짖을 수 없었다. 사내들이 낄낄거렸다. 홍수가 마을을 삼키듯 물은 강엽을 삼켰다. 온몸에 물이 가득했지만 물을 짚고 일어설 수는 없었다. 누군가 물기둥을 뽑아내며 수건을 치웠다. 강엽은 자신도 모르게 번개처럼 소리를 질렀다.

"말하겠소! 무엇이든 다 말하겠소!"

"뭘 말하겠다는 게야? 으하하하!"

웃음이 몽둥이처럼 쏟아졌다. 수건이 덮이며 다시 지옥문이 열렸다. 물은 구멍마다 불을 질렀다. 찰나의 호흡 뒤로 숨을 향한 강렬한 집착이 허파를 찢으며 콧구멍과 목구멍으로 달려들었다. 찰나의 호흡마저 움켜쥔 물은 물을 짚고 올라왔다. 물이 불을 지른 지옥에 수마와 화염이 넘실거렸다. 내장으로 박히던 물기둥이 구역질을 끌고 나왔다. 구역질은 손으로 내장을 한꺼번에 끄집어내는 듯했다. 머리를 붙들고 있던 힘이 풀리면서 수건이 치워졌다. 구역질은 국자처럼 토하물과 노란 위액을 담아 올렸다. 거친 숨소리와 함께 신물이 눈동자를 덮었다. 토하물은 개처럼 바닥을 핥았다. 놈들은 다시 수건을 덮었다. 다시 구멍으로 귀신이 몰려들었다. 머리와 몸과 봉이 다시 출렁거렸다. 호흡을 깔고 앉은 물은 끊임없이 포탄을 퍼부었다. 얼마나 많은 포탄이 내장으로 날아들었을까. 방귀가 나왔다. 물컹한 것이, 아니 뜨뜻한 것이 대장 후문을 여는 것을 느끼며 강엽은 의식을 잃고 말았다.

사람의 손길이었다. 의식과 무의식의 경계에 누워 있는 몸을 누군가 주무르고 있었다. 의식을 잃었던 순간을 떠올려 보았다. 의식을 잃은 허공은 캄캄해 보이지 않았다. 눈꺼풀을 들어 올렸다. 강엽을 무너뜨렸던 손들이 강엽을 주무르고 있었다. 사내들 손이 뱀처럼 감겼다. 처음에 끌려온 방

달의 뒤편

같았다. 모든 것이 불투명해져 있었다. 불투명해진 시간과 미래가 컴컴한 의식을 떠돌았다. 실내를 둘러보던 강엽의 눈과 한 사내의 눈이 부딪혔다. 사내의 눈동자는 절망의 입구처럼 아득했다.

"돌아오셨군."

"다시!"

사내들이 강엽을 일으켜 세웠다. 숙달된 조교처럼 그들은 무엇을 해야 할지를 정확히 알고 있었다. 그들은 숙련되어 있었고, 강엽은 무기력했다. 고문을 예비할 수는 없었다. 고문은 근육이나 체력처럼 단련될 수 있는 것이 아니었다.

어느 방으로 들어가 강엽은 다시 발가벗겨졌다.

"시발, 그걸 좆이라고 달고 다니냐?"

놈들은 사타구니를 비웃었다. 방마다 절벽이었다. 절벽은 절망이 서 있는 곳이 아니라 희망을 매장하는 곳이었다. 놈들이 강엽을 의자에 앉혔다. 쇠로 된 의자는 바닥에 고정된 것이었다. 팔걸이에 손목과 팔뚝이 묶였다. 다리와 발목, 무릎, 몸통이 차례로 의자에 묶이고 손발에 붕대가 감겼다. 한 사내가 전깃줄을 끌고 왔다. 악어 주둥이 같은 집게가 달려 있는 것이었다. 집게는 비명을 물고 있었다. 침 삼키는 소리가 고막으로 올라왔다. 동공이 커지며 타다 남은 심장이 쭈그러들었다. 한 사내가 붕대가 감긴 양손 엄지와 검지 사이에 집게를 물렸다. 그리고 발과 사타구니, 배, 가슴, 목, 머리 순서로 물을 끼었었다. 흐린 지옥을 희미하게 비추던 불이 꺼졌다. 누군가 손전등으로 강엽의 얼굴을 비췄다. 그들은 강엽을 볼 수가 있었고, 강엽은 그들을 볼 수 없었다. 오금이 저려 왔다. 미열과 함께 굴러 온 진동이 뱀의 이빨처럼 강엽의 손발을 물었다. 강엽이 손가락과 발가락을 꼼지락거렸다. 그때 놈들은 기다렸다는 듯 전류 세기를 최고치로 올려 버렸다. 비명이 목구멍을 찢었다. 강엽은 의자에서 벌떡 일어섰다. 그러나 일어설 수는 없었다. 바늘처럼 일어선 터럭들이 모공을 무덤처럼 열어젖혔다. 핏줄마다 포탄이 터지며 눈이 뒤집혔다. 기관마다 지뢰가 터지며 살을 찢었다. 전기가 빛의 속도로 달리며 모든 구멍으로 혼돈을 뱉어 냈다. 입이 타고, 살이 탔다. 피가 타고, 뼈가 탔다. 강엽이 목구멍을 찢으며 소리쳤다.

"차라리 죽여라! 이놈들아!"

역한 냄새가 실내에 진동했다. 전동 의자처럼 전기는 강엽의 몸을 흔들었다. 짚불에 타던 닭털 냄새가, 뒷산에서 개를 태우던 냄새가, 막노동 현장에서 맡던 납땜 냄새가, 그것들을 모두 뒤섞어 놓은 듯한 냄새가 역하게 콧속을 파고들었다. 사내들이 고개를 모로 틀었다. 타는 수탉처럼 강엽은 목을 비틀었다. 누군가 물을 뿌렸다. 물은 다시 강엽의 몸을

달의 뒤편

끼우며 천천히 흘러내렸다. 서류를 들추듯 놈들은 전기를 올리고 내렸다. 놈들은 고압선에 앉아 지저귀는 참새들 같았다. 스위치가 꼭짓점으로 올라갈 때마다 비명이 폭탄처럼 터졌다. 힘줄에 실려 온 비명은 심장에서 퍼 올린 불덩어리 같았다. 불덩어리가 목젖에 불을 질러 강엽의 목을 꺾었다. 꺼진 촛불처럼 몸에서 연기가 피어올랐다. 누군가 얼굴에 찬물을 끼얹었다. 강엽이 거미줄처럼 가는 신음소리를 흘리며 깨어났다.

"이 정도면 너도 최선을 다한 거야. 아무도 네 탓 안 해."

낮게 말을 뱉어 내던 그 사내, '책임자'였다.

"어렵게 갈 것 없이 사회주의사상을 갖고 있다고 인정만 하면 돼. 그럼 우리도 이렇게 애쓸 필요 없고. 어때?"

강엽이 희미하게 고개를 끄덕거렸다.

"인정하겠다는 것인가?"

다시 고개를 끄덕였다.

"진작 그럴 것이지."

'책임자'가 강엽 앞으로 고개를 숙이며 오른손으로 강엽의 뺨을 툭툭, 쳤다. 사내들이 강엽의 몸을 풀었다. 그리고 책상 앞에 강엽을 앉혔다.

"팬티나 좀 입히지?"

'책임자'가 인심을 썼다. 사내들 중 하나가 흐느적거리는 강엽의 다리에 팬티를 끼웠다. 팬티는 삐걱거리며 다리를 올라왔다. 팬티가 사타구니로 올라오는 것을 보며 '책임자' 가 물었다.

"폭력혁명주의자임을 인정하는가?"

폭력혁명이든 아니든 그것은 아무 상관이 없었다. 폭력혁명을 꿈꾸기나 했던가. 고개를 끄덕이며 강엽은 책에서 본 이론을 저들에게 던져 주었다. 그것은 강엽의 것이 아니었다. 권력의 무자비한 폭력이 광범위하게 자행되고 대중이 그에 반하여 일어나는 것을 폭력혁명이라 한다면 자신도 그것을 품어 본 적이 있었다. 그러나 개인이나 조직이 입으로 그것을 주창한다고 해서 폭력혁명이 일어나지는 않는다고 강엽은 믿었다. 침처럼 그것은 쉽게 뱉어졌다.

"사회주의사상을 갖고 있는 것도 인정하는가?"

가보지 못한 세상. 가능하다면 그 목표에 도전해 보고 싶었다. 시작도 못해 본 그것도 그들에게 던져 주었다.

"반국가단체를 결성한 걸 인정하는가?"

희미한 의식 속에서도 반국가단체라는 말은 폭탄 소리처럼 크게 들렸다. 그것은 폭력혁명이나 사회주의사상을 품고 있는 것과는 차원이 다른 것이었다. 폭력혁명이나 사회주의사상은 혼자 안고 갈 수 있는 것이었지만, 반국가단체 결성은 누군가를 또 지옥으로 불러들이는 일이었다. 강엽의 혁

달의 뒤편

가 그 자리에 멈춰 섰다.

"왜 답이 없나?"

주위를 둘러보았다. 예닐곱 명의 사내들이 강엽을 에워싸고 있었다.

"그건, 모르는 일이오."

강엽의 혀가 말을 잘랐다.

"모른다?"

'책임자'의 목소리가 고점으로 올라갔다 꺾이며 내려왔다.

"그래 봐야 소용없다는 걸 잘 알 텐데."

"없는 일을 있다고 할 수는 없소."

"그런 건 우리가 결정해! 네 일이 아니란 말이지."

'책임자'가 일어섰다.

"모든 걸 네놈이 결정해 버리면 우린 뭘 하나. 계속해!"

강엽이 알몸으로 다시 의자에 올려졌다. 팔다리와 몸통이 의자에 묶이고 손발에 전깃줄이 이어졌다. 물은 다시 강엽의 몸을 끼우며 흘러내렸다. 불안은, 절망은, 의자는, 전기는 익숙해지지 않았다. 사실이 없는 그들은 사실을 만들어 내는 도구를 갖고 있었다. 전기는 피를 끓이고 뼈를 태워 먼 곳에서 헛것들을 불러왔다. 헛것들은 사실을 밟고 일어섰다. 사실은 사실로서 무기력했다.

폭력혁명과 사회주의사상을 갖고 있다고 인정한 데에 이

어 반국가단체 결성과 이적 단체 구성까지 인정하면서 선후배들이 줄줄이 끌려 들어왔다. 동료의 비명 소리를 들으며 강엽은 자술서를 썼고, 동료들은 강엽의 자술서에 맞춰 고문을 받았다. 그리고 동료들의 진술에 맞춰 강엽의 자술서는 다시 수정되었다. 어느 것이 사실인지, 어느 것이 거짓인지는 가리지도, 고려되지도, 중요하지도 않았다. 헛것들이 줄지어 종이 위 절벽으로 몸을 던졌다. 늘어선 낱말은 헛것들을 튼튼하게 물고 있었다. 강엽은 차마 그것을 읽을 수가 없었다.

　박강엽 씨가 말을 쉬었다.
　"물고문 전기고문이 번갈아 계속되지."
　헬리콥터 소리가 들려왔다.
　"물고문이 두 번, 전기고문 네 번… 놈들은 원래 아버지와 나를 엮은 간첩단 사건을 기획했었나 보더군. 아버지는 배를 타다 북방한계선을 넘어 끌려갔다 돌아왔어. 감시가 심했지. 이사도 여러 번 했고. 좀 살 만하면 빨갱이라는 소문이 돌아 다시 이삿짐을 쌌지. 빨갱이는 머물 곳이 없었어. 북에 끌려갔다 온 지 십 년도 훌쩍 넘은 뒤라 아버지를 엮는 게 현실성이 떨어진다고 판단했는지 학교 선후배들을 엮어 반국가단체 결성과 이적 단체 구성으로 몰아가더군. 그

사이 어떤 지시가 내려왔는지는 모르지. 아마도 가족보다는 학생운동 쪽을 무너뜨릴 필요가 생겼던 거겠지. 학생회가 부활하면서 학생운동이 힘을 키워 가고 있던 때였으니까. 선후배들이 줄줄이 끌려 들어왔어. 사실은 헛것으로, 헛것은 사실로 둔갑했지. 내 앞에도, 동료들 앞에도, 사내들 앞에도 헛것들이 줄지어 서 있었어. 우리는 살기 위해 헛것을 뱉어 냈고, 저들은 영달을 위해 헛것을 조립했지. 빠져나올 수도, 누구를 구할 수도 없었어. 버티면 고문했고, 고문하면 쓰겠다고 했지. 의자에 앉으면 차마 쓸 수가 없더군. 그럴 때마다 놈들은 아버지와 선엽이까지 잡아넣겠다고 협박을 했어.”

“선엽이까지요?”

“그래. 아버지와 나, 고등학생이었던 이 녀석, 일가족을 간첩으로 엮어 버리겠다고 말이야. 손해 보는 장사는 아니었겠지. 엮기만 한다면 좋은 선전 도구가 될 테니까. ‘피도 눈물도 없는 공산당. 고등학생 동생까지 포섭, 학원가에서 암약한 간첩단.’ 선정적인 문구들이 언론을 장식했겠지. 이것도, 저것도 그들에겐 달콤한 성과였고, 우리에겐 빠져나올 수 없는 수렁이었어. 결국 그들은 학생운동에 타격을 가하기 위해 가족이 아닌 학생운동 쪽으로 가닥을 잡았던 것 같고.”

박강엽 씨가 한숨을 들어 올렸다. 헬리콥터가 날아들고

212

있었다.

"진술서가 마무리되고 그들에게 물은 적이 있어. 당신들에게 법은 무엇이냐고. 그들이 그러더군.

'헌법을 믿는 것인가. 그것은 평범한 인간들이나 하는 일이지. 너희들이 말하는 민중들 말이야. 우린 모든 것을 갖고 있어. 권력 그 자체란 얘기지. 법은 어차피 그것을 부리는 사람들 것 아닌가. 우린 그걸 부리는 사람들이고. 평범한 인간들이야 법이 비빌 언덕쯤으로 여겨지겠지만, 권력 그 자체인 우리에게 법은 거추장스런 낙서일 뿐이야. 모든 걸 마음대로 움직일 수 있는데 우리 편한 대로 법을 요리한다 한들 누가 뭐라 하겠나. 법은 지키고자 하는 이들에게 법이지 우리들에게는 낙서야, 거추장스러운.'

순진했지. 부정한 권력에겐 조국이 없어. 조국이 세워 놓은 권력이 필요한 거지. 부자에게는 부가 조국이고. 그들은 돈을 쌓아 올려 법을 훌쩍 뛰어넘어 버리질 않나. 헌법은 99퍼센트에게나 권리장전인 거지 권력을 갖고 있고 부를 이룬 이들에게는 거추장스러운 종이 쪼가리일 뿐이야. 유리하면 빼먹고 불리하면 건너뛰는."

박강엽 씨가 하늘을 바라보았다.

지옥은 이승에도, 저승으로 가는 길에도, 그리고 진실에 이르는 과정에도 있었다. 그리고 상처는 저승으로 가져갈

수 없기에 줄곧 이승을 떠돌았다. 거짓을 담을 수 없어서였을까. 진실은 언제나 느리게 움직였다. 소수가 알 때는 박해를 받고, 다수가 알게 될 때에야 정의가 되는 모순마저 품고 있기에 진실은 본디 느릴 수밖에 없는 것인지도 모른다. 달이 그 뒤편에 더 많은 것들을 품고 있듯 진실은 사실보다 더 많은 것들을 품고 있었다.

그날 밤 선엽이와 나는 초코파이와 물을 사 종합관에서 경계를 서는 학생들에게 들려주고 돌아왔다.

15

선엽이가 급하게 나를 잡아끌었다. 8월
19일 오후였다. 녀석은 내가 오기만을 기다리고 있었다.

"조금만 빨리 오지!"

"왜 그래?"

"지난번에 그 친구 있잖아! 밤에 같이 빠져나왔던!"

"누구, 은초?"

"그래, 그래. 은초!"

"은초가 왜?"

"그 친구 안으로 들어갔어!"

"안이라니. 어디? 종합관?"

"들어갔으니 종합관이겠지."

달의 뒤편•

"뭐야? 그냥 놔뒀단 말이야? 잡았어야지!"

놀란 내 목소리가 커졌다.

"내가 무슨 힘으로!"

선엽이는 억울하다는 표정이었다. 올 것이 왔다고 생각했다. 내심 우려하던 일이었다. 음식물 반입이 전면 금지되었다는 소식이 은초의 심경에 변화를 일으킬지 모른다는 걱정을 하고 있던 차였다. 연대는 경찰로 둘러싸인 거대한 감옥이었다. 은초는 감옥으로 들어가 버린 것이었다. 선엽이는 허둥대다 은초를 붙잡을 기회를 놓쳐 버린 것 같았다. 민규와 선주의 당황한 얼굴이 눈에 선했다. 후배들은 또 어떤 표정을 지을까.

"어떻게 할 거냐?"

"어떻게 하긴. 들어가 봐야지."

"또?"

"그럼, 가만히 있을까?"

"좀 기다려 보는 게 어때?"

"일단은 들어가 봐야지. 혼자 나오는 한이 있더라도. 내가 데리고 나온 아이잖아."

나는 심각해져 있는데 선엽이가 묘한 웃음을 흘렸다.

"어째 자꾸 비릿한 냄새가 나."

은초와 나는 아무 관계도 아니었다. 하지만 아무 관계가 아닌 것은 또 아니었다. 우리를 두어 번 보았을 뿐이지만 녀석은 야채 틈에서 고기를 발견한 고양이처럼 묘한 웃음을 흘렸다. 데이트 한 번 한 적이 없었다. 경찰이 밀려들었을 때와 야음을 틈타 연대를 빠져나올 때 한 번씩 손을 잡아 본 것, 그리고 학교와 엠티를 오가며 얼굴 몇 번 본 게 그녀와 나 사이에 있었던 일의 전부였다. 아무 관계도 아닌 것으로 말해야 할지 아무 관계가 아닌 것은 아닌 것으로 말해야 할지 난감했다.

"그래, 맞아. 네 형수가 될지도 몰라."

본능적인 과시욕이었는지, 한 번 부려 본 호기였는지, 될 대로 되라는 심정이었는지 나조차 구분이 어려운 말이었다. 과장은 사실의 결핍이라는 것을 증명하듯 내 말은 사실을 간단히 뛰어넘고 있었다. 하지만 말을 뱉어 놓고 정작 놀란 것은 나였다.

"뭐, 형수님? 꿈도 야무지다. 그 어린 친구를!"

"사랑에 국경이 없으면 나이도 국경이 없어야지!"

두서없는 말들이 딸려 나왔다.

"아이구, 갖다 붙이기는. 그럼 나도 가?"

"좋을 대로!"

"또 컴컴한 데서 몽둥이로 맞는 거 아닌가 모르겠다!"

종합관 쪽으로 걸음을 옮겼다. 대꾸나 하고 있을 상황이

아니었다.

"야, 인마, 같이 가. 아, 이 무슨 운명인고."

백양로를 따라 종합관으로 향하는 길은 사람을 청소해 버린 듯 훤했다. 출입이 통제된 상태여서 사람을 찾아보기는 어려웠다. 교문으로 이어진 길은 사람의 그림자를 비워 긴장을 생산해 내고 있었다. 은초가 공포를 잉태한 풍경 속으로 들어가는 모습은 상상만으로도 낯설었다.

연대로 몰려든 학부모들은 음식물과 의약품이라도 들여보내려 몸부림쳤다. 경찰은 견고한 통곡의 벽이었다. 체제의 말단은 강경했다. 말단의 강경함은 몸통의 강경함이고, 몸통의 강경함은 수뇌의 강경함이며, 수뇌의 강경함은 바로 권력의 강경함일 터. 자식을 만나기 위해 청소부로 위장해 건물로 들어가려던 어머니 이야기도 들려왔다. 학교와 교수, 종교, 사회단체의 중재 노력은 수포로 돌아가 있었다. 더 이상 대안은 나오지 않았다.

"상상 이상의 책임감. 대단해."

칭찬 같기도 했고, 비웃는 것 같기도 했다.

"그러니까 형수님이지, 인마. 아직 사람들한테는 비밀이다."

"비밀이시라. 그런 약점은 굳이 말하지 않아도 될 텐데."

"발설하면 청년회 안 가는 수가 있다."

허튼소리로 농담을 주고받았다. 며칠 사이 우리는 급속도로 가까워져 있었다. 나는 녀석이 활동하는 청년회에 들어가기로 약속을 한 상태였다. 멀리서 손님을 맞듯 헬리콥터가 날아왔다.

"저것들은 시도 때도 없이!"

선엽이가 헬리콥터를 보며 눈을 흘겼다. 전담이라도 하듯 헬리콥터는 우리 위를 맴돌았다. 헬리콥터는 바람을 떨궈 부근 초목의 몸통을 흔들었다. 풀은 몸을 뉘었고, 나무는 가지와 잎을 함께 뒤집었다.

"나무 밑으로 가자!"

선엽이가 소리쳤다.

"당당하게 가! 그리 가면 더 이상하게 볼 거야!"

종합관까지는 아직 거리가 있었다. 의심을 피하는 것이 우선이었다. 불리한 상황에 굳이 헬리콥터를 자극할 필요는 없었다.

"선엽아, 손 흔들어!"

내가 헬리콥터를 향해 손을 흔들었다. 학교 직원인 것처럼. 선엽이가 따라서 손을 흔들었다. 헬리콥터와 같은 편인 것처럼. 두어 바퀴를 휘 돌더니 헬리콥터는 사라졌다. 사위가 총성이 멎은 사격장처럼 고요해졌다. 속은 것인지는 알 수가 없었다.

"최루액 맞지 않은 걸 다행으로 여겨야 하나."

달의 뒤편

선엽이가 툴툴거렸다. 걸음을 서둘렀다. 은초를 또 어떻게 데리고 나온단 말인가. 의리 앞에서 논리나 명분은 허약한 것이었다.

종합관 입구에 사람들이 모여 있었다. 한 사람이 뒷모습을 보이며 서 있었고, 사수대가 그 사람을 둘러싸고 있었다. 뒷모습이 은초 같았다.

"은초야!"

역시 은초였다.

"선배님!"

선배라는 호칭이 자신을 말리지 않았으면 좋겠다는 의사 표시처럼 들렸다. 인사를 하는데 또 한 사람이 무리 속에서 걸어 나왔다.

"안녕하세요? 형!"

작은연못 민호였다.

"그래! 고생이 많구나!"

웃는 것도 아닌, 우는 것도 아닌, 반가운 것도, 반갑지 않은 것도 아닌 애매한 표정으로 민호와 인사를 했다. 민호는 나를 보며 환하게 웃었다. 그 웃음에 가슴이 시렸다.

"안에 연락했으니까 민규 형 곧 나올 거예요."

우리는 함께 종합관을 바라보았다.

"은초야, 어떻게 된 거야?"

"그냥, 사람들이 굶고 있을 것 같아서요··· 집에서 밥 먹고 있기도 그렇고···"

내 물음에 은초는 담담하게 말했다. 예상대로 은초는 음식물 반입금지 조치 소식에 걱정이 되어 온 것이었다. 은초는 섬에 들렀다 가는 배가 아닌 섬의 나무가 되려 하고 있었다. 텔레비전을 보고 있는 게 더 괴로운 일이었을 것이다. 민규가 종합관 계단으로 허겁지겁 내려오는 모습이 보였다.

"뭐야. 어떻게 된 거야?"

인사를 건넬 틈도 없었다. 집에 있으려니 했던 후배가 눈앞에 서 있으니 민규로서는 놀랄 수밖에 없는 상황이었다.

"미안하다."

책임자였던 내가 민규에게 사과했다.

"아니에요. 선배님은 아무 잘못 없어요. 제가 오고 싶어서 온 것뿐이에요."

민규는 우리를 번갈아 쳐다보았다. 은초를 탓할 수는 없었다. 은초도, 민규도, 민호도, 나도, 울 수도, 웃을 수도 없는 침묵이 흘렀다. 그때 다급한 한마디가 정적을 꿰뚫고 지나갔다.

"경찰이다!"

정문 쪽에서 전경들이 파도처럼 백양로로 밀려들고 있었다.

"바리케이드!"

사수대가 바리케이드를 밀고 나왔다. 부근의 다른 사수대도 방패와 각목을 들고 튀어나왔다. 이어 계단으로 사람들이 줄줄이 내려왔다. 상황이 긴박해지자 민규는 일단 우리를 건물 안으로 안내했다. 종합관 안은 사람들이 그득했다. 나머지 공간은 쉰내, 고린내가 채우고 있었다. 사람들은 찜통에 갇힌 만두 같기도 했고, 무너진 막장의 광부들 같기도 했다. 종합관은 난민 수용소를 방불케 했다. 그들이 사회에 던진 파장은 컸다. 종합관 밖에서는 종합관 안을 끓이고 있었다. 학생들은 먹기 좋은 고기였고, 거덜 내기 쉬운 과녁이었다.

남학생들이 사수대로 내려가면서 파장이 고스란히 실내로 전해졌다. 창가로 몰려간 이들은 종합관 입구에서 눈을 떼지 못했다.

민규는 우리를 데리고 4층으로 올라갔다. 선주가 먼저 은초를 알아보고 달려왔다.

"어떻게 된 거야, 은초야!"

후배들이 모여들었다.

"그렇게 됐어요."

후배들은 은초를 반겼고, 은초는 아무 말도 하지 못했다. 선엽이가 자기도 후배들 보고 온다며 강의실을 빠져나갔다. 지쳐 보이기는 했지만 모두 무사한 듯했다.

잠시 뒤 한 후배가 강의실로 들어서며 소리쳤다.

"민규 형! 민호가 다쳤어요!"

민규가 황급히 아래층으로 뛰어 내려갔다. 후배들도 나도 뒤따랐다. 부상자들은 3층에 모여 있었다.

"민호야!"

"형!"

민호는 상체가 피투성이였다. 피범벅인 채 눈도 제대로 뜨지 못했다. 구급대가 응급처치를 하고 있었다. 민호는 정수리와 왼쪽 귀 중간쯤이 집게손가락 길이로 찢어져 있었다. 방패에 찍힌 듯했다. 구급대원들이 민호의 머리를 소독하고 있었다. 소독제는 콘택트렌즈 세척용 식염수였다.

"야, 호치키스!"

다른 대원이 호치키스라 불리는 스테이플러를 들고 뛰어왔다. 대원들 손가락 사이로 언뜻 민호의 두개골이 보이는 듯했다. 한 대원이 민호의 머리를 감싸자 다른 대원이 두피 위로 호치키스를 박기 시작했다. 보고 있으면서도 믿기가 어려웠다. 머리에 호치키스라니! 나는 입을 다물지 못한 채 철심을 찍어 대는 대원들과 스테이플러와 민호의 얼굴을 번갈아 쳐다보았다. 은초도 충격을 받은 듯 말을 잇지 못했다. 모두들 그 광경을 쳐다보고 있었다.

"괜찮아?"

민호의 손을 잡으며 민규가 물었다.

달의 뒤편

"네, 형. 괜찮아요. 더 다친 사람도 많은데요. 뭐."

민호가 웃었다. 민호 앞에 서 있는 민규의 팔에는 대추만 한 물집이 잡혀 있었다. 오른팔에 두 개, 왼팔에 하나였다. 민규만 그런 것이 아니었다. 남학생들은 대부분 한두 군데씩 상처를 갖고 있었다.

"이래도 되는 거야?"

근심스런 표정으로 민규에게 물었다.

"괜찮으니까 하는 거겠죠. 저 친구들 의대생들이에요. 이런 일 많아요. 약도 없고 해서 어쩔 수 없기도 하고요. 상처가 큰데도 구급차에 실려 가면 경찰에 넘겨지니까 안 나가겠다는 친구들도 많고요."

민호 머리에 붕대가 감기고 있었다. 비슷한 상황을 이미 겪어 본 듯했다. 구급대가 의대생이라는 말에 마음이 조금 놓였다. 크고 작은 부상자들이 하나둘씩 3층으로 올라왔다. 피 흘리는 사람, 절뚝거리는 사람, 부축해 올라오는 사람, 부상자들로 강의실은 야전병원을 방불케 했다.

"아직도 그러고 있어?"

민규가 후배에게 물었다.

"이제 빠지는 것 같아요."

"개새끼들 왜 자꾸 몰려오고 지랄들이야. 올라올 것도 아니면서!"

224

모두들 한두 마디씩 불만을 쏟아 냈다.

"도망가지 못하게 수작을 벌이는 거 같아."

누군가 중얼거렸다. 은초는 민호에게서 눈을 떼지 못하고 있었다.

민규의 지시로 후배들이 옥상으로 모여들었다. 할 말이 있는 듯했다.

"이 자리에 모이자고 한 것은 여러분의 동의를 구하기 위해서입니다. 오늘 민호가 경찰과 싸우다 머리를 다쳤습니다. 보다시피 붕대를 두르고 있는데 치료를 받아야 합니다. 이대로 놔두면 위험하지 않겠습니까? 구급차를 부르면 민호를 그대로 경찰 손에 넘겨주는 꼴밖에 되지 않습니다. 해서 민호를 밖으로 내보낼까 하는데 어떻습니까?"

민규는 공개적으로 동의를 구한 뒤 민호를 내보내려는 것 같았다.

"좋습니다. 그런데 어떻게 내보낼 건데요?"

누군가 물었다.

"마침 구급차 대신 선배님들이 와 계십니다. 친구까지 데리고 오셨습니다. 선배님들이 이 임무를 맡아 주리라 믿습니다."

민규가 나와 선엽이를 보며 말했다. 선엽이는 옥상으로 올

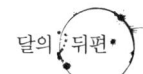

라오기 직전 합류해 있었다. 후배들이 우리를 쳐다보았다.

"그리고 은초가 지시를 어기고 다시 들어왔습니다. 은초를 내보낸 것은 현재의 어려움을 냉정하게 돌아보고 내일을 준비하고자 했던 것입니다. 현재가 어려워도 우리는 다음을 준비해야 합니다. 은초의 열정을 이해합니다. 그러나 저는 은초가 현재의 열정을 불태우되 그것을 더 나은 날을 위한 동력으로 삼기를 바랍니다. 은초에게 다시 돌아가 내일을 대비하자고 말하고 싶은데 여러분, 어떻습니까?"

"좋습니다."

모두 동의를 표했다. 은초는 고개를 숙이고 있었다.

16

발목과 무릎의 통증은 걸음을 앗으려 덤벼들었다. 통증을 게워 내는 왼쪽 다리의 하중을 줄이려 오른쪽 다리로 걸음의 중심축을 옮겼다. 몸은 뒤뚱거렸다. 절룩거리는 다리를 끌고 나가 병원 앞에서 사람들을 바라보았다. 사람들의 걸음이 물에 닿은 햇빛처럼 반짝거렸다. 평범한 일상들을 끌고 다니는 그 다리가 부러웠다. 나는 뒷걸음질 치고 있었고, 사람들은 앞으로 나아가고 있었다. 그들과 나는 정반대 방향으로 움직이고 있었다. 절망 가득한 인생이 욕망을 비웃는다는 건 가당찮은 일이지만, 절망이 삶을 욕망하고 있다는 점에서 욕망과 절망은 하나였다. 병실로 돌아와 내가 묻힐 관처럼 생긴 긴 침대에 몸을 뉘었다.

달의 뒤편 •

달력이 눈에 들어왔다. 삼백예순다섯 날로 인간사를 들여놓은 달력은 무심한 얼굴로 나를 내려다보고 있었다. 어버이날이 할머니 기일과 포개져 하루 앞으로 다가와 있었다. 어버이날 선물을 사기 위해 병원을 나섰다. 절룩거리지 않으려 애를 썼다. 수직의 건물들이 흔들리며 지나갔다. 5분 거리의 신태인역은 고무줄을 길게 늘여 놓은 것처럼 멀었다.

역 앞 양품점으로 들어가 어머니 선물로 양산을, 아버지 선물로 모시 속옷을 샀다. 카네이션 두 송이와 함께. 세월이 고인 주름에 볕이 쌓이는 것을 지켜보기로 한 것처럼 근래 어머니는 양산을 쓰지 않았다. 들에서도 모자와 수건을 벗는 법이 없던 어머니였다. 갑자기 볕을 받아들이기로 한 것은 아닐 것이다. 태양을 가릴 수는 있지만 세월을 가릴 수는 없다는 걸 이제야 인정하신 것일까. 울퉁불퉁한 생각들이 걸음처럼 뒤뚱거렸다.

"병원에서 오셨시유?"

주인아주머니가 물었다. 돈을 꺼낼 때였다. 내 이력을 알길이 없는 아주머니는 무언가 알고 있다는 표정으로 묻고 있었다. 아주머니는 비늘을 들춘 송곳처럼 내 신경을 건드리고 있었다. 날카롭게 벼려진 눈동자가 주인을 향해 날아갔다. 예민해진 절망은 맹렬한 말들을 쏟아 낼 듯했다. 하지만.

"네. 왜요?"

겨우 어떻게 알았냐는 의아한 표정을 내밀었다.

"아녜유. 병원 냄새가 나길래…"

어느새 몸에 들러붙은 약품 냄새는 나도 모르게 내 처지를 알리고 있었다. 아직 내 안에는 삶에 대한 미련이 가득했다. 때로 그것은 의심을 날카롭게 벼려 엉뚱한 방향으로 칼끝을 겨누곤 했다. 입원했던 날은 매일 멀어지고 있었다. 어제부터도 멀어지고, 오늘부터도 멀어지고, 내일로부터는 더욱 멀어질 것이다. 멀어지는 날들 반대쪽에 놈들이 깔아 놓은 계단이 보였다. 계단은 내일이 아닌 지옥으로 향해 있었다.

병실로 돌아와 누웠다. 걸음의 중심축을 옮기자 놈들이 오른쪽 다리로도 넘어오고 있었다. 놈들은 두 다리를 장악해 항복을 받아 내려는 듯했다.

'이제 어떻게 걷는단 말인가.'

다리가 걸음을 잃는다는 생각에 이르자 온몸에 파장이 일었다. 그것은 분노처럼 솟구치는 것이 아니라 앙금처럼 가라앉는 것이었다. 삶이라는 커다란 존재가 아닌 맞은편 침대가 아득해졌다. 전쟁터에서 걸음을 잃는다는 것은 두 가지 가능성을 의미했다. 목숨을 내놓거나 포로가 되거나. 전쟁은 막다른 지점에 다다라 있었다. 전쟁의 종식은 삶의 실질적인 마침표로 보였다. 전쟁의 마지막은 무엇으로 장식할까. 피도 눈물도 없는 인간들도 종전 의식을 거행할 때면 마

주 앉는데 나는 누구와 마주 앉아 종전에 서명할까. 침대에 누워 내일을, 미래를 떠올려 보려 했지만 그런 것들은 보이지 않았다.

전화가 왔다. 서울 사는 형이었다. 내일이 어버이날이기도 하고 할머니 제사도 있고 해서 내려오고 있다고 형이 전화기 너머에서 말했다. 내게 병원으로 데리러 갈까, 를 물었다. 어버이날이니 꽃도 달아 드리고, 선물도 드리고, 할머니 제사이니 지방도 쓰고, 엎드려 절도 올려야 할 터인데 걸음을 잃어버린 나는 갈 수도, 안 갈 수도 없었다. 절망의 또 다른 풍경이었다.

"그래. 와."

집에 가면 무슨 말이든 해야겠지. 침대에 누워 생각에 잠겨 있는데 가만히 있던 손이 갑자기 꿈틀거렸다. 손을 내려다보았다. 가만히 있으라는 명령을 내려보내는데도 손은 명을 거역하고 제멋대로 까딱거렸다. 오른손이었다.

'이건 또 뭔가!'

용수철에 튕겨진 몸처럼 벌떡 일어났다. 오른손은 내가 아닌 다른 누군가의 지시를 받고 있었다. 두려움을 매단 열기가 온몸으로 퍼져 나갔다. 급히 온갖 질문들을 끌어올렸다. 통증은 없었다. 놈들은 등장할 때마다 가마 없이 움직이지 않는 양반들처럼 반드시 통증을 수반했다. 몸 안의 그놈들은 아니었다. 병원에 입원해 있었지만 내가 먹는 약이라고는 한약밖에 없었다. 한약, 한약이라는 대목에서 의심이 퍼졌다. 나는 부모님의 권유로 지어 온 한약을 꾸역꾸역 먹고 있었다. 아버지를 따라 간 한약방에도 병을 일러 주지는 못했다. 몸으로 들어온 한약은 결국 어디에선가 엉뚱한 일을 벌이고 있는 것 같았다. 오발탄, 오발탄이었다. 오발탄에 맞아 제일 먼저 비명을 지른 곳이 오른손일 것이다. 한약방 주인은 거짓 설명을 듣고도 치료를 자신했다. 속으로 나는 그를 비웃었다. 하지만 그의 잘못은 아니었다.

형 내외가 병실 문을 열고 들어왔다. 안부를 주고받은 뒤 침대에서 일어섰다. 껑더리된 몸은 작은 동작에도 휘청거렸다. 내 몰골에 적잖이 당황해 있던 형이 커진 눈으로 물었다.

"뭐냐, 왜 이래?"

"응, 괜찮아. 다리가 좀…"

그 순간에도 오른손은 가만히 있지 않았다. 형은 내 몸을 훑었고, 나는 다리만을 말했다. 형수는 병실 입구에서 불안한 눈길로 나를 쳐다보았다. 도움을 받아 겨우 차에 몸을 실었다. 절망의 징후들을 목격했기 때문일까. 전화를 몇 통 했을 뿐 별 관심을 두지 않은 것을 자책하는 것일까. 형도, 형수도 말이 없었다.

달의 뒤편

"막내 도련님은 내일 오신대요."

얼마가 지났을까. 형수가 정적이 불편한 듯 차 안에 한마디를 걸쳤다. 나도, 형도 대꾸하지 않았다. 형수의 말은 고요를 이기지 못하고 바닥으로 떨어졌다. 다시 정적이 밀려들었다. 형수도 대답을 바라고 한 말은 아닐 것이다. 그렇게 생각했다. 대꾸할 여력도, 농담을 던질 만한 여유도 내겐 없었다. 형은 운전을 계속했다.

초등학교와 중학교 때 형은 내 보호자였다. 중학교 1학년 때 키가 작은 나를 괴롭히던 녀석이 있었다. 키순으로 정한 출석부에서 녀석은 3번, 나는 49번이었다. 60명이 훌쩍 넘어가는 반에서 나보다 작은 녀석들도 많았지만 녀석은 유독 나를 괴롭혔다. 고달파진 나는 3학년이었던 형을 데려와 녀석 앞에 세웠다.

"싸우지 말고 잘 놀아라이?"

형은 녀석을 앞에 두고 한마디를 하고 돌아갔다. 그 뒤로 녀석은 나를 건드리지 못했다. 어둠을 헤치며 차가 고향 마을로 들어섰다. 모악산 위로 반달이 올라와 있었다. 마당으로 차가 들어설 때 어머니, 아버지가 방문을 열고 나왔다. 처마 밑 전깃불은 마당을 환하게 밝히고 있었다. 형수가 차에서 내려 부모님께 인사를 드린 뒤 뒷문을 열어 주었다. 두 다리를 마당에 내려놓았다. 왼손으로는 차 문을 잡고, 오른

손으로는 의자를 짚었다. 일어서자 시동을 거는 차체처럼
다리를 떨었다. 운전석 문 닫는 소리가 들려왔다. 통증을 업
은 허리는 구부정했고, 오금은 펴지지 않았다. 인상을 쓰지
않으려 했지만 고통이 미간으로 달려들어 고랑을 팠다. 웃
음을 만들어 보려 했지만 웃음 같은 것은 만들어지지 않았
다. 농번기로 접어든 농촌은 눈코 뜰 새 없이 바쁠 때였다.
부모님은 며칠 가 보지는 못했지만 잘 있으려니, 하고 믿고
있었을 것이다. 내 몰골이 먼저 어머니의 눈으로 격하게 빨
려 들었다. 허영거리는 내 다리와 허리와, 눈을 차례로 훑던
어머니가 화살처럼 튀어나왔다.

"시헌아."

저녁상을 물린 뒤 아버지가 나를 불렀다. 집분위기는 사정
없이 허물어져 있었다. 어떤 사태를 예감한 듯 아버지의 목
소리는 낮았다. 병원에서 저녁을 먹었다는 핑계로 나는 윗목
에 누워 있었다. 아버지의 부름에 내가 겨우 일어나 앉았다.
머리맡에 앉아 있던 형이 나를 도왔다.

"힘들면 그냥 누워 있어라."

아버지 말씀에 나는 괜찮다고 말했다.

"모든 일에는 때가 있는 것이다. 너무 늦어도 안 되는 벱
이고, 너무 일러도 안 되는 벱이여."

부엌에 있던 어머니가 방문을 열고 들어왔다. 어머니가 앉는 것을 보며 아버지가 말을 이었다.

"혹시라도 우리가 모르고 있는 것이 있으면 말혀라. 갑자기 일 당허면 가족들도 당황허는 것이여."

"그려. 시헌아. 너 뭐 숨기는 거 있지야."

어머니가 말을 받았다. 바위로 눌러놓았던 비밀, 더 이상 감출 수가 없었다.

"어머니, 아버지…"

목젖 너머 울음이 침을 삼켰다.

"강직성 척추염이라고 하데요. 그게…"

"그게 뭣이다냐?"

어머니의 성급한 물음이 건너왔다.

"가만 있어 봐."

아버지가 어머니를 제지했다.

"그게, 척추가 뻣뻣하게 굳어 버리는 병… 이래요."

말이 끊어졌다 겨우 꼬리를 물고 이어졌다.

"그냥 참고 있었는데… 몸이 점점… "

바위를 이고 있던 눈물이 허연 천장을 물며 일어섰다. 형광등이 뿌예졌다.

"워메, 무신 그런…"

어머니가 내 손을 잡았다. 아버지도, 형도 말이 없었다.

정적이 길게 줄을 서 있었다. 개 짖는 소리가 멀리서 정적을 기웃거리듯 들려왔다.

침묵을 나눠 먹은 가족들은 일찍 잠자리에 들었다. 형네는 작은방으로 건너갔다. 이불 위로 가끔씩 아버지와 어머니의 문답이 오갔다. 어둠의 갈피에 두 분의 대화가 밤의 지문처럼 박혔다. 그 깊은 품속으로 아무도 깃들지 못하는 밤이었다.

카네이션을 달아 드렸다. 꽃의 의미를 알지 못한다는 듯 오른손은 여전히 멋대로였다. 부모님도 형 내외도 내 모습을 지켜볼 뿐 말이 없었다. 가족들 근심이 병풍처럼 나를 에워싸고 있었다. 오전에 아버지는 못자리를 보러 논에 다녀왔고, 어머니는 형수와 제사 음식을 준비하느라 바삐 움직였다. 점심때 이웃 마을에서 당숙모 세 분이 음식을 장만하러 건너왔다. 집안에 일이 있을 때마다 어머니와 함께 친척들 집을 오가며 음식을 준비하는 아주머니들이었다. 전은 부치고, 나물은 무치고, 생선은 찌고, 고기는 삶았다. 음식 냄새가 집안을 빈틈없이 채웠다. 나는 유배된 사람처럼 방에 누워 있었다. 형이 방앗간에 다녀올 무렵 막내가 도착했다. 막내는 두루 인사를 드린 뒤 팔을 걷어붙이고 집안 청소를 했다. 녀석은 이야기를 전해 들었는지 풀 죽은 망아지처

달의 뒤편

럼 오후 내 말이 없었다.

저녁 식사 후 당숙 두 분이 이웃 마을에서 넘어왔다. 막내가 목기를 닦았고, 내가 쓰던 지방을 형이 썼다.

"글씨가 영…"

형이 지방을 들고 겸연쩍게 웃었다.

장롱 앞에 병풍이 세워졌다. 시간은 자정을 넘어가고 있었다. 음식들이 상에 오르기 시작했다. 어동육서, 좌포우혜, 조율이시, 홍동백서… 제물들이 줄을 섰다. 상을 차린 어머니와 형수가 물러나고 아버지와 당숙 두 분, 우리 삼형제가 자리에서 일어섰다. 아버지가 향을 피우고 제주를 올렸다. 이어 당숙 두 분과 형이 차례로 술잔을 올렸다. 그때마다 모두절을 했다. 절을 하기 위해 관절을 구부릴 때마다 통증이 칼을 휘둘렀다. 모두 절을 마치고 일어설 때 나는 두 번째 절을 했다. 절이 늦어지면서 제사는 지체되었다. 내 차례가 돌아왔다. 다른 때 같으면 부엌에서 며느리와 수다를 떨고 있었을 어머니가 마루로 나와 나를 지켜보았다.

"힘들먼 안 혀도 되는디…"

어머니가 한마디를 방으로 밀어 넣었다. 무릎을 꿇었다. 척추, 무릎, 발목에서 화염이 피어올랐다. 한 박자를 쉬고 술을 따랐다. 오른손이 까딱거리며 심술을 부렸다. 술 한 방울이 절벽으로 떨어졌다. 눈동자가 절벽을 내려갔다 올라왔다. 지방 앞으로 술잔을 옮겼다. 오른손이 까딱거리며 다시 술 한 방울을 상으로 떨궜다. 술이 나와 같은 낙오자로 보였 다. 술잔을 놓고 절을 하기 위해 일어섰다. 술잔을 놓을 때 도, 자리에서 일어설 때도, 절하기 위해 팔을 뻗을 때도, 무 릎을 구부릴 때도 고통은 폭죽처럼 터졌다. 그때마다 목구 멍으로 신음이 올라왔다. 습관처럼 이빨과 입술로 신음을 물었다. 신음은 비강으로 솟았다 콧구멍으로 미끄러지며 연 기처럼 사라졌다. 절을 끝내고 일어설 때 막내가 나를 부축 해 주었다.

"어서 털고 일어나그라."

큰당숙의 위로였다. 막내가 마지막으로 나가 술잔을 올린 뒤 절을 했다. 중간에 한두 번씩 터져 나오던 웃음소리는 들리 지 않았다.

제사를 마무리할 무렵 어머니가 불쑥 제사상 앞으로 걸어 나왔다. 어머니는 제사 때 술을 올리거나 절을 한 적이 없었 다. 제사상을 차리고, 필요한 것들을 내오고, 제사가 끝나기 를 기다려 음식을 치우고, 음복할 상을 마련하고, 아버지의 입맛에 맞게 술을 데워 내오는 것이 어머니가 제사 때 해 오 던 일의 전부였다. 돌연한 어머니의 등장이었다.

"나 절 좀 히야 쓰겄어."

아무 말 하지 않는 것으로 아버지는 허락을 표했다. 어머

달의 뒤편

니가 상 앞에 무릎을 꿇었다. 어머니 뒤로 남자들이 빙 둘러 서 있었다. 염색 뒤 자라난 흰머리가 어머니의 정수리에서 동전만 한 넓이로 퍼지고 있었다. 술잔을 올린 어머니가 일어서며 양손을 이마에 얹었다. 일어섰다 몸을 구부린 어머니는 그대로 바닥에 엎드려 흐느끼기 시작했다.

"어머님, 아버님… 우리 시헌이를 좀 낫게 혀 주셔유… 우리 시헌이가 무슨 잘못이 있다고… 어머님, 아버님, 제발. 어머님, 아버님…"

어머니는 엎드려 일어날 줄을 몰랐다. 모두 아무 말이 없었다. 술 한 잔 올리는 것으로 병을 쓰러뜨릴 수는 없겠지만, 절 한 번으로 병을 물리칠 수는 없겠지만, 어머니는 눈물로 아들의 병에 심지를 꽂아 모정으로 그것을 태우려 애를 썼다. 고개를 들었지만 자꾸 눈물이 고였다.

17

어둠을 밟아 걸음을 옮기기 시작했다. 인원은 네 명으로 불어나 있었다. 한 명은 부상자였다. 내가 앞에 섰고, 은초, 민호가 뒤따랐다. 선엽이는 맨 뒤에서 후방을 주시하며 따라왔다. 본관 앞을 지나 노천극장 입구에 있는 건물 아래에서 주위를 살핀 뒤 학생회관 쪽으로 향했다. 경로는 익숙했지만 절로 생산, 가공되는 긴장이나 공포는 익숙과는 거리가 먼 것이었다. 밤은 공포를 키우는 무대였고, 어둠은 공포를 비추는 조명이었다. 더위와 긴장과 공포로 발효된 땀방울은 모공을 뚫고 나와 우리를 업고 있었다. 건물 끝에 있는 계단을 내려가 앞 건물 벽에 몸을 붙였다. 일행을 한 번 돌아본 뒤 학생회관 쪽으로 향했다. 네 명

달의 뒤편

이 무리지어 다니는 것은 위험했다. 한 사람씩 빠져나가는 것도 불안했다. 안전하게 빠져나가는 방법은 사실상 없었다. 학생회관을 돌아 대학 병원 쪽으로 빠져나가면 일 단계는 성공하는 것이었다. 학교 뒷산에는 전경들이 촘촘하게 매복을 서고 있었다. 도로 쪽은 검문이 진행 중일 것이다. 야수의 눈들은 밤을 장식하는 어둠처럼 도처에 깔려 있었다. 학생회관 측면을 끼고 오른쪽으로 돌았다. 전과 같은 경로였다.

"어이, 거기!"

학생회관 뒤쪽 샛길로 빠지려는 찰나였다. 우리를 찌른 듯한 낯선 목소리에 발이 얼어붙었다. 선엽이를 돌아보려다 뭐라 할 것도 없이 은초 손을 잡고 뛰었다. 선엽이와 민호도 가열된 팝콘처럼 튀어나왔다.

"이따 봐!"

선엽이가 짧게 말했다.

'암센터 911호.'

비상시 만나기로 한 곳이었다. 선엽이의 사돈어른, 그러니까 한송희 선생님의 아버지 병실 같았다. 녀석은 비상시 만날 곳을 미리 일러둔 상태였다. 학교 안에 피신처 같은 게 따로 있을 리 없었다. 한송희 선생님이 있다면 놀라기는 하겠지만 내쫓지는 않을 것이다. 박강엽 씨도 동생이 관여한 일이니 어떻게든 도울 것이다.

"거기 서!"

경찰은 둘 정도였다. 추격을 분산시키기 위해 일행을 둘로 나눴다. 선엽이와 민호는 우측으로, 나와 은초는 좌측으로 꺾었다. 둘로 나눈 무리가 건물을 따라 돌게 되면 어느 순간 만나게 된다. 그러면 잡히고 마는 것이다. 좌측으로 한번 더 꺾었다. 암센터로 가는 것도 추격을 따돌려야 가능한 일이었다. 눈앞에 건물이 보였다. 건물 화단을 가로질렀다. 화단 끝에서 우측으로 꺾었다. 좀 더 넓은 길이 나왔다. 은초가 뒤에서 나를 끌어당겼다. 은초는 지쳐 있었다. 가까운 건물을 향해 달려들었다. 건물 옆으로 차량들이 늘어서 있었다. 차량들 옆을 달리다 건물 모서리를 돌자마다 차와 차 사이로 몸을 집어던졌다. 그리고 재빨리 은초를 차 아래로 구부려 넣었다. 위험이, 위험에서 발화된 공포가 우리 몍을 조여 오고 있었다.

"여기 있어. 절대 움직이면 안 돼!"

은초가 고개를 끄덕였다. 추격해 온 경찰은 혼자인 듯했다. 경찰이 발자국 소리를 튕겨 내며 우리 옆을 지나갔다. 차량을 빠져나와 경찰과 반대쪽으로 달려가며 소리쳤다.

"헤이! 새야!"

건물을 돌아가던 경찰이 뒤돌아섰다. 거리를 벌려야 했

달의 뒤편

다. 잡히면 모든 게 끝이었다. 은초만은 잡히면 안 된다는 생각이 파도 위 부표처럼 거친 숨 위를 떠다녔다. 좌로, 다시 우로 방향을 틀었다. 얼마쯤 달렸을까. 어느 순간 발자국 소리가 들리지 않았다. 뒤를 돌아보았다. 추격자는 보이지 않았다. 따돌렸다고 하기에는 아직 이른 시점이었다. 상황을 좀 더 살펴야 했다. 건물 앞 잔디밭에 늘어서 있는 회양목 옆에 나란히 몸을 뉘었다. 회양목 앞에 쓰레기통이 있어 한 사람 정도는 몸을 숨길 수 있었다. 누운 채 온몸의 더듬이를 폈다. 별다른 움직임이나 소리는 전해지지 않았다. 사위는 고요했다. 예민해진 촉수를 쓰레기 냄새가 밟고 올라왔다. 향기로울 수 없는 것들이 한여름밤의 밑바닥에서 나를 더듬고 있었다.

오래 있을 수는 없었다. 은초에게 돌아가야 했다. 이동이 보장된 공간은 없었다. 존재를 드러낸 이상 경찰은 앞에 없어도 없는 것이 아니었다. 낮게 엎드려 화단, 나무, 쓰레기통, 기둥들의 그림자를 이용해 움직였다. 경찰이 어둠 속의 나를 투시경으로 들여다보는 듯했다. 어둠을 장악한 상대를 피해 달아나는 것은 뒷덜미를 움켜쥔 상대에게서 벗어나려 발버둥 치는 모습과 비슷한 것이었다.

은초가 있는 곳에 다다라 있었다. 주위를 살피며 한 걸음씩 그녀가 있는 곳으로 다가갔다. 건물 모서리를 돌아 아스팔트 바닥에 이마를 대고 은초를 불렀다.

"은초야."

답이 없었다.

"유은초."

두 번째 호출에도 은초는 답이 없었다. 건물을 두 바퀴 돌
았지만 은초는 없었다. 혼돈이 어둠 속에서 나를 지켜보고
있었다. 이유 없이 심장을 뛰게 하던 별이, 깜깜한 어둠 속
에서도 반짝이던 별이 사라져 버린 곳에서 천둥이 쳤다. 잡
힌 것일까. 그게 아니라면, 그게 아니라면, 갈 곳은 암센터
밖에 없었다. 그녀도 비상시 우리가 만날 곳을 알고 있었다.
혼자 빠져나갈 리 없었다. 그것은 은초가 아니었다. 만약 거
기에도 없다면. 없다면. 고개를 저었다. 그럴 리 없었다. 눈
을 크게 뜨고 마음을 진정시켰다. 잡혀가는 것을 본 것은 아
니지 않은가. 포기하기에는 일렀다. 암센터에 가 본 뒤 포기
해도 늦지 않을 터. 암센터, 암센터로 가야 했다.

걸음을 옮기려는데 한 남자가 건물에서 걸어 나오는 게
보였다. 반사적으로 몸을 낮췄다. 학교 관계자인 듯했다. 그
는 앞쪽에 있는 차로 다가서고 있었다. 맨 앞 차였다. 남자
가 문을 열고 들어가 차에 시동을 걸었다. 불안으로 울퉁불
퉁해진 어둠 속보다 차바퀴에 올라타는 게 낫겠다는 생각이
들었다. 결정을 내리기도 전에 차를 향해 달려갔다. 차 문을

두드렸다. 나는 나무꾼에게 도움을 청하는 사슴이었다. 운전자가 창문을 내렸다.

"아저씨, 저 좀 태워 주세요."

"학생인가?"

운전자가 나를 훑어보더니 물었다. 그렇다고 대답했다.

"타."

조수석으로 돌아갈 만큼의 여유도 없었다. 뒷문을 열고 황급히 차에 올라탔다.

"어디로 데려다 줄까?"

운전자가 물었다.

"암센터, 암센터 아세요?"

"암센터라, 알지. 그리 가?"

"네."

"오케이."

차가 천천히 바퀴를 굴리기 시작했다. 건물 앞으로 미끄러지듯 빠져나온 차는 옆 동을 끼고 돌았다. 건물을 돌아 우회전을 한 차가 다시 한 건물 앞으로 들어섰다. 은초가 거기에도 없다면. 거기에도 없다면. 상상조차 해선 안 될 일이 자꾸 머릿속을 뒤집어 놓고 있었다. 그녀가 그곳에 없다면, 없다면… 대책을 세워야 했지만 그런 게 떠오를 리 없었다. 대책 대신 결론이 먼저 내려졌다. 그녀가 없다면, 나도 경찰

서로 걸어 들어가리라. 길을 훑고 지나가는 자동차 불빛에 한 사람이 걸어가는 것이 보였다. 차가 행인 옆으로 다가서는 듯하더니 멈춰 섰다.

"어이 뭐 하나?"

운전자가 조수석 유리를 내렸다. 아는 사람인 듯했다.

"퇴근해야지."

"아, 네. 손님 있어요?"

사내가 뒷자리로 고개를 돌리며 물었다. 얼굴은 그늘져 보이지 않았다.

"학생인가 본데 좀 도와 달라네?"

"어디로 가실 건데요?"

창 밖 사내가 물었다.

"들어가 봐야지. 손님도 있는데. 자네도 타."

사내가 뒷문을 열고 들어와 앉았다. 왜 하필 옆자리야 하는 생각을 했지만 내게는 조수석에 앉으라고 말할 권리가 없었다.

"가 볼까?"

"그러시죠."

옆자리 사내가 나를 힐끔거렸다.

"덥네요."

"그러게. 애들 쫓아다니는 것도 지겹고."

달의 뒤편

운전자의 말과 동시에 사내가 내 손목을 붙잡았다. 그리고 재빨리 수갑을 꺼내 들었다. 놀란 눈으로 사내를 쳐다보았다. 그 순간 내 오른손과 사내의 왼손에 수갑이 채워졌다. 눈 깜짝할 사이였다. 나무꾼으로 알았던 사람은 형사, 사내는 그의 수하였던 것이다. 순진한 기대가 빚어낸 참사였다. 운전자가 뒤를 돌아보며 웃고 있었다.

"어디 독립군 얼굴이나 좀 볼까?"

독립군은 운동하는 학생들을 지칭하는 경찰들의 은어였다. 사내가 실내등을 켜기 위해 팔을 들어올렸다. 실내등이 켜지며 사내의 얼굴과 내 얼굴이 동시에 드러났다. 사내의 눈이 커졌다. 내 눈도 커졌다.

"아이구, 이게 누구셔?"

사내는 바로 선배 한승필이었다.

"경찰에 투신하신지는 몰랐네요."

내가 굳은 얼굴로 말했다.

"본드 칠해 놓은 것도 아닌데 책상에만 붙어 있는 건 재미가 없어서 말이야."

엠티 때 분명 그는 교직원이라고 했었다. 5개월 전이었다.

"아는 사람?"

운전자가 물었다.

"후배네요."

"후배라. 그런데 이 친구 암센터에서 누구 만나기로 했나 봐?"

"그래요? 가 보죠 뭐."

선배는 재밌다는 표정이었다.

"귀한 분을 모셨네. 괜찮아?"

반장이 물었다.

"뭐, 귀한 손님이니까 귀하게 모시면 되겠죠."

차가 움직이기 시작했다. 선배는 어느새 형사로 변신해 있었다. 교직원은 위장일 뿐이고 애초부터 형사였는지도 모른다. 학원 담당이라면 정보과 형사일 터, 눈앞이 캄캄했다.

차가 한 건물 앞으로 들어섰다. 건물 벽을 비추는 하얀 조명을 배경으로 암센터라는 파란 글씨가 보였다. 선엽이와 민호에게도 불안의 그림자가 드리워지고 있었다. 혹시 이들이 은초를 잡아간 것일까. 선배 표정으로 보아 그건 아닌 듯했다. 그렇게 믿었다. 차가 건물 입구를 향해 다가갔다. 운전석 남자는 반장인 듯했다. 두 사람은 입구 쪽을 주시하고 있었다. 행인은 없었지만 출입구에서 한 사람이 주위를 두리번거리고 있었다. 로비에서 흘러나오는 불빛에 비친 행색이 선엽이 같았다. 무사히 도착한 모양이었다. 차가 암센터 앞에 멈춰 섰다. 선배는 선엽이를 주시하고 있었다. 녀석까지 붙잡힐 것 같아 불안했다. 반장은 주변을 살피고 있었다.

달의 뒤편

"제가 좀 나가볼까요?"

선배가 반장에게 물었다.

"수갑도 찾는데 여기 있어. 화장실도 다녀올 겸 내가 다녀올 테니까."

반장이 차를 건물 측면으로 몰고 갔다. 존재를 드러내지 않으려는 조치로 보였다.

"여기가 낫겠지?"

반장이 시동을 끄고 차 문을 열며 말했다. 문도 창문도 닫힌 차는 에어컨을 끈 채 우리를 끓이기 시작했다. 반장은 천천히 건물 입구 쪽으로 걸어갔다. 선배는 반장의 뒷모습을 물끄러미 바라보았다. 반장이 선엽이 앞을 지나가는 게 보였다. 반장이 입구로 들어서는 것을 확인한 선배가 몸을 돌렸다.

"아, 씨. 쪄 죽으라는 얘기군."

"언제 새가 되셨습니까?"

습관처럼 선배가 고개를 좌우로 한 번씩 꺾었다. 내 말이 거슬린 것이다.

"그게 궁금한가?"

선배가 되물었다.

"뭘 원하시는 겁니까?"

어둠 속에서 선배가 입꼬리를 말아 올렸다.

"제압. 완전한. 몰랐어?"

선배가 나를 노려보았다. 외면하며 내가 상체를 뒤로 젖혔다. 선배도 상체를 젖혔다. 그의 왼쪽 손목과 내 오른쪽 손목이 수갑에 묶여 의자 위에 덩그러니 놓여 있었다. 제압. 선배는 상대를 제압하며 쾌감을 느끼는 듯했다. 직업적 행동이 아닌 본능 같았다. 엠티 때도 어느 정도 느낀 것이었다. 본능 앞에서 논리는 무기력할 뿐이었다. 가슴보다 논리보다 먼저인 것이 본능이었다.

우리는 육수를 끓여내는 고기 같았다. 고기처럼 몸에서 땀을 빼내고 있는데 누군가 차에 손전등을 비추며 다가왔다.

"거기 차 빼요!"

주차 관리인인 듯했다.

"또 뭐야!"

선배가 상체를 세웠다.

"차 빼라니까요!"

관리인이 차 앞으로 와 운전석을 비추었다. 앞자리가 비어 있자 전등을 비추며 뒤쪽으로 걸어왔다. 불빛이 선배 얼굴에 얹혔다. 선배가 빛을 손으로 가리며 유리를 내리려 했다. 하지만 유리는 내려지지 않았다.

"차 빼라니까요!"

관리인의 목소리가 높아졌다. 선배가 차 문을 열었다.

달의 뒤편•

"시금 안 돼요!"

선배 목소리가 높아졌다. 실랑이가 벌어지는 것을 보고 선엽이가 다가왔다.

"차 빼라니까 무슨 말이 그리 많아요!"

"차도 없는데 좀 있다 갈게요!"

이유는 알 수 없었지만 선배는 다가오는 선엽이를 의식하는 듯했다.

"안 돼요! 빨리 빼요!"

안 되겠는지 선배가 수갑을 풀었다. 그리고 내 손과 뒷문 손잡이를 수갑으로 묶은 뒤 밖으로 나갔다. 밖으로 나간 선배는 경찰 신분증을 꺼내 보여 주었다.

"공무 수행중이니까 저리 좀 가쇼!"

기세등등하던 관리인이 우물쭈물 물러섰다.

"진작 말씀하시지."

선엽이가 선배 앞에서 상황을 지켜보고 있었다. 손목에 힘을 줘 보았지만 수갑은 끄떡도 하지 않았다.

"여기 계셨습니까. 박선엽 씨!"

두 사람은 서로 아는 사이인 듯했다. 어떻게 아는 걸까? 선엽이가 다니는 청년회는 청년 단체 중 제일 큰 조직이었다. 선엽이가 요시찰 대상 인물일 수도 있었다. 경찰은 의심가는 곳마다 촉수를 드리우는 조직이니 그럴 수도 있겠다

싶었다. 녀석에게 신호를 보내고 싶었지만 존재를 알리는 것이 어떤 영향을 미칠지 알 수가 없었다. 불확실한 상황에서 섣부른 예단은 금물이었다. 이미 섣부른 판단으로 나는 경찰에 붙잡혀 있었다. 몸을 등받이에 부리는데 차에 꽂혀 있는 열쇠가 눈에 들어왔다. 차 키에 매달려 있는 것은 분명 수갑 열쇠였다. 벌떡 일어나 밖을 살폈다. 선배는 열쇠가 차 안에 있다는 사실을 인식하지 못하는 듯했다.

"아, 예. 좀 더워서 나왔습니다. 오늘 바쁘신가 보네요?"

선엽이가 선배와 인사를 나눴다. 학생들과 형사는 서로 원수 보듯 하면서도 눈앞에서는 살갑게 대하는 경우가 많았다. 선엽이와 선배도 그런 경우일 것이다. 밖을 살피며 상체를 앞좌석 사이에 끼워 손을 뻗었다. 손이 닿지 않았다. 다시 자리에 앉아 선배를 살폈다.

"담배나 한 대 태우시죠."

선엽이가 선배와 함께 출입구 쪽으로 걸음을 옮겼다. 그때 암센터에서 한 사람이 뛰쳐나왔다. 그 뒤를 누군가 쫓고 있었다. 쫓는 사람은 반장이었고, 쫓기는 사람은 학생인 듯했다. 학생은 선엽이 쪽으로 달려왔다. 선엽이가 팔을 벌리며 학생을 잡는 시늉을 했다. 학생이 방향을 틀었다. 선배가 선엽이를 밀치고 학생을 뒤쫓기 시작했다. 서둘러 운전석 등받이로 상체를 올린 뒤 몸을 최대한 운전석으로 내밀었

달의 뒤편

다. 오른팔을 뻗었다. 손이 열쇠에 닿았다. 치 밖 동정을 살폈다. 선배와 반장은 보이지 않았다. 열쇠를 뽑았다. 자리에 앉아 열쇠 구멍을 찾았다. 어두워 열쇠 구멍을 찾기가 어려웠다. 바깥을 살폈다. 긴장으로 손이 떨렸다. 왼손으로 수갑을 받친 뒤 왼손 엄지 끝으로 수갑을 훑었다. 엄지는 곧 열쇠 구멍을 찾아냈다. 오른손에 쥔 열쇠로 엄지 주위를 훑었다. 한 지점에 열쇠 끝이 걸렸다. 그곳에 열쇠를 세워 꽂았다. 수갑이 찰칵 소리를 내며 몸을 풀었다. 다시 주위를 살폈다. 반장과 선배는 돌아오지 않고 있었다. 차 문을 열었다. 선엽이는 학생이 사라진 쪽으로 걸음을 옮기고 있었다. 부르고 싶었다. 하지만 경찰이 나타나면 둘 다 곤란해질 수도 있었다. 피신이 먼저였다. 나는 어둠의 갈피 속으로 몸을 접어 넣었다.

18

통증이 여장을 푼 발목과 무릎이 부어올랐다. 왼쪽이었다. 놈들이 곳곳에 폭격을 가해 오고 있었지만 특정 부위가 부어오른 것은 처음이었다. 척추로 올라온 놈들은 일상을 하나씩 장악해 들어왔다. 내 움직임을 탐지해 오기라도 한 것처럼 일상의 모든 출구와 퇴로에 바리케이드가 쳐졌다. 모든 일이 무엇인가를 짚거나 잡아야 가능했다. 칫솔질도, 세수하는 것도, 변기에 앉는 것도. 걸음을 옮기고 무릎을 구부릴 때면 놈들은 관절의 문을 열고 나와 눈을 흘겼다. 놈들은 척추 마디마다 초소를 세워 허리를 봉쇄했고, 몸을 구부릴 때마다 고통이라는 세금을 거둬들였다. 서 있을 때조차 놈들은 눈을 번득였다. 평범한 일상들이

달의 뒤편

비명을 지르며 어디론가 끌려가고 있었다. 고통이 서리처럼 쌓였다. 서리만큼 눈물이 쌓였다. 낮에는 수돗물을 틀었지만 눈물은 어둠에 기댈 때가 많았다.

병원 부근에서 병원 안으로, 2층 병실로, 활동 공간도 공기가 빠져나간 풍선처럼 쪼그라들었다. 나는 놈들의 포로가 되어 있었다. 어느 순간 굳은 엿가락처럼 수용소 침대에 놓이게 되겠지. 문을 열면 지옥행 입영 통지서가 날아와 있을 것만 같았다. 병원에서 절뚝거리는 나를 보고 목발을 내놓았다. 목발은 걸음을 회수하기 위한 압류 조치로 보였다. 미래가 부러진 목발을 짚고 나는 내일이 없는 감옥으로 들어서고 있었다.

"시헌아."

어머니가 병실로 들어섰다. 내 병은 어머니의 근심을 풀무질하고 있었다. 근심을 품고 어머니는 매일 병실을 드나들었다. 한약을 끊자 손이 떨리는 증상은 점차 수그러들었다.

"그래서 이제 한약은 안 먹는다고?"

어머니는 손을 확인하고 있었다. 남은 한약은 병실 냉장고에서 침대 밑으로 끌려 나와 있었다.

"시헌아, 에미가 부탁이 하나 있다."

내 손을 물끄러미 바라보고 있던 어머니가 고개를 들었다.

"뭔데요?"

"먼저 들어준다고 약속을 혀라."

뭔가 마음을 먹고 나온 듯 어머니는 굳은 얼굴이었다. 어머니의 표정은 내게 쉽게 허락하기 어려운 내용이라고 말하고 있었다.

"무슨 말씀이세요? 부탁이라니."

"들어준다고 약속을 허면 말허겄다."

좋은 일은 아니라는 것은 분명했다. 어머니는 조그만 단서조차 보이지 않도록 말을 아꼈다. 쉬운 일이거나 좋은 일이라면 말하지 않을 이유도, 허락을 받을 이유도 없었다. 한약 먹는 것은 이미 정리된 일이었다. 그래도 다시 생각해 볼 수 있는 것은 한약밖에 없었다.

"또 한약 지어 오려고 그러세요?"

"아니다. 한약은."

한약이 아니라면 무엇일까. 단서는 머리카락조차 보이지 않았다. 허공을 휘젓는 것처럼 실마리는 잡히지 않았다.

"말씀해 보세요. 일단 들어나 보고 말씀드릴게요."

"아니다. 먼저 들어준다고 약속을 허면 말허마."

어머니는 무엇인가를 꼭 해 보고 말겠다는 의지만 강하게 드러내고 있었다. 선뜻 허락하지 못하고 머뭇거렸다. 어머니가 먼저 허락을 요구할 만큼 들어주기 어려운 일은 도대

달의 뒤편 •

체 무엇일까. 몸처럼 쪼그라든 더듬이는 아무것도 짚어 내지 못했다.

"뭔데 그러세요. 들어나 봐야 들어줄 수 있을지 없을지 말씀드릴 수 있을 거 아니에요."

"들어준다고 얘기를 허면 말헌당게."

어머니는 바위처럼 앉아 물러서지 않았다.

"그러니까 내용을 알아야 들어줄 수 있을지 없을지를 알 수 있을 거 아니에요."

"승낙을 헐 때까지 말혀 줄 수 없다. 이 에미는."

에둘러 가 보려 했지만 어머니는 허락을 할 때까지 말하지 않겠다는 표정이었다.

"일단 허겄다고 승낙을 혀라. 그러면 말허겄다. 이것은 에미의 마지막 포원이다."

어머니는 소원이라는 말 대신 포원이라는 말을 썼다. 포원은 어머니만의 용어였다. 뭔가를 꼭 해 보고 싶다는 간절한 마음을 드러낼 때 쓰는 말이었다. 과거에 무언가 해 보지 못한 안타까움을 드러낼 때도 썼다. 밑도 끝도 없는 어머니의 포원은 무엇일까. 포원과 의심 사이로 당겨진 줄은 기울기 없이 팽팽했다. 설마 아들에게 해될 일이야 하겠는가 하다가도, 모정으로 일어서려는 의지를 굳이 꺾을 필요까지 있겠는가 하다가도, 병으로 무너진 몸에 더 나쁠 일이 무엇

256

이 있겠는가 하다가도 내용을 확인하고 허락해도 늦지 않을 거라는 심사가 혀를 붙들고 늘어졌다. 어머니는 아들을 치료해야 한다는 심정으로 절박했지만, 절망으로 가득한 나는 단지 의심만을 압박하고 있었다. 이제 병든 몸은 산 몸을 삼킬 것이다. 타인의 의견이 나를 지배하겠지. 타인이 지배하는 삶을 예습하는 순서일까.

"그래요. 말씀해 보세요. 들어 드릴게요."

의심이 혀를 끌어와 어머니 앞에 무릎을 꿇렸다.

"약속혔다. 정말이다잉?"

어머니가 표정을 조금 풀었다.

"네, 약속할게요."

"정말이다잉? 사내대장부의 약속이다잉?"

"그래요. 알았어요. 약속할게요."

재차 삼차 약속을 받아 내고서야 어머니는 포원을 꺼내 보일 기미를 보였다.

"그럼 말허마. 이 에미가,"

어머니는 내 눈치를 살폈다.

"굿을 한번 허려고 헌다."

"네?"

예습은 쉬운 것이 아니었다. 굿이라니. 나는 바로 후회하고 말았다. 내가 거부할 줄로 예상을 한 어머니는 미리 철석

같이 약속을 받아 퇴로를 차단한 뒤 원하는 바를 꺼내 든 것이다. 어머니가 정초에 동네 아주머니들과 점집에 들러 한 해의 운을 알아본다는 것쯤은 나도 알고 있었다. 집안에 대소사가 있거나 어려운 일이 생겼을 때 아버지 몰래 점집에 들른다는 것 또한 잘 알고 있었다. 하지만 나는 점이라는 것을 믿지 않았다. 무시에 가까웠다. 아버지도 마찬가지였다. 어머니는 점을 보고 와 자식들의 장밋빛 미래를 넌지시 풀어 놓곤 했지만 돌아보면 맞는 것은 없었다.

점을 보고 온 어머니는 줄곧 내 앞길이 평탄할 것이라 말했다. 희귀병을 앓는 것이 평탄한 일은 아닐 것이다. 관운이 크게 트일 것이라는 말도 했다. 관운과 시인은 지구에서 달까지의 거리만큼이나 멀어 보였다. 점의 예측 능력은 믿을 게 못 된다는 것은 어머니가 봐 오던 점으로 오히려 분명했다. 설사 예측할 수 있다 하더라도 그걸 쫓아다니는 것이 무슨 의미가 있을까. 무언가 정해져 있다면 그 삶은 이미 죽어 있는 것, 불확실하고 모호한 것이야말로 삶이 뿜어내는 매력 아니던가. 그런데 점도 아닌 굿이라니. 섣부른 허락이 가슴을 아궁이처럼 검게 태웠다.

"저 안 해요. 무슨 굿이에요!"

"금방 약속했잖냐!"

"요즘 세상에 굿이라니 말이 돼요!"

화를 냈지만 어머니는 물러서지 않았다.

"니 몸을 봐라! 에미가 오죽허먼 이러겄냐!"

"하려면 어머니 혼자 하세요! 병은 의사가 낫게 하는 것이지 무당이 낫게 하는 게 아니잖아요!"

"말 잘혔다! 의사가 낫게 혔으면 지금 니 몸이 왜 이런 것이냐! 왜 이런 것이여! 한번만 하자, 잉? 이 에미 포원이다."

도대체 무얼 하고 있는 것인가. 어이없는 상황에 헛웃음이 흘러나왔다.

"아버지 허락은 받으신 거예요?"

상황을 수습해 보기 위해 아버지를 끌어들였다. 아버지는 굿을 허락하지 않을 것이 뻔했기 때문이다.

"말허먼 아버지가 허락허겄냐? 아버지 몰래 헐 것이다."

어머니는 이미 결심이 선 듯 망설임이 없었다.

"아버지 몰래 어떻게요? 그걸 하려면 음식도 장만해야 될 테고, 사전에 준비할 것도 한두 가지가 아닐 텐데 그걸 다 숨기고 한다는 게 말이 돼요? 돈은 또 어디서 나고요."

"몰래 허먼 허는 거지. 왜 못 히여? 돈 걱정은 마라. 전주 아저씨헌티 빌려서 마련해 놨다."

전주 아저씨란 내가 고등학교 때 신세를 졌던 포목집 아저씨를 말하는 것이었다. 어머니는 내 허락을 받아 일을 진행시키려는 것이 아니라 필요한 비용까지 마련해 놓고 이미

259

일을 벌이고 있는 것 같았다. 어머니 계획은 날고 있었고, 나는 기고 있었다.

"어쨌든 저는 안 해요! 무슨 굿이에요. 미쳤어요?"

"그려 내가 미쳤다! 니 몸이 이런디 이 에미가 안 미치고 베기겠냐? 이 찢어지는 심정을 니가 알기나 혀! 니가 잘못되기라도 허믄 머리 콱 박고 죽어버리기라도 허고 싶은 심정이여 내가 시방!"

우두커니 허공을 바라보았다. 굿이 눈덩이처럼 커지는 어머니의 가슴속 응어리를 조금이나마 풀어 줄 수는 있을 것이다. 사실 기어이 굿을 하고 말겠다는 어머니를 내가 어찌해 볼 도리도 없었다. 어머니의 눈물을 마냥 외면할 수도 없었다. 방식이 우습기는 했지만 마지막일지도 모를 효도라고 생각하며 허락을 했다.

날짜는 일주일 뒤로 잡혀 있었다. 알게 되면 불호령이 떨어질 게 뻔한 아버지 몰래 진행시킨다는 약속도 시행세칙처럼 따라붙었다. 집에서 해야 하는 것이었지만 아버지 눈을 피해 할아버지, 할머니 산소에서 하기로 했다고 어머니는 말했다. 만약을 대비해 어머니는 그날 전주에 사는 친구와 약속이 있어 일찍 집을 나가는 것으로 말을 맞췄다. 근래 어머니는 초등학교 친구들을 한두 명씩 만나고 있었다. 필요한 음식들은 따로 주문할 것이라고 했다. 허락을 받아 낸 어

260

머니는 한시름 던 표정이었다. 아버지에게 알리는 것도 생각해 보았다. 아버지의 힘을 빌려 굿을 중단시킬 수는 있을 것이다. 그러나 그것은 어머니의 가슴속 응어리만 더 크게 키워 놓을 것 같았다. 화살은 이미 시위를 떠나 있었다. 운명이 내 앞에서 마지막 장난을 치는 듯했다.

19

—

어둠을 파내 은신처를 확보했다. 정적을 뚫고 암센터 입구를 바라보았다. 차에서 빠져나온 직후 선배와 반장이 돌아왔다. 반장은 내가 도망친 것을 알고는 선배에게 삿대질을 해 가며 욕지거리를 해댔다. 욕은 잘 들리지 않지만 삿대질은 볼 수 있었다. 그들이 차를 몰고 돌아간 것을 제외하고 특이 사항은 없었다. 은신처를 확보한 지 한 시간 정도가 지나고 있었다. 밤은 정적만을 먹고 있었다. 은초는 무사할까. 함께 오지 못했다는 자책을 911호에 있을지도 모른다는 기대가 작대기처럼 떠받치고 있었다. 승필 선배는 모르리라. 내가 암센터로 들어가야 하는 이유를. 숨을 한 번 크게 들이쉰 뒤 일어섰다. 불확실해진 상황, 주위를 배회하는 불안에 마침표를 찍어야 하는 건 나였다. 사철나무 잎들이 정적을 헐어 내며 나를 배웅했다. 눈동자는 어둠에 익숙해져 있었다. 암센터로 이어진 길로 걸음을 내디뎠다. 암센터 입구는 불안으로 멀었다. 걸음은 불안을 삼키고 있었다. 걸음을 내디딜수록 손에 땀이 찼다. 나도 모르게 걸음이 빨라지고 있었다. 걸음이 빨라지며 심장박동이 가파르게 상승 곡선을 그렸다.

최단 경로로 방향을 잡았다. 잡히지 않을 유일한 길인 것처럼. 암센터 앞에 깔려 있는 대리석을 밟고 올라섰다. 그때 출입구를 꼭짓점으로 90도 방향에 누군가 나타났다. 선배일지도 모른다. 반장일 수도 있었다. 그들, 이라면… 차마 쳐다볼 수가 없었다. 도망칠 수도 없었다. 도주하면 저들은 암센터를 주목하게 될 것이다. 다시 들어오기 어려워지게 되는 것이다. 그 사람은 빠른 걸음으로 입구로 다가서고 있었다. 내 걸음도 덩달아 빨라졌다. 입구에 다다랐을 때 누군가 선배를 불렀다.

"선배님!"

연대에서 뒤돌아가려 할 때 은초가 나를 부르던 그 호칭. 사무적으로 결심을 드러내던 그 목소리. 비슷했다. 여자였다. 다행히 선배나 반장은 아니었다. 목소리는 짧고 높았다. 다급한 듯했다. 누군가 제3자를 부르는 목소리라고 생각했다.

달의 뒤편

"선배님!"

다시 그 목소리, 출입구로 전진하는 그 사람인 듯도 했다. 주위에는 입구를 향해 달려오는 그 사람과 나뿐인 것 같았다. 고개를 두고 눈동자를 틀었다. 맞은편에서 은초가 입구로 다가서고 있었다.

"은초야!"

나도 모르게 달려가 손을 잡았다. 은초가 뒤를 돌아보며 말했다.

"경찰이 쫓아오고 있는 것 같아요!"

"경찰?"

안도의 숨을 내쉴 틈이 없었다. 불안은 여전히 우리를 쫓고 있었다. 은초를 잡아끌었다. 일단 몸을 피해야 했다. 입구로 들어가 엘리베이터를 찾았다. 엘리베이터는 로비 좌측에 있었다. 엘리베이터로 달려갔다. 엘리베이터는 두 대였다. 모두 서 있는 상태였다. 왼쪽 것은 5층에, 오른쪽 것은 11층에 멈춰 있었다. 왼쪽 엘리베이터 버튼을 눌렀다. 출입구 쪽을 살폈다. 누군가 입구로 다가서고 있었다. 경찰이었다. 엘리베이터는 3층에서 2층으로 내려오고 있었다. 엘리베이터는 느렸다. 경찰이 입구로 뛰어들었다. 경찰은 빨랐다. 엘리베이터가 1층으로 내려왔다. 엘리베이터 문이 열리고 있을 때 경찰이 우리 쪽으로 달려왔다. 엘리베이터로 들어가 닫힘 버튼을 쉴 새 없이 눌렀다. 문은 느렸다. 눈앞에서 경찰이 손을 뻗으며 달려왔다. 그러나 엘리베이터가 조금 빨랐다. 경찰이 엘리베이터 문을 두들기는 소리가 들려왔다.

버튼은 12층이 눌러져 있었다. 아무거나 누른 것이었다. 9층으로 가야 했지만 오히려 잘된 일이라고 생각했다. 우리가 가는 곳이 9층이라는 사실을 숨길 수도 있었다. 고개를 들어 엘리베이터가 밀어 올리는 숫자들을 보며 숨을 몰아쉬었다. 경찰은 엘리베이터가 멈추는 층을 확인하고 출발할 것이다.

"그 선배님 맞죠?"

놀란 눈으로 은초를 쳐다보았다. 은초를 쫓아온 것은 승필 선배였다. 은초는 선배 얼굴을 기억하고 있었다.

"그래."

악연은 길게 이어지고 있었다. 엘리베이터는 곧장 12층으로 향했다. 엘리베이터를 나와 좌우를 두리번거리며 비상구를 찾았다. 계단으로 내려가야 했다. 비상구는 엘리베이터에서 왼쪽으로 십여 미터 떨어진 곳에 있었다. 달려가 철문 손잡이를 돌렸다. 먼저 은초를 들였다. 이중문이었다. 두 번째 문을 열고 나가 난간을 잡고 계단 아래쪽으로 내려갔다. 다다다다. 발자국 소리가 허공을 채웠다. 11층 중간 마루에

달의 뒤편

서 몸을 틀 때 밑에서 발자국 소리가 올라왔다. 아래쪽을 살폈다. 한 사람이 계단으로 올라오고 있었다. 선배 같았다. 그도 계단을 택한 것이다. 벽 쪽으로 붙어 은초의 손을 끌고 계단을 내려갔다. 12층. 11층. 10층. 10층 중간 마루로 내려설 무렵 내 속도를 따라잡지 못한 은초가 중심을 잃고 계단을 뒹굴었다. 뒤돌아보다 나도 은초와 뒤엉키며 넘어졌다. 숨을 몰아쉬며 은초의 상체를 세웠다. 은초의 미간에 신음이 고여 있었다.

"은초야! 괜찮아?"

"네."

밑에서 올라오는 발자국 소리가 귓전을 때렸다.

"힘내! 어서!"

손을 잡고 은초를 일으켜 세웠다. 일어서기는 했지만 그녀는 발을 딛지는 못했다. 오른발이었다.

"아!"

그녀가 걸음을 떼지 못하고 주저앉았다. 발목에 이상이 있는 듯했다.

"안 되겠다. 업혀!"

은초가 나를 쳐다보았다.

"업히라니까! 잡히고 싶어!"

왼쪽 다리를 접고 오른쪽 무릎을 꿇었다. 가까워지는 경찰의 발자국 소리에 머뭇거리던 은초가 내 목으로 팔을 뻗었다. 그리고 등에 몸을 실었다. 다리에 힘을 주며 일어섰다. 숨이 묵직해졌다. 배가된 하중으로 속도가 느려졌다. 무게중심을 잡고 천천히 계단을 내려왔다. 9층 비상구 문을 열었다. 코는 뜨거운 열기를 내뿜고 있었다. 911호는 왼쪽 끝이었다. 발자국 소리가 가쁜 숨을 엮어 복도를 울렸다. 팔에서 은초의 몸이 빠져나가고 있었다. 걸음을 멈추고 은초를 들춰 업었다. 그때 은초 주머니에서 무언가 팔을 스치며 떨어졌다. 목걸이였다. 은초가 나를 쳐다보았다. 일단 뛰었다. 몇 걸음 더 가면 911호였다. 은초가 뒤를 돌아보는 듯했다. 911호 앞에 도착해 문을 두드렸다. 은초를 내려놓은 뒤 다시 문을 두드렸다. 그리고 뒤돌아 뛰었다. 목걸이는 떡볶이 단추로 만든 것이었다. 펜던트는 내가 입고 있던 더플코트의 떡볶이 단추와 비슷했다. 아니 똑같았다. 코트를 살 때 옷 가게에서 목걸이용으로 써도 좋을 거라며 주는 걸 받아 왔다. 구멍 두 개가 뚫려 있는 갈색 단추였다. 주머니에 넣고 다녔는데 어느 때부턴가 사라지고 없었다. 분명 그것이었다. 목걸이를 주웠다. 그때 발지국 소리가 들려왔다. 선배가 비상구에서 복도로 뛰어나오는 게 보였다. 목걸이를 움켜쥐고 뒤돌아 뛰었다.

"윤시헌!"

선배가 달려오다 걸음을 늦추며 내 이름을 불렀다. 먹이를 확보한 야수처럼. 독 안에 든 쥐라고 생각한 듯했다. 그때 911호 문이 열리며 선엽이가 고개를 내밀었다. 한송희 선생님도 따라 나왔다. 은초를 다시 들춰 업고 병실로 들어섰다.

"빨리!"

선생님이 우리를 안으로 밀어 넣었다. 선배가 뛰어오는 소리가 들렸다. 우리를 들인 선생님이 밖으로 나가며 문을 잠갔다. 선엽이가 나와 은초를 의자가 있는 곳으로 안내했다. 병실은 고요했다. 희미한 불빛 아래 환자가 침대에 잠들어 있었다. 은초를 벽에 등을 붙인 의자에 앉혔다.

"머리는 좀 어때?"

다가온 민호의 상태를 살피며 물었다.

"소독 한 번 해 줬어요. 간호사가."

민호가 낮은 소리로 답했다. 눈인사를 건네자 박강엽씨가 손을 들어 미소를 보냈다.

"비켜요!"

"안 돼!"

밖에서는 시비가 붙고 있었다. 은초에게 목걸이를 건넸다. 어떻게 된 것인지 물어보고 싶었지만 그럴 상황이 아니었다. 은초는 나를 쳐다보지 못했다.

"문 열라니까!"

"안 돼! 못 들어가!"

문이 달그락거렸다.

"무슨 일인데 이리 소란이야?"

낯선 목소리였다. 고개를 돌렸다. 환자가 침대에서 일어나 앉고 있었다. 은초와 내가 일어섰다. 환자의 왼팔에는 링거 바늘이 꽂혀 있었다. 박강엽 씨가 다가가 링거 병에 연결된 줄을 정리해 주었다. 링거 병이 흔들렸다. 링거액이 출렁거리고 있었다. 환자 침대 앞에 걸려 있는 이름표가 보였다. 한중기.

"무슨 일이냐니까!"

"아, 아무 일 아닙니다."

박강엽 씨의 눈동자가 한중기 씨와 문 쪽을 오갔다.

"밖에 송희 아니냐?"

"네."

박강엽 씨가 문 쪽으로 고개를 돌리며 대답했다.

"누군데 저러는 거야? 이 친구들은 또 뭐고?"

한중기 씨가 난데없이 들어와 있는 나와 은초를 보며 물었다.

"선엽이 친구들입니다. 선엽이 만나러 온 모양입니다."

박강엽 씨가 거짓으로 상황을 알렸다. 은초와 내가 목례

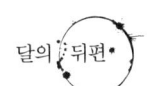

를 했다.

"아, 왜 못 들어가! 비키라니까!"

다툼은 계속 되고 있었다.

"저건 승필이 목소리 아니냐?"

한중기 씨가 사위를 쳐다보았다. 놀란 눈으로 나는 한중기 씨를 쳐다보았다. 한중기 씨는 선배를 알고 있었다.

"그런 것 같습니다."

"왜 안 들어오고 소란들이야?"

"얘들은 안 돼! 돌아가! 돌아가란 말이야!"

선생님의 고함이 이어졌다.

"왜 저러는 거야. 문 열어 줘!"

한중기 씨가 인상을 쓰며 말했다. 한중기 씨와 선배는 부자지간인 듯했다. 그렇다면 선생님과 선배는 남매라는 얘기가 된다. 예기치 못한 가계도였다.

"네."

박강엽 씨가 문 쪽으로 걸어갔다. 문 앞에서 박강엽 씨가 나를 쳐다보았다. 난감한 얼굴이었다. 상황은 우리는 물론 박강엽 씨에게도, 선생님에게도 당혹스럽게 흘러가고 있었다. 박강엽 씨가 손잡이를 돌렸다. 순간 선배가 선생님을 밀치고 들어왔다.

"나 원 참!"

들어서던 선배가 멈칫했다.

"사람이 많네? 부상병까지!"

선배는 민호를 쳐다보았다. 머리에 감은 붕대가 먼저 눈에 들어온 모양이었다.

"무슨 일이냐?"

한중기 씨가 물었다.

"아, 아무것도 아니에요."

선생님이 침대 쪽으로 다가서며 말했다.

"아무것도 아니긴. 무슨 일이냐니까?"

한중기 씨가 선배를 다그쳤다.

"아무 일도 아니라잖아요! 모셔 갈 사람이 있어서요."

선배는 은초를 바라보고 있었다.

"누굴 데려가겠다는 거야, 지금!"

소리치는 선생님의 손을 박강엽 씨가 붙잡았다. 선배가 피식 웃었다.

"저는 공무 수행 중입니다."

"공무 수행은 무슨. 후배 팔아넘기시는 거겠지!"

"말조심하쇼. 팔아넘기다니요."

"너는 누나한테 그게 무슨 말버릇이야."

한중기 씨가 선배를 나무랐다. 두 사람은 남매 사이가 분명했다. 그렇다면 선엽이와는 사돈 관계가 된다. 출입구에

서 두 사람이 인사를 나누던 정황이 이해가 되었다.

"누나는 무슨!"

"아니. 이놈이 그래도!"

한중기 씨가 눈을 부라렸다. 남매는 좋은 사이는 아닌 듯
했다.

"노다지네. 이 정도면."

중얼거리는 선배 입가에 미소가 스쳤다.

"후배 잡아넣는 게 그리 기분 좋던가요?"

선배를 그냥 쳐다보고만 있을 수가 없었다.

"의심되면 쫓고, 도망치면 잡고, 잡으면 넘기는 거지. 그게
우리 할 일 아닌가. 한군데 모여들 있으니까 편하긴 하네."

선배가 손톱을 물어뜯으며 태연하게 말했다.

"표창이라도 받으실 기세네요!"

선배를 노려보았다.

"못 받을 것도 없지!"

선배가 웃었다.

"그러니까 네가 후배들 붙잡아 서로 넘기겠다 이거냐?"

한중기 씨였다. 상황이 파악된 듯했다.

"빨갱이들은 다 잡아들여야 된다면서요."

선배가 답했다.

"특진에 눈이 멀어 사돈마저 빨갱이로 보이는 모양이군."

선생님 말에 선배 눈꼬리가 올라갔다.

"모르면 좀 자빠져 계쇼!"

"또, 또, 누나한테!"

한중기 씨가 선배를 꾸짖었다.

"누가 누나예요? 저분? 저는 그런 사람 몰라요! 안 그래요, 한송희 씨?"

노골적인 비아냥이었다.

"그만두지 못해!"

"저도 할 만큼 했다고요. 누나이길 거부하는데 전들 어쩌겠어요!"

"그래도 이놈이!"

"아니 왜 나만 갖고 그러세요! 내가 낳아 달라고 했어요? 그런 거 아니잖아요! 내가 태어난 건 내 뜻이 아니잖아. 내가 잘못한 거 없잖아. 그런데 왜 그렇게 나를 미워하는데요들!"

한중기 씨가 아들을 노려보았다.

"자식을 경찰에 심어 놨으면 뭐라고 좀 해 보세요. 결국 아버지처럼 공연히 사람이나 죽이며 사는 꼴 보고 싶어요? 사돈이랑 저 친구들을 감옥에 집어넣는 게 말이 된다고 생각하세요?"

한중기 씨가 딸에게 눈을 흘겼다. 선배를 경찰로 이끈 것은 한중기 씨인 듯했다.

달의 뒤편

"잘못했으면 벌을 받아야지!"

"뭘 잘못했는데요!"

"빨갱이는 안 돼!"

"빨갱이요? 아무 잘못도 없는 사람들 빨갱이로 만든 게 누군데요! 그 못된 짓들을 하고도 아직도 빨갱이 타령이세요! 아예 딸을 빨갱이로 만들지 그랬어요!"

"됐다. 그만해라."

한중기 씨 목소리가 가라앉았다. 그때 선배가 은초 앞으로 다가서더니 그녀의 손을 낚아채 자기 손과 함께 수갑을 채워 버렸다. 목걸이를 쥐고 있는 손이었다. 내가 놀라 벌떡 일어섰다.

"이게 뭐하는 짓이야! 아버지! 보고만 계실 거예요?"

선생님이 소리를 질렀다. 눈빛이 활활 타오르고 있었다. 나와 은초, 민호를 혼자 잡아가는 것은 무리라고 판단했을 것이다. 은초를 두고 나와 민호가 도망치지는 않을 거란 계산인 듯했다. 선엽이도, 박강엽 씨도 한중기 씨 앞에서 어떤 행동을 취하기 어려운 상황이었다. 어쨌든 장인이었고, 사돈어른이었다. 선생님이 입술을 깨물었다.

선배가 무전기를 들어 올렸다.

"독수리 나와라. 독수리 나와라. 여기는 까마귀, 이상!"

"여기는 독수리. 여기는 독수리. 까마귀 무슨 일인가. 이상!"

"여기는 까마귀. 여기는 까마귀. 지원 요청한다. 이상!"

"여기는 독수리. 여기는 독수리. 어딘가. 이상!"

"여기는 까마귀. 여기는 까마귀. 암센터 911호. 이상!"

"여기는 독수리. 여기는 독수리. 암센터 911호. 알았다. 이상!"

지원 요청이었다.

"기다려. 곧 모시러 올 테니까."

선배가 만족스런 표정을 지었다.

"아! 이 사악한 괴물들!"

고함 소리가 병실을 울렸다.

"아버지도 괴물! 아들도 괴물! 이 사람 잡아먹는 괴물들! 아니에요? 아니라고 말 좀 해 봐요. 예? 괴물이 아니란 걸 이 딸에게 증명 좀 해 보시라고요!"

"빨갱이한테 속으면 안 돼!"

"속으면 안 된다고요? 옆에 있는 강엽 씨 보고도 그런 말이 나와요, 지금! 아버지 같은 족속들이 만들어 놓은 저 팔 좀 보시라고요! 못 쓰게 된 저 팔을 가지고도 이비지 병 수발 하잖아요! 내가 속은 거라면 아버지도 병 수발하는 강엽 씨한테 속고 계신 거네요. 아버지도 속고 있는 거예요? 그 래요? 말씀 좀 해 보세요!"

한중기 씨는 아무 말도 하지 못했다.

"참 내! 아버지한테 못 하시는 말씀이 없네."

선배가 혀를 끌끌 찼다.

"닥쳐!"

선생님의 고함 소리와 동시에 경찰차 사이렌 소리가 들려왔다. 은초와 내 눈이 부딪혔다.

"자, 이제 어떡하실 거예요? 딸이랑 이 친구들, 아들이랑 저 경찰들. 둘 중 하나를 택하세요!"

한중기 씨는 침묵했다.

"역시 반공이신 건가요? 좋아요. 이 꼴 더 보느니 내가 여기서 뛰어내리는 게 낫겠어요!"

선생님이 침대를 돌아 창문으로 달려들었다. 박강엽 씨가 그녀를 뒤쫓아 갔다. 남편에게 붙들린 그녀는 몸부림쳤다.

"사는 게 지옥이야! 지옥! 친구 떠나보내고 또 이 친구들 험한 꼴 보라고요! 차라리 죽는 게 나아요! 엄마 내보내고, 딸과 의절하고 그게 그리 좋았어요! 아버지가 아무 죄 없는 사람들 죽였다는 죄책감, 학생들이 불타 죽고, 고문당해 죽고, 옥상에서 뛰어내려 죽고 그게 다 아버지 때문이라는 죄책감, 도대체 알기나 해요? 모르시겠죠! 괴물이니까. 괴물이 그런 걸 어떻게 알아! 아버지 곁에 왜 아무도 없는지 알아요? 무서워서 누가 괴물 옆에 있으려고 하겠어요! 그런데 이제 아들도 괴물로 만드시려고요! 아버지가 괴물이니 아들도 괴물이면 퍽이나 좋겠어요!"

그녀는 창틀을 붙들고 울었다.

"여보!"

박강엽 씨가 선생님의 허리를 껴안았다.

"각하는 나를 아끼셨다."

딸은 뜨거웠지만, 아버지는 차가웠다.

"밑구멍을 알아서 핥아 주니 귀여웠겠죠!"

"여보!"

박강엽 씨가 손으로 선생님 입을 틀어막았다. 그녀가 도리질을 쳤다.

"나를 곁에 두려 하셨지."

"정적들을 알아서 처리하니 고마웠겠죠."

그녀가 박강엽 씨를 밀쳐 냈다.

"부족한 거 모르고 자란 거 다 그분 덕인 줄 알아야 한다."

"어련하시겠어요! 가족한테 그게 다예요? 돈뭉치 던져 주면 다냐고요! 그러니 엄마가 힘들어 했죠!"

"바람핀 그 어지 얘기는 꺼내지도 마라!"

한중기 씨 목소리가 곧장 천장으로 뛰어올랐다.

"바람이라고 하셨어요? 바람은 아버지가 먼저 피운 거잖아요! 저 아들 안 보여요? 저기 증인 있잖아요!"

달의 뒤편

선배가 혼외 자식이라는 얘기였다. 선배 표정이 일그러졌다.

"가족이란 게 뭐예요! 곁에서 사랑스런 눈으로 바라봐 주고, 쓰다듬어 주고, 아프면 보살펴 주고, 자식들 잘 자라는 걸 흐뭇하게 바라봐 주고 그러는 거잖아요. 그런 게 가족이라는 걸 알기나 해요? 알 턱이 없죠! 돈 뭉텅이 던져 주면 그게 다라고 생각하니까. 국가도 그 모양으로 운영했겠죠! 돈 벌어 주면 사람 하나쯤은 죽여도 된다!"

"그분은 우리 가족을 위해 하사금도 내리셨다."

"성은이 망극하셨겠네요! 그분이 우리 가족을, 아버지를 그렇게 사랑하신다는 데 눈물이 다 나더라고요. 그렇지만!"

선생님이 입술을 앙다물었다.

"딱 고등학교 때까지였어요! 대학에 가자 모든 게 달라 보이더군요. 의식화? 의식화되었다고 그랬겠지. 의식화는 기득권의 심장에 화살을 겨누는 일이라는 걸 이제 다 알아요! 다 안다고요, 머저리가 아닌 이상! 독재자! 그는 독재자일 뿐이에요!"

"고마운 줄 모르면 사람이 아니다."

"고마워요? 재벌들 돈 뺏어다 나눠 준 게 그렇게 고마워야 할 일일까요? 국민들 세금 걷어다 측근들 배 불리는 게 칭찬할 일이에요?"

"세상에 이상 사회는 없다."

"이상 사회는 없다 치더라도 이상을 향해 나아가려 노력은 해야 하는 거잖아요! 아버지가 한 게 뭐예요! 조작? 고문? 살인? 협잡? 그걸 누가 시키던가요! 그 잘난 각하 아니었어요? 이상 사회가 없다는 걸 증명하기 위해 그렇게 사람들을 막 죽인 거예요?"

"다 내가 알아서 한 일이다. 이러지 마라."

"저 수많은 사람들 숨도 못 쉬게 해 놓고 아버지만 고마우면 돼요? 아버지만 고마우면 되는 거냐고요!"

선생님은 울부짖었다.

"그건 다 내 허물이다. 그분은…"

"허물이오? 허물이 뭔데요! 허물이! 죄가 있으면 벌을 받아야 하는 게 올바른 사회고, 못난 짓을 했으면 용서를 빌어야 하는 게 도리잖아요! 그래야 좋은 사회 아니에요?"

"권력은 그런 거다. 마음먹으면 안 되는 게 없는 거… 애비는 그렇게 알고 살았다."

"그래서 바람 피워 아들 낳았다고 하니까 잘했다고 하던가요. 그분이? 고아로 커서 외로웠을 텐데 잘 되었다고 하던가요?"

누군가 문을 두드렸다. 경찰이 도착한 듯했다. 선배가 문쪽으로 걸어갔다. 연결된 수갑에 은초가 주춤주춤 끌려갔

279

다. 내가 따라나섰다.

"일생 동안 고아처럼 살았지만… 애비는, 고아가 아니다."

"이제 와서 고아가 아니라고요? 그렇게 말하면 믿어 줘야 하는 거예요? 고아로 살아야만 했던 더러운 이유가 있었겠죠!"

"그래… 난 아버지, 어머니도 있고, 할아버지, 할머니도 있었다. 고향에 가면 수많은 사람들이 나를 알아보겠지. 하지만 난 고아여야 했다… 너희 할아버지, 할어머니는 북으로 갔어… 그 말이 가진 의미를 너는 상상도 못할 거다. 나는 할아버지, 할머니 손에 컸지. 빨갱이 자식이라면서 침을 뱉는 사람들 틈바구니에서 자랐다… 6.25 때 공산당에 부역했다고 할아버지는 죽임을 당했지."

선생님도 처음 듣는 얘기 같았다. 그녀의 눈길이 한중기 씨를 향했다. 그때 선배가 병실 문을 열었다.

"할머니는 숨죽여 나를 키우셨다… 월북한 자의 자식도 이 나라에서는 적… 나는 내가 적이 아니라는 것을 증명해야 했다. 내가 괴물이 된 건 내 과거를, 부모라는 과거를 지워야 했기 때문이야. 적을 부모로 둔 나는 내가 적이 아니라는 걸 증명하기 위해 무엇이든 닥치는 대로 했다. 다행히 그분은 그걸 알아주셨고."

반장이 병실로 들어섰다.

"왜 저놈 같은 자식을 밖에서 얻었냐고? 외로웠다… 그래서 나를 위로해 줄 사내놈 하나 갖고 싶었다… 악착같이 나를 증명해 줄 자식 놈 말이야. 이 사회는 아들만 자식이었으니까. 아들만 자식이니까."

선생님은 말이 없었다.

"아버지, 어머니는 납북된 듯도 해. 하지만 월북이나 납북이나 한국에서는 같은 거지. 적의 품에 있다는 점에서. 월북한 자의 자식이 이 사회에서 무얼 할 수 있었을까… 무리수를 둘 수밖에 없었다. 과거를 부정하고 감추려면 무리수로 덮을 수밖에… 사람 죽이고, 불리하면 뒤집어씌우고, 사건 조작하고… 피 보지 않은 날이 없었지… 그래… 나는 괴물이 되어 가고 있었어… 괴물이… 나도 불안했다. 하지만 멈출 수가 없었다. 광기. 그래 광기가 나를 지배했지…"

반장이 침대 쪽으로 다가섰다. 한중기 씨 눈길이 반장에게로 향했다.

"누군가?"

"반장님입니다. 아버지."

선배가 반장 뒤에서 대답했다.

"반장이라고?"

"네, 아버님."

반장이 걸음을 멈추며 대답했다.

달의 뒤편•

"여기 일은 내가 알아서 처리할 테니 돌아가게."

"안 됩니다. 이미 출동했기 때문에."

"뭐야?"

한중기 씨가 눈을 치켜떴다. 눈을 치켜뜬 그 순간 만은 환자가 아닌 듯했다. 한중기 씨가 눈으로 살기를 뽑아 올리고 있었다.

"이 새끼가 어디서!"

한중기 씨가 벌떡 일어서더니 옆에 걸려 있던 링거 병을 집어던졌다. 줄을 빼낸 링거 병은 곧장 반장을 향해 날아갔다. 반장이 몸을 피했다. 벽으로 날아간 링거 병은 산산조각이 나며 링거액과 함께 사방으로 튀었다. 권력의 살기가 빛을 발하는 순간이었다. 반장이 움찔했다.

"어디서 배워 먹은 버르장머리야. 내가 누군 줄 알아, 이 새끼야! 돌아가라면 가는 거지 뭔 말이 그렇게 많아!"

권력, 최소한 권력 부근의 모습이었을 것이다. 그동안 휘둘러 온 권력을 선보이는 듯했다. 약자를 밟고 일어서는 권력의 작동 방식은 거칠었다. 야수의 세계와 다를 것이 없었다. 한중기 씨의 손목에서 피가 흐르고 있었다. 주삿바늘이 뽑혀 나간 자리였다. 반장이 눈치를 보며 물러섰다. 한중기 씨 호흡이 거칠어지고 있었다. 그의 손목에서 피가 뚝뚝 떨어지며 침대보를 적셨다. 선배가 은초 손에 채워진 수갑을 푼 뒤 반장을 데리고 나갔다. 핏대로 일어선 한중기 씨 몸에서 피가 빠지고 있었다. 피를 알코올 솜으로 닦아낸 박강엽 씨가 손목에서 덜렁거리는 반창고를 떼어 낸 뒤 한중기 씨를 침대에 뉘었다. 선엽이가 빗자루로 바닥을 쓸기 시작했다. 나도 청소를 돕기 위해 일어섰다.

청소를 마칠 무렵 연락을 받은 간호사가 들어왔다. 간호사는 웬 사람이 이렇게 많냐는 눈길로 병실을 둘러보았다. 침대보를 간 간호사가 한중기 씨의 혈압을 잰 뒤 다시 링거 바늘을 꽂았다. 반대편 팔이었다. 간호사가 나가고 선배가 문을 열고 들어왔다.

"얼마 남지 않은 것 같구나…"

한중기 씨가 혼잣말로 중얼거렸다. 그는 천장을 바라보고 있었다.

"송희야."

한중기 씨가 선생님을 불렀다. 선생님은 바닥에 주저앉아 움직이지 않고 있었다.

"나도 희생자일 뿐이다… 이념은 자기 진영을 떠나는 자들을 용서하지 않는다. 이념은 그런 거다…"

힘없는 목소리였다. 뒤늦은 후회 같기도 했고, 용서를 구하는 것 같기도 했다. 선생님이 머리를 감싸 쥐었다.

"아들도 희생자! 아버지도 희생자! 도대체 가해자는 어디

있는 거야. 다 희생자래. 세상에!"

선생님이 흐느끼며 고개를 흔들었다. 한중기 씨가 눈을 감았다. 선엽이가 내게 복도로 나가자는 신호를 보냈다. 병실을 나왔다. 경찰은 돌아가고 없었다. 복도에서 말없이 창밖을 바라보았다. 우리는 한참을 아무 말 없이 서 있었다.

선배가 문을 열고나왔다.

"운 좋았다, 너."

선배가 나를 노려보며 한마디를 덧붙였다.

"하지만 조심해라."

링거 병 조각이 튀었는지 선배의 뺨에 핏기가 배어 나와 있었다. 선엽이와는 인사를 하는 둥 마는 둥 하며 선배가 엘리베이터 쪽으로 걸어갔다. 날이 샐 때까지 우리는 병실에 남아 있었다.

헬리콥터 소리가 꿈결처럼 들려왔다. 새벽에 경찰은 연대를 진압했다.

20

은초와 첫 데이트를 했던 곳은 능내였다.
봄 마당에 드러누운 볕의 배를 베고 강아지가 늘어지게 낮
잠을 자던 날이었다. 말랑말랑해진 햇볕은 남한강과 북한강
이 만나는 두물머리를 따사롭게 비추고 있었다. 솜털 같은
봄이 은초의 얼굴에 내려앉았고, 설레는 마음으로 은초를
바라보던 내 가슴에는 또 다른 봄이 번졌다.

능내는 청년회에 다니며 알게 된 곳이었다. 청량리에서
66번 버스를 타고 능내역에서 내려 철도 역사와 철길을 가
로질러 십여 분 걸어가다 보면 나타나는 곳이 능내였다. 능
내에는 다산 기념관 앞길을 지나 산을 왼쪽에 두고 걷다 보
면 작은 카페가 하나 있었다. 카페 앞 강가에서 나는 흐르는

강물을 가만히 바라보는 것을 즐겼다. 연인의 뺨을 만지듯 가장자리로 낮게 제 몸을 부리던 강물과 출렁이는 물결에 희미하게 몸을 뒤척이던 작은 배, 물 위에서 강의 속살을 훔쳐보듯 쭈뼛거리던 산 그림자, 카페 스피커에서 바람의 지느러미처럼 흘러나오던 김광석의 노래들. 강물의 영혼처럼 떠돌던 새벽안개… 은초도 고즈넉하게 강물을 바라볼 수 있는 그곳을 좋아했다.

첫 데이트를 했던 그날과 같은 곳에 있지만 오늘 은초에게서 전해지는 느낌은 사뭇 다르다. 꽤 시간이 지났는데도 그녀는 무언가 쏟아 부을 듯 얼굴에 먹구름을 드리운 채 말이 없다. 여자들의 침묵은 이전과 다른 무엇이 있다는 것을 알게 해 준 것은 고등학교 때 교생 선생님이었다. 은초는 눈앞에 펼쳐진 강물을 길게 바라보며 선생님처럼 침묵했다. 그녀의 얼굴에서도, 침묵에서도, 그리고 뒷모습에서도 사랑의 중심에서 무언가 떨어져 나가는 불길한 진동이 느껴졌다. 그녀는 사실을 알고 있는 것일까. 그렇다면 이제 그녀의 통보만 남은 것인가. 이제 막다른 골목인가. 침묵 속에서 은초는 무슨 생각을 하고 있는 것일까. 처음 데이트하던 날을 떠올려 보는 것일까. 지난날들을 하나씩 지우는 것일까. 돌아선 채 강물에 시간을 실어 보낼 뿐 그녀는 말이 없었다. 이별이라는 절벽으로 조금씩 다가서고 있었지만 그것이 오늘이 아니기를 빌었다. 수많은 오늘들이 흘러가다 보면 영원이 될 수 있을까. 희망에 굶주린 말들이 허튼 의식 속으로 번졌다.

마침내 그녀가 돌아섰다. 그녀가 끌고 온 침묵의 수레에 이별의 말들이 실려 있을 것만 같아 불안이 파도처럼 출렁거렸다. 돌아선 그녀의 얼굴은 차마 똑바로 쳐다볼 수 없을 정도로 일그러져 있었다. 그녀의 눈에서는 눈물이 아닌 이름을 알 수 없는 광선이 뿜어져 나오고 있었고, 입을 벌리면 혀 너머에서 이무기가 튀쳐나올 듯했다.

"이제 우리 헤어져!"

그녀가 흉한 표정으로 돌아서며 내뱉은 최초의 말은 절망이었다.

"갑자기 왜 그래, 은초야."

불안한 눈길로 은초를 바라보았다.

"잘 알 텐데? 당신 때문이라는 것을!"

그녀는 한마디를 남기고 사라져 버렸다. 절망이 아직 탄식에 이르기 전 그녀를 쫓아갔다.

"잠깐만! 잠깐만! 은초야! 왜 그래! 은초야! 은초야!"

벌떡 일어났다. 꿈이었다. 교통사고 환자마저 퇴원한 병실은 고요했다. 온몸이 땀으로 흥건했다. 숨을 크게 내쉬었다. 이별의 시간이라는 신호였을까. 운명이 먼 곳에서 이별

달의 뒤편•

의 신호를 보낸 것일까. 몸은 나아지지 않는데, 아직 이별의 말도 준비하지 못했는데, 그녀는 아무것도 모르고 있는데, 절망의 낙엽들이 불안의 그늘에 집을 지어 나를 맞을 준비를 하고 있었다. 불행의 수를 내보인 운명 앞에 내가 답할 차례인 듯했다. 그녀를 위한 마지막 선물이 이별이라는 사실에 가슴이 아렸다.

어머니는 8시까지 오라고 했지만 나는 8시가 넘어서야 병실을 나섰다. 5월은 허공에 꽃과 초록을 팔아 잔치를 벌이고 있었다. 소톤재 부근에서 택시 기사에게 산길로 들어가 달라고 말했다. 걷는 거리를 줄이기 위해서였다. 산소로 들어가는 길은 산길과 축사 쪽 길이 있었다. 은초랑 갔던 길이 축사 쪽 길이었다. 그쪽으로는 택시가 들어갈 수 없었다. 경운기가 만들어 낸 산길은 택시도 들어갈 수 있었다. 기사는 이의 없이 산길로 들어섰다. 산길 끝에 밭이 있었고, 밭 건너편이 산소였다. 택시에서 내려 산소를 바라보았다. 산소에는 어머니 외에 몇 사람이 더 보였다. 단골 일행들 같았다.

목발을 짚고 산소로 향했다. 관절은 걸음마다 밭두렁으로 통증을 쏟아 냈다. 어머니가 멀리서 나를 알아보고 산소를 내려왔다. 밭을 가로질러 온 어머니는 팔뚝을 잡은 것도, 뗀 것도 아닌 어정쩡한 자세로 내 곁을 따랐다. 산소에 오르자 단골이 나를 흘깃거렸다. 내가 굿을 반대했다는 걸 아는 것 같았다. 사람들은 무당을 단골이라고도 했고, 당골이라고도 했다. 소복에 고깔을 쓴 단골은 나이 지긋한 아주머니였다. 다른 이들은 하얀 무명옷 차림이었다.

산소 앞에는 상들이 차려져 있었다. 밥과 국에 나물, 탕, 떡, 과일, 조기, 돼지머리, 밤, 곶감, 대추, 술, 시루떡, 촛불, 향불 들이 놓여 있는 것이 있었고, 밥과 국, 촛불과 향불에 두부, 무나물, 명태, 시루떡, 술, 콩, 팥, 쌀, 돈 등이 올려져 있는 것도 있었다. 돼지머리가 올라가 있는 상도 있었고, 북어 세 마리와 함께 짚신 세 켤레가 올려진 상도 있었다. 지푸라기 위에 잡곡밥과 묵, 막걸리, 술을 올려놓은 것도 보였다. 무구들도 있었다. 잎이 달린 대나무와 소나무에 한지를 묶어 놓은 것이 여러 개였고, 청색, 홍색, 백색, 흑색, 황색 종이로 만든 등도 여럿이었다. 신발, 양말, 속옷, 한복도 보였다. 솥뚜껑과 돗자리, 떡시루, 빗자루, 칼 같은 것들도 있었다. 고수 옆에는 장구와 징이 놓여 있었다.

해는 모악산 위로 솟아 있었다. 단골 일행은 분주하게 움직였다. 신과 단골, 단골과 인간이 소통해야 할 곳에서 나는 양복을 도포로 갈아입은 것처럼 어색했고, 부자연스러웠다. 애매한 표정으로 잔디에 앉으려는데 단골이 다가왔다.

"젊은이."

나는 아주머니라고 불러야 할지, 무당이라고 해야 할지를 몰라 그냥 네, 소리로 답을 맺었다. 단골은 허리춤에 양 손을 얹고 숨을 한번 크게 내쉰 뒤 말을 이었다.

"이 시상에는 하늘과 땅이 있고 또 그런 곳들에 사는 신들이 있다네. 글고 그 땅 위서 살아가는 인간이 있고. 그 인간과 신을 잇어주는 나 겉은 무당도 있제. 하늘이 읎으면 이 무당도 읎고, 땅이 읎으면 이 단골도 읎는 것이제. 하늘과 땅이 읎으면 젊은이가 여기에 있을 수 읎듯 신도 인간도 읎으면 이 무당도 여기 있을 이유가 읎겄제. 젊은이는 젊은이가 믿는 세계가 있을 것이고, 이 무당도 무당이 믿는 세계가 있능 것 아니겄능가. 누구든 어떤 삶을 무조건 부정부텀 허려 드는 것은 살어 가는 좋은 방식은 아니라고 생각허네."

어머니의 가슴속 응어리가 손을 뻗친 굿이라는 세계. 믿는 것은 아니었지만 처음 마주한 단골은 그 세계를 쉽게 예단할 수 없게 했다. 단골은 내가 왜 여기에 와 있는 것인지를 묻는 듯했다.

"원래는 집이랑, 산소에서 모다 혀야는디 집서는 못 허게 생겼고, 어쩨, 반대를 허니 산소서만이라도 허는 수밖에."

나는 어색한 표정으로 입꼬리를 말아 올렸다. 답은 필요 없다는 듯 단골이 말을 이었다.

"산소서만 허는 것잉게 부정풀이 허고, 산신굿, 손님굿,

당산굿, 서낭굿, 길대장군굿 허고, 조상굿, 씻김굿 허고, 장자풀이, 내전 허면 끝나는 것이여. 총각은 앉어 있다가 절 허라면 절 허고, 고풀라면 고풀면 되는 것잉게 어려울 건 읎네. 남치긴 우리가 다 알어서 헐텅게. 오후 늦게나 되야제, 끝날라믄."

나는 한두 시간 정도, 늦어도 오전이면 끝날 것으로 생각하고 온 것이었다. 단골의 말은 해가 떠 있는 동안 굿이 계속된다는 뜻이었다. 굿은 예상보다 훨씬 긴 의식이었다. 어머니가 옆에서 한마디를 거들었다.

"중간 중간 내가 옆으서 알려줄 텅게."

단골이 돌아섰고 나는 삐걱거리는 몸을 잔디에 부렸다. 고수가 단골을 쳐다보았다. 준비가 다 된 듯했다. 단골이 옷매무새를 가다듬고 고깔을 고쳐 쓴 뒤 산소 앞에 섰다. 이윽고 징이 울렸다.

"아오신아 굿이시오! 추진 부정 영정 사불범정을 다 씻어내고 닦아내고 소멸시키려는 고려 전통 부정굿입네다."

어머니가 부정풀이라고 했다. 단골의 입에서 온갖 부정들이 불려나오기 시작했다.

    천상부정 지하부정
    원가부정 근가부정

대문부정 중문부정

겨근부정 초목부정

인물부정 사해요왕부정

산신부정 오방부정

칙거부정 우마부정

초마부정 금석부정

토목부정 인물부정

동서남북부정 사해요왕부정

인간남녀왕래부정

연월일시 사부정

정칠월 이팔월

삼구월 사시월

오동지 육석달

시방부정

"모두 다 소멸시기어 모든 부정 뉘진 부정 천 리 전송 만리 배송 꽃밭 수레로 다 가시시고 이 가중에 행운이 깃들게 도우소서. 뒤 맑고 후 맑고 향촉을 밝히고 지성을 드립니다."

단골의 무가는 길게 이어졌다.

천지천명 하옵신데

천지건곤음양부정

일월성신부정

청룡백호상사부정

삼부정 사부정

인간남녀왕래부정

삼살동토부정

춘하추동 주야부정

오색백색 넋마부정

동네방네부정

동해는 청제부정

남해는 적제부정

서해는 백제부정

북에는 흑제부정

중앙은 황제부정

십이신장부정

이십팔방부정

사면팔방부정

십이신장부정

북두칠성부정

육갑신장부정

－《전북씻김굿: 전금순의 무가》, 이영금, 민속원, 2007, 79~80쪽

달의 뒤편

알 듯 말 듯한 무가들이 이어졌다. 잔디를 쓰다듬었다. 은초와 같이 앉아 있던 자리였다. 옛것이 자취를 감춘 잔디는 새것으로 가득했다. 산소와 서울은 아득히 멀었다. 은초가 이 광경을 보게 된다면 무슨 말을 할까. 나는 어쩌다 여기까지 와 있는 것일까. 어머니는 돌아가신 할머니가 나를 붙잡고 놓아주지 않는 것이라 했다. 단골의 말이었을 것이다. 그게 가능하기는 할까. 나는 그 말을 믿지 않았고, 어머니는 그 말을 철석같이 믿고 있었다. 어머니는 단골의 말 이외에는 내 병이 설명되지 않는 듯했다. 어머니의 믿음은 굿이라는 결과를 낳았고, 그것을 믿지 않는 나도 굿판에 와 있었다. 내게도, 어머니에게도, 그리고 단골에게도 믿고 믿지 않음의 차이는 없는 것이 되어 버렸다. 그 차이를 굿으로 메우는 것일까. 나를 굿판으로 끌고 온 것은 어머니일까, 단골일까, 할머니일까. 많은 의문들이 안개처럼 피어올랐다.

어머니가 옆에서 산신굿이라고 말했다. 미리 설명을 들은 것인지, 구경을 다니며 귀동냥을 한 것인지 어머니는 굿의 순서를 대강 알고 있었다. 굿은 인간의 삶을 위무하듯 처연했다. 주변의 신들을 대접하고 다른 조상이나 신들이 산소로 오는 길을 열어 주도록 부탁하는 것이 산신굿이라고 어머니는 덧붙였다.

조상굿 때는 할아버지, 할머니 묘 앞으로 나가 절을 했다.

조상굿은 자손들에게 복을 가져다 주고 망자를 저승으로 천
도하는 역할을 하기 때문에 중요하다고, 구조상이 망자의
합류를 허락해야 망자가 조상신의 반열에 오를 수 있는 것
이라고 어머니는 말했다. 망자는 아직 조상신 반열에 들어
가지 못한 존재로 신조상이라 한다고 했다.

고풀이가 이어졌다. 고풀이는 하얀 천으로 만든 매듭을
푸는 의식이었다. 고행들이 순조롭게 풀리기를 바라는 굿의
상징적 의식 중 하나였다. 고수는 굿거리, 반 굿거리, 엇모
리 등으로 장단을 이어가고 있었다.

조상해원풀이와 살풀이, 씻김굿이 오후까지 길게 이어졌
다. 씻김굿이 진행되고 있을 때 축사 쪽에 오토바이 한 대가
나타났다. 오토바이는 산소 쪽을 향하고 있었다. 은초를 태
우고 온 그 길이었다. 그런데, 오토바이를 탄 사람은, 어머
니가 굿을 모르고 지나가기를 간절히 바랐던 단 한 사람, 아
버지였다. 어머니가 놀란 눈으로 나를 쳐다보았다. 순조롭
게 진행되던 굿판에 일순간 긴장감이 감돌았다. 어머니의
표정에 단골과 고수가 굿을 중단했다.

"아이고, 어쩐디야. 큰일 났네. 어뜨케 알고…"

어머니는 나를 보고, 단골 일행을 보고, 아버지를 보며 좌
불안석이었다. 거리가 있었지만 오토바이를 탄 사람은 아버
지가 분명했다. 점보는 것조차 역정을 내는 아버지였다. 아

버지는 어머니가 동네 아주머니들과 어울려 다니며 점을 보는 것은 미리 막기도 어려워 모른 척했다. 그러나 가끔씩 어머니가 점보고 온 것을 슬쩍 흘리려 들면 아버지는 '또, 또, 헛소리!' 라는 한마디로 어머니의 말을 무질러 버렸다. 아버지는 절대 굿을 허락하지 않았을 것이다. 그런 아버지가 태풍의 눈이 되어 다가오고 있었다. 굿판이 엎어질 수도 있었다. 자리에서 일어섰다. 어머니가 어떻게 손을 써 볼 시간은 없었다. 어머니가 안절부절못하고 있는 사이 아버지가 산소 앞에 도착했다.

"뭐 혀, 지금?"

"저, 거시기…"

어머니가 말을 더듬었다. 아버지가 산소로 올라섰다. 단골과 고수는 굿판이 엎어지는 사태를 종종 겪어 본 듯 굳은 표정이었다. 입을 봉한 여덟 개의 눈동자가 아버지의 발치를 쫓아다니고 있었다. 어머니는 무엇보다 굿이 엎어지면 귀신들의 노여움이 아들에게 향할지 모른다는 걱정을 하고 있었을 것이다.

"어찌 이쪽으로 와 보고 싶드라니."

아버지는 신태인을 오갈 때 부러 길을 돌아 산소에 들르곤 했다. 신태인과 반촌을 오가는 길 중 태인 쪽 길은 멀리 도는 길이어서 자주 다니는 길은 아니었다. 어머니는 아버지가 신태인 쪽으로 걸음도 하지 않기를 바랐을 것이다. 끝나지 않은 굿은 효과가 없는 것일까. 아버지는 어머니의 바람을 외면하기라도 하듯 홀연 산소에 나타났다. 병원을 빠져나올 때 직원들은 아직 출근하지 않은 상태였다. 사람들은 내가 어디 갔는지도 모르고 있을 것이다. 아버지는 병실에서 사라진 나를 찾아 산소까지 오게 된 것인지도 모른다.

"이보시오, 단골 양반. 이왕지사 왔는디 절이나 좀 헙시다."

아버지의 입에서 의외의 말이 튀어나왔다. 할아버지, 할머니의 아들로서 당연한 말이었지만, 어머니에게는 뜻밖의 한마디였다. 허둥대며 좌불안석이던 어머니의 동작이 빨라졌다. 단골은 산소 앞에 놓여 있던 무구들을 서둘러 치웠다. 아버지가 신발을 벗고 돗자리로 올라섰다. 어머니는 여전히 불안한 듯 손을 비비고 있었다.

"얼매나 남었소?"

절을 마친 아버지가 돌아서며 단골에게 물었다.

"이제 다 끝나 갑니다요."

"계속허시요."

단골의 답에 아버지가 어머니 쪽으로 고개를 돌렸다. 어머니는 아버지의 눈을 피했다.

"왜 얘기도 허지 않고… 허, 참…"

아버지는 어이없다는 표정으로 어머니를 쳐다본 뒤 산소

를 휘 둘러보았다.

"허먼 낫기나 헐랑가…"

옆 사람에게 들릴 듯 말 듯한 아버지의 한마디가 내 귀에 얹혔다. 아버지는 모악산을 바라보았다. 단골의 무가가 반 굿거리 장단으로 접었던 날개를 펴고 있었다.

신이야 신이야 신이로다

신일랑은 신반에 모셔

넋일랑은 넋반에 모셔

오양신산에 넋이로다

넋이요

먼 산에는 봄이 들어 불탄 불이 대신하니

개자추 넋이시오

신이여 신이여 신이여 님의 신이시오

양구비 죽은 후에 동북간을 지어내듯

왕장군의 넋이시오 신이여 신이시오

넋이여 넋이여

오양신산의 넋이로다

－《전북씻김굿: 전금순의 무가》, 이영금, 민속원, 2007. 286쪽

21

걸음을 잃은 뒤 목발은 쭈글쭈글해진 내 의지를 수행했다. 뻣뻣한 두 개의 나무 근육 사이에서 내 몸은 허영거렸다. 외출은 불가능해졌다. 세상은 먼 곳으로 떠나가는 기차처럼 아득히 멀어졌다. 저퀴들은 끊임없이 내 몸에서 체중을 퍼내 어디론가 사라졌다. 허공은 내 몸을 줄여 제 몸을 늘렸다. 60킬로그램이던 체중은 45킬로그램 부근으로 내려와 있었다. 밤이 되면 놈들은 떼로 달려들어 나를 먹었다. 숨은 가늘어지고, 생은 희미해지고 있었다. 육신마저 적이 되어 나를 노려보는 듯했다. 정신마저 적으로 돌아설까. 나를 잃어버린 나는 뭐라 말하며 돌아다닐까.

소식을 전해 들었는지 부모님 친구 분들의 병실 출입이

달의 뒤편

잦아졌다. 마을 사람들의 병문안도 이어졌다. 그들이 병실로 와 걱정과 함께 위로를 쏟아 놓고 돌아갔다. 소문은 바퀴를 달아 마을에서 마을로 굴러다녔으리라. 서울까지 닿을 수도 있을까. 소문이 은초에게 전해진다면 그녀를 쳐다보며 말해야 하는 고통은 조금 덜 수 있을까. 그런데, 내 마음은 뭘까. 내 마음은 어느 쪽일까. 헤어지는 것일까. 헤어지는 것에서 마음이 흐트러지며 가지를 치던 생각이 멈춰 섰다.

시를 쓰며 살아가기 위해 발버둥 치는 것을 어여삐 여긴 것일까. 시집을 내자 청년회에서 출판기념회를 열어 주었다. 은초도 초대되었다. 선엽이는 한송희 선생님을 모시고 나타났다. 선생님은 서울에 올라왔다 소식을 듣고 참석한 것이었다.

사무실에 초 몇 개 켜 놓고 연 출판기념회였다. 촛불이 흔들릴 때마다 그림자들이 사무실 벽에 너울거렸다. 사회는 선엽이었다. 개회와 함께 내가 감사의 말을 했다. 고등학교 때 시를 읊던 추억을 전하며 선생님, 선엽이와의 인연도 소개했다. 선엽이가 은초를 소개하자 회원들이 박수를 치며 휘파람을 불었다. 은초는 쑥스러운 듯 고개를 숙였다.

간단한 기념식에 이어 시낭송이 시작되었다. 뿌듯하기도 했지만 쑥스럽기도 했다. 회원들 순서가 마무리된 뒤 은초가 무대로 불려나왔다. 은초가 선택한 시는 〈깃발〉이었다. 〈깃발〉은 은초가 동아리 회장을 하며 힘들어 할 때 위로 삼아 써 준 시였다. 과의 선배나 동기, 후배들에게 빨갱이 소리를 들으며 괴로워하던 은초에게 그 시가 큰 힘이 되었다는 것은 나중에 알게 되었다. 지난날 괴로움들을 덜어 낸 은초의 목소리가 어둠 속으로 흘러들었다.

깃발

깃발의 뜻은 높되
그 높이로
깃발은 더욱 외롭다
평온한 휴식을 위하여
닻처럼 내릴 수도 없는
꺾을 수도 없는
높이 올라 펄럭이는
깃발의 꿈

깃발의 뜻은 높되
그 높이로

깃발은 더욱 괴롭다

비, 바람도 끝을 일러 주지 않는 이

싸움

외로우리라

그러나

그러나

언젠가

우리의 어눌함으로

허약하게 맑은 우리의 눈물로

울려 보리라

울려 보리라

　낭송을 마친 은초가 종종걸음으로 내 옆으로 달려왔다.

웃으며 은초의 손을 잡아 주었다.

　"야, 거시기가 읊은 거하고 왜 이렇게 다르냐."

　한 회원이 농담으로 주위를 웃겼다. 〈깃발〉은 앞서 회원

이 낭송한 시였다.

"출판기념회에 애인을 데려와서 낭송하는 것은 반칙이야, 반칙!"

〈깃발〉을 낭송한 회원이 영화 대사처럼 큰소리로 외쳤고, 회원들이 다시 크게 웃었다.

한송희 선생님도 회원들 성화에 못 이겨 무대로 불려 나왔다. 누나로 불러도 된다는 허락을 받았지만 선생님으로 시작된 호칭은 쉽게 바뀌지지 않았다. 낯선 얼굴들 앞에서 선생님도 쑥스러운 듯했다. 선생님은 시를 낭송하기 전 나를 보며 내 시를 읊게 되어 영광이라는 말로 기쁜 마음을 표했다.

"제가 요즘 시골에서 지내다 보니 대자연을 왜 더 일찍 마주하며 살지 못했을까 하는 생각을 할 때가 많아요. 지금이 6월이잖아요? 이때쯤 시골 밤을 채우는 건 별처럼 빛나는 개구리 소리들이죠. 마침 그에 관한 시가 있어서 낭송해 볼까 합니다."

초여름밤

낮이 눈을 감고
밤이 이불을 덮으면
부엉이의 날개에 고요를 태워

303

어둠은 부풀어 올랐네

무논에는

어둠을 부어

여름을 반죽하는

개구리 소리

구름에 안긴 별들이

밤하늘의 꽃밭에

몸을 뉘면

달빛에 배를 띄워

어둠을 건너가는

풀벌레 소리

마당엔

마루에서 걸어 내려오는

아버지의,

코고는 소리

   선생님의 목소리와 표정은 예전 그대로였다. 구름을 벗어
난 달이 이슬에 달빛을 떨구듯 선생님의 목소리는 시에 고

운 옷을 입혀 주는 듯했다. 회원들이 환호와 박수로 답했다.

　출판기념회 뒤풀이가 끝난 뒤 선생님과 나, 은초는 선엽이 집으로 몰려갔다. 은초는 집에 시험공부 한다는 전화를 하고 따라나섰다.

　"형수님 덕분에 내가 별걱정 없이 산다."

　선엽이가 문을 열며 말했다.

　"시골은 집값이 싸잖아요. 나중에 조카가 태어나 서울로 유학 오면 잘 키워 주실 거죠, 도련님?"

　선엽이가 당연하죠, 라고 말하며 부엌에서 술과 안주를 가져왔다. 선엽이 집은 선생님이 마련해 준 듯했다.

　"그런데 선생님, 서울엔 어쩐 일이세요? 혹시 형님과 싸운 건 아니죠?"

　자리에 앉으며 내가 농담을 던졌다.

　"싸우긴. 아버지가 안 좋으셔서."

　선생님 눈에서 힘이 빠졌다.

　"사돈어른께서 다시 입원을 하셨대."

　선엽이가 덧붙였다.

　"그러셨군요. 눈치 없이, 죄송합니다."

　"아니야… 벌 받으신 거겠지, 뭐."

　선엽이를 쳐다보았다. 녀석은 입을 굳게 다문 채 말이 없

었다.

"아버지는 군인이었어. 보안사라고 알지? 이젠 기무사라
고 하더군."

은초와 내가 놀란 눈으로 선생님을 쳐다보았다. 선엽이는
사돈어른에 대해 언급하는 것을 삼갔다. 형수에 대한 최소
한의 예의로 여기는 듯했다. 암센터에서 보았던 한중기 씨
얼굴이 머릿속에 떠올랐다. 보안사는 중앙정보부와 함께 군
사정부를 떠받치던 양대 권력기관이었다.

"늘 어울리던 친구가 있었어. 고등학교와 대학교를 같이
다녔지. 사회에 관심이 많던 친구는 학생운동에 뛰어들었
어. 친구는 거기서 남자 친구도 만났지. 그런데,"

말끝에 쉼표가 붙었다. 그곳에 어떤 사연이 앙금처럼 가
라앉아 있는 듯했다.

"친구의 남자 친구가 학생운동을 하다 강제 징집을 당했
어. 알거야, 녹화 사업이라고. 남자친구가 녹화 사업 대상이
된 거지. 그리고 군대에서 프락치 활동을 강요받았나 봐.
녹화 사업이 그런 거니까 당연히 그랬겠지."

1981년 12월 정부의 '소요 관련 대학생 특별조치'로 시작
된 것이 녹화 사업이었다. 당시 대학생들은 입영 신청 뒤 수
개월이 지나야 입대할 수 있었다. 그러나 학생운동 관련자
들은 특수 지원자 또는 특수학적 변동자라는 명목으로 강제

휴학과 동시에 입대를 시켜 버렸다. 그뿐이 아니었다. 입대한 학생들은 선후배들의 정보를 당국에 제공해야 했고, 그들의 행적과 동향을 파악해 보고하라는 프락치 활동까지 강요받았다. 거부하는 학생들에게는 폭행과 고문이 가해졌다.

"그런데, 프락치 활동에 대한 죄책감에 그 친구가 자살을 하고 말았어."

공기가 무겁게 가라앉았다.

"남자 친구가 자살하자 친구도 남자 친구를 따라 가버렸지."

선생님이 쓴웃음을 지었다.

"은초라고 했던가요?"

"네."

"나는 구시대 이념을 가진 아버지를 뒀는데, 은초는 멋진 시인을 연인으로 뒀네. 아버지는 어쩌면 그렇게 어두운 곳으로만 달려갔는지⋯ 나는 오랫동안 아버지를 통해 권력이 빨갱이라고 부르는 이들이 어떤 사람들인지 눈으로 봐 왔어. 오랜 세월 하나의 과녁으로 무수한 화살이 날아들었지⋯ 그 과녁으로 사람들은 마음껏 저주를 퍼부었고, 과녁과 과녁 밖은 빨갱이라는 하나의 단어로 구분되었지. 사람들은 과녁이 되지 않기 위해 과녁으로 저주를 퍼부었고, 과녁에서 벗어난 사람들은 다시 과녁이 되지 않기 위해 과녁으로 저주를 퍼부었지. 권력은 빨갱이를 밟아 공포를 설계했고, 그 공포로 개

달의 뒤편

인과 가족을 규율하고, 사회와 국가를 개조했지. 분단이라는 절반의 결핍으로부터 튕겨져 나온 빨갱이라는 말. 아직도 한국 사회의 성격을 규정하는 무시무시한 단어잖아."

방 안에 빨갱이라는 말만큼 어둡고 짙은 침묵이 흘렀다.

"빨갱이는 아무런 권리가 없죠. 사고팔 수 없을 뿐 누구나 저주하고 매도할 수 있는 존재지요. 역사책에서나 보았던 향, 소, 부곡에 거주하는 천민들보다 나을 게 없어요. 한국 사회의 불가촉천민, 그게 빨갱이죠."

침묵 끝에 선엽이가 말을 이었다. 불만은 비판을 낳고 비판은 언론, 출판, 집회, 결사의 자유, 사상의 자유에 의해 옹호된다는 것이 민주주의의 요체였지만 빨갱이에게 그런 자유는 허락되지 않았다. 기본 권리를 주장하는 언론에는 검열의 재갈이, 출판물에는 금서의 족쇄가, 집회에는 친북 좌경 용공 과격 폭력 딱지가, 결사에는 반국가단체와 이적 단체 죄목이 씌워졌다. 사상과 양심은 향유 대상이 아닌 인간 개조 항목으로 전락해 있었다. 법조문은 번거로운 낙서에 불과했다. 유대인이라는 하나의 민족을 폭력적으로 억압한 나치가 전체주의라는 것을 인정한다면, 하나의 민족, 하나의 인종, 하나의 사상이 폭력으로 온전한 권리를 누릴 수 없는 체제 또한 전체주의일 수밖에 없었다. 부조리한 현실에 이의를 제기하는 사람들을 빨갱이로 몰아 끊임없이 사회적

타살을 기도하는 사회를 전체주의 사회가 아니라 말할 수 있을까. 하나를 희생시키고 소수를 공포로 몰아넣어 전체를 억압하는 것, 그것이 바로 전체주의라는 사실을 사람들은 모르는 걸까, 외면하는 걸까.

"나는 권력으로부터, 기득권자들로부터 빨갱이로 낙인찍혀 주눅이 드는 사람들에게 이제 좀 당당하게 외치라고 말하고 싶어. 좀 빨개면 어때, 자유민주주의 사회라며, 라고 말이야. 반세기 넘도록 주눅 들어 살아왔으면 이제 좀 되받아칠 때도 되지 않았을까. 저 부당한 권력과 기득권 세력을 향해서 소리 지르잔 말이야. 이 땅의 주인은 소수의 권력이 아니라, 한 줌도 안 되는 기득권 세력이 아니라 바로 우리들이라고. 당당하게 외치란 말이야. 소외된 이웃을 사랑하는 게 뭐가 문제냐고, 사람을 사랑하는 게 도대체 뭐가 잘못된 거냐고, 그런 사람들이 많아져야 이 사회가 밝아지는 거 아니냐고, 가진 것 없는 사람들에게 힘이 되어 주는 게 그렇게 잘못된 거냐고, 역사를 바로잡는 게 그렇게 죄가 되냐고, 너희의 이익에 반하면 빨갱이냐고, 그렇다면 이제 나는 기꺼이 빨갱이가 되겠다고! 이제 더 이상 비겁하게 살아가지는 않을 거라고! 당당하게 외치란 말이야!"

선생님은 울었고, 우리는 듣고만 있었다. 동아리 활동을 하면서 빨갱이 소리에 힘들어 하던 은초에게 해 주는 말 같

달의 뒤편

기도 했다.

　"두 사람의 장례를 치르고 도저히 서울 생활을 할 수가 없었어. 아버지는 나의 절망이었고, 나는 아버지의 절망이었지. 아버지는 아버지가 아니었고, 딸은 딸이 아니었어… 고문, 살인, 시신 유기. 아버지의 체제가 한 일들, 어디에 말할 수도 없는… 한 지붕 아래 사는 게 괴로워 지방으로 편입해 내려갔지. 거기서 만나게 된 사람이 강엽 씨였어. 그런데 강엽 씨도 운동을 하는 사람이더군. 저들이 말하는 빨갱이 말이야. 그래서 나는 친구의 죽음을 만회하라는 하늘의 뜻이라 여기고 강엽 씨를 지키기 위해 필사적으로 매달렸지."

　선생님이 눈가를 훔쳤다. 그리고 멋쩍게 웃으며 말을 돌렸다.

　"그런데 두 사람은 어떻게 만난 거야?"

　"엠티에서 처음 봤어요."

　은초가 답했다.

　"아니지. 기차 안이지. 처음 본 거는."

　내가 은초의 답을 고쳐 주었다.

　"아, 과 전체 엠티 때 제가 감기에 걸려서 안 가려고 했었거든요. 그런데 조 사람들이 여장 남자 선발대회 소품 준비가 안 되었다면서 오면 안 되겠냐고 하는 바람에 뒤늦게 기차를 타고 가게 되었어요. 소품 담당이 저였거든요. 기차 안에서 오빠를 처음 보게 되었고요."

은초는 감기약을 먹고 잠드는 바람에 역을 지나쳐 엠티에 늦어진 얘기와 엠티에서 집합이라는 것을 보게 된 일 등을 선생님 앞에 풀어놓았다. 그때 초인종이 울렸다. 선엽이가 문을 열어 주자 박강엽 씨가 들어왔다.

"이게 얼마만이야."

박강엽 씨가 웃으며 인사를 건넸다.

"아리따운 아가씨까지. 출판기념회 이야기는 들었구만. 난 오랜만에 친구들 좀 만나고 오느라. 못 가서 미안허네."

나는 괜찮다고 말했다. 박강엽 씨가 자리에 앉자 함께 건배를 했다.

"옛날에는 곡비哭婢라는 노비가 있었다지. 주인집의 누군가가 죽으면 장례 행렬 앞에서 주인을 대신해 울어 주는 종 말이야. 이 시대의 시인은 곡비가 아닐까 해. 주인이 아닌 사람의 마음을 대신해서 울어 주는 곡비 말이야. 옛날에는 주인을 위해 울었지만 이 시대 곡비는 이름 모를, 혹은 이름 없는 사람들을 위해 울어 주어야 하는 게 아닐까?"

선생님이 술잔을 내려놓으며 말했다. 그때 선엽이가 가방에서 내 시집을 꺼내 들었다.

"나는 〈소주에 대하여〉가 좋던데? 나를 대신해서 잘 울어 주고 있다고나 할까."

달의 뒤편

선엽이가 선생님 말에 빗대 말했다.

"이왕 편 거 한번 읊어 봐! 혼자 보지만 말고."

"지금?"

형에게 선엽이가 되물었다. 내가 손사래를 쳤지만 선엽이
는 시집을 고쳐 들고 읽을 자세를 취했다. 술의 마법에 모두
들 의식의 고삐가 느슨해지고 있었다.

소주에 대하여

너의 가슴을 비울 수 없다면

흐르게 하라

이것은 나의 명제

너의 심연을 향하여

나는 가노니

사랑이,

역사가 넘어져도

심장에 고인 눈물을 따라

쓰라린 어둠 속으로 나는

희망의 입자를 붓는다

우주를 머금은

이슬처럼 맑은 눈으로

너를 볼 수 없다면

차라리 내가 흐려지려 한다

이것은 나의 명제

"캬, 곡비 맞네. 곡비 맞어."

소주를 들이켠 박강엽 씨가 외쳤다. 모두 웃었다.

달의 뒤편

22

——

굿이 끝난 것은 앞산 봉우리가 서산 그림
자에 잠길 무렵이었다. 꺼놓았던 휴대전화로 택시를 불렀
다. 아침에 타고 온 택시 기사에게 얘기를 해 놓은 터였다.
아버지는 오토바이로 나를 찻길까지 태워다 주었다. 병원까
지 태워다 주지 않은 것은 택시가 좀 더 편하리라는 생각 때
문이었을 것이다. 택시에 오르자 아버지는 산소로 돌아갔
다. 택시를 기다리는 동안 아버지는 산소를 정리하고 어머
니와 오토바이로 돌아가겠다고 말했다

관절마다 총알이 박힌 부상병처럼 택시에 몸을 부렸다.
원장이 출근 전이어서 진통제를 맞지 못한 몸에서는 고통이
진물처럼 흘러내렸다. 택시는 곧 출발했다. 차창 너머로 슬

쩍 산소를 돌아보았다. 어머니와 단골 일행이 산소를 정리하고 있었다.

기사가 나를 힐끗거렸다. 굿의 내용이 궁금한 것일까. 외면하며 창밖으로 고개를 돌렸다. 굿에 대해 나는 별 기대를 하지 않고 있었다. 기대와 다른 상황이 벌어진다면 어머니는 얼마나 실망이 클까. 목발을 짚는 두 팔의 팔꿈치와 양쪽 발목과 무릎이 모두 부어올라 있었다. 손목에서도 놈들이 치고 나올 채비를 하고 있었다. 몸집을 키운 놈들은 물길을 세운 댐처럼 나를 가로막았다. 몸은 길이 막힌 물처럼 멈춰 섰다. 목발이 사라진 곳에서 휠체어가 굴러왔다. 휠체어는 몸을 옮기는 수레가 아니라 지옥으로 가는 꽃상여 같았다. 보행에서 목발로, 목발에서 휠체어로 내 몸은 추락을 거듭하고 있었다. 어느덧 의지도 몸과 결별하고 절망과 함께 지옥문 앞에 서 있었다.

내 처지를 은초에게 알려 이별의 재료로 써야 한다는 것은 오래전 명확했다. 사랑의 마지막은 어떤 모습일까. 생각할수록 이별은 낯설고 두려웠다. 뿌리를 알 수 없는 곳에서 날아든 회오리는 몸을 비틀어 이별을 재촉하고 있었다. 죽음도 삶의 일부라는 말처럼 이별도 사랑의 일부가 될 수 있을까. 나도 은초도 이별을 눈물로 긋겠지. 은초도 나처럼 지난날들을 추억하며 이별을 슬퍼하게 될까. 말로는 이별하고

달의 뒤편

마음으로 이별하지 못하는 날들이 계속되겠지. 마음의 끝에
선 나는 무엇을 할 수 있을까. 그녀를 처음 보고, 데이트하
고, 첫 입맞춤했던 날들이 머릿속을 스치며 지나갔다. 추억
속에서 그녀는 항상 따스한 미소를 짓고 있었다. 추억은 남
은 생의 위안이 될 수 있을까.

후배들에게 은초와의 만남을 들켰던 곳은 인사동의 한 찻
집이었다. 시인의 마을이라는 이름을 가진. 은초가 아르바
이트할 곳으로 그곳을 택한 것은 내가 시를 쓴다는 단 한 가
지 이유 때문이었다. 그곳은 사장을 촌장으로, 지배인쯤 되
는 사람을 이장으로 불렀다. 촌장과 이장은 친구였고, 둘 다
시를 쓰는 사람이었다.

하루는 은초의 동아리 선후배들이 찻집에 들렀다.

"시헌 씨는 오늘 안 와?"

손님을 맞은 이장이 무심코 내뱉은 말이었다. 말 한마디
에 당황하는 은초의 모습을 후배들은 놓치지 않았다. 의문
을 문 눈동자들이 은초에게로 달려들었다.

"워메, 비밀이었는갑네?"

분위기를 간파한 이장이 쟁반을 만지작거렸다. 은초의 눈
동자는 사람들 사이를 떠다녔다. 우리 관계가 숨을 가득 머
금고 물 위로 떠오른 고래처럼 사람들에게 실체를 드러내는

순간이었다.

"뭐야, 시헌이라는 사람은 우리가 아는 그 시헌, 오빠?"

선주의 물음을 필두로 질문이 소나기처럼 쏟아졌다.

"두 사람이 사귀는 거야, 지금?"

"언제부터?"

"감쪽같이 속고 있었잖아!"

"세상에 믿을 사람이 없구나!"

그녀들의 탄식이 쏟아졌다. 만남을 비밀로 하자는 것은 내 생각이었다. 동아리 회장직 수행뿐만 아니라 학교생활까지도 지장을 초래할 거라는 염려 때문이었다. 연인이 있는 사람에 대한 평가는 대개 그 출발 지점이 연애였다. 평가는 개인의 처지와 상황을 종합한 결과가 아닌 개인적, 직선적, 감정적 비판으로 날이 서 있기 십상이었다. 은초는 내 의견에 동의했지만 시간이 흐르며 마음이 바뀌어 있었다. 그녀는 만남을 공표한 뒤 사람들에게 축하를 받고 싶어 했다. 그래도 나는 학교생활을 위해서는 가능하다면 만남을 알리지 않는 편이 낫다고 생각했다. 오래전 선배들이 연애를 금지한 것은 연애 금지가 아니라 연애는 비밀로 하라는 말이었는지도 모른다는 생각을 하게 된 것이 그즈음이었다. 은초는 비밀이 탄로 났다는 소식을 전하면서도 전혀 싫은 기색이 아니었다.

달의 뒤편

기사는 뭔가 말을 걸고 싶은 눈치였다. 그에게 사연들을 구구절절이 풀어놓고 싶지는 않았다. 나는 창밖을 계속 바라보았다. 그의 궁금증에 답할 여유도, 이유도 없었다. 이별의 시간이 다가오고 있어서였을까. 차창 밖 풍경은 스치듯 지나가는데 은초와의 추억은 기억 속에서 튀어나와 자꾸 허영거리는 내 현재와 대면했다.

은초와 처음 입맞춤을 한 것은 그녀의 성년의 날이었다. 5월 셋째 주 월요일인 성년의 날은 아카시아 꽃이 활짝 피어 있을 때였다. 은초를 옥탑방 근처 아카시아 숲으로 초대했다. 숲은 눈처럼 흩날리는 아카시아 꽃으로 영원과 교감하는 듯했다. 바람에 흔들리며 꽃잎은 아드레날린처럼 숲에 아카시아 향을 분비했다. 팔을 벌리고 그것을 깊이 들이마시면 허파로 모인 아카시아 향이 혈관에 그것을 떨굴 듯했다.

숲은 주변 마을에서 올라오는 지선들을 거느리고 있었다. 우리는 옥탑방 부근 오솔길을 따라 숲으로 들어섰다. 오솔길과 능선이 만나는 지점에서 좌측으로 걷다 보면 정자가 있었고, 정자를 지나면 길 왼쪽에 작은 공터가 있었다. 그곳에는 커다란 아카시아 나무 몇 그루가 서 있었는데 그 나무들 아래에는 마치 궁궐 나인들처럼 찔레꽃들이 무리지어 피어 있었다.

은초를 늘어선 아카시아 나무 가운데에 세웠다. 내가 준비해 간 것은 케이크, 투명한 유리에 파란 뚜껑을 가진 향수, 화관 등이었다. 스무 송이 장미로 만든 화관은 머리에 쓸 수 있도록 내가 만들어 온 것이었다.

　의식을 시작했다. 조금 쑥스러웠다. 은초도 마찬가지인 듯했다. 먼저 아카시아 나무에 미리 매달아 두었던 두루마리의 끈을 풀었다. 화선지를 말아 놓은 두루마리는 아래로 흘러내리며 펴졌다.

　　－ 경축 오늘은 당신이 성년이 되는 날 －

　화선지에 세로로 써 놓은 문구였다. 은초가 두루마리를 돌아보며 미소를 지었다. 웃고있는 은초의 머리에 장미꽃 화관을 올려 주었다. 그리고 케이크에 촛불을 켰다. 은초가 축하 노래는 없는 거냐고 물었다. 머뭇거리다 나는 〈나이 서른에 우린〉이라는 노래를 〈나이 스물에 우린〉으로 바꿔 불러 주었다.

　　나이 스물에 우린

　　어디에 있을까

　　어느 곳에 어떤 얼굴로

달의 뒤편

서 있을까

　서툰 노래가 흘러나왔다. 은초가 박수와 함께 노래를 거들었다.

　　나이 스물에 우린
　　무엇을 사랑하게 될까
　　젊은 날의 높은 꿈이
　　부끄럽진 않을까
　　우리들의 노래와
　　우리들의 숨결이
　　나이 스물엔 어떤 뜻을 지닐까

　노래가 끝나고 은초가 촛불을 껐다. 향수를 건넸다. 은초가 상자를 풀어 코끝으로 향수를 가져갔다. 그때 아카시아 나무들 사이에서 여자 아이가 걸어 나오더니 오솔길 끝으로 큰소리로 웃으며 달려갔다. 소녀의 웃음소리에 홀연 바람이 불고, 숲에 꽃잎이 흩날리기 시작했다. 숲의 요정이 뿌린 눈송이처럼 은초의 머리에도, 어깨에도, 내 몸에도 아카시아 꽃잎이 내려앉았다. 은초가 흩날리는 꽃잎을 향해 팔을 벌리며 눈을 감았다. 그때 은초의 입술에 살며시 내 입술을 맞추었다. 심장 소리가 꽃잎 사이로 숨어들었고, 바람은 살며시 심장 소리를 지우며 돌아다녔다.

그 시절로 돌아갈 수 있다면 운명도 돌려놓을 수 있을까… 멀리 병원 건물이 보였다. 하얀 바탕에 붉은 십자가 간판을 인 건물은 그곳이 병원임을 말해 주고 있었다. 종로 거리에 늘어선 전광판들이 머릿속에 떠올랐다. 전광판 하나를 가리키며 그런 말을 한 적이 있었다..

"우리 결혼하면 저기 전광판에 아나운서, 거지 시인과 결혼! 이라고 뜰지도 몰라."

은초는 거지라는 말에는 얼굴을 붉히면서도 결혼이라는 말에는 기분 좋은 표정을 지었다. 꿈꾸었던 그날은 이별과 함께 흩어지겠지. 사랑의 기쁨만큼 짙은 이별의 슬픔. 말하지 않아도 분명한 사랑과 말로도 낯선 이별은 아득히 멀고도 가까웠다.

택시가 병원을 향해 다가섰다. 만남은 언제가 될까. 이별을 위해 만나는 것이 옳기는 한 걸까. 편지를 쓸까, 전화를 할까. 어떻게 작별을 고해야 할지 절차를 상상하는 것만으로도 마음이 아렸다.

파스타 집에 간 적이 있었다. 나는 이상한 일이라는 생각

을 했다. 은초는 내게 한 번도 스파게티나 피자, 프라이드
치킨, 햄버거 같은 것들을 먹자고 한 적이 없었기 때문이다.
우리는 된장찌개, 김치찌개, 동태찌개 등의 한식에 잘해야
짬뽕이나 우동 정도로 식사를 해 오고 있었다. 그녀의 식성
이 나와 비슷하다는 생각에 식사에 대해서만큼은 별 걱정을
하지 않고 있던 때였다. 그러나 그것은 대단한 착각이었다.
그녀는 내가 피자나 프라이드치킨, 햄버거 같은 것들을 먹
지 못하는 사람이라는 사실을 알고는 절대 그런 곳에 가자
고 하지 않은 것뿐이었다. 그녀를 만나 온 2년 동안, 단 한
번도. 그녀는 대신 친구들을 만날 때면 스파게티나 피자, 프
라이드치킨, 햄버거 같은 것들을 먹어 치우며 아쉬움을 달
래 왔다고, 말했다. 나를 파스타 집에 데리고 간 것도 그 집
에 내가 먹을 만한 음식이 있어서였다. 사실을 알게 된 나는
당황했고, 무안했고, 미안했다. 그런 미안한 마음을 갚아 볼
시간도 없이 이제, 이별을 고해야 하는 것이다.

　우연의 조합으로 만들어진 첫 만남으로부터 한 달 정도가
지나 은초에게 데이트 신청을 했다. 그날 나는 일을 하고
돌아와 망설이다 은초에게 삐삐를 쳤다. 어떻게 운을 뗄 것
인지, 무슨 말로 대화를 이어 갈 것인지, 어떻게 데이트 신
청을 할 것인지, 거절당하면 어떻게 수습을 할 것인지, 그

리고 무슨 말로 전화를 끊을 것인지 등등 대화 내용과 순서
를 짜 연습을 거듭한 끝에 은초의 무선호출기 번호를 눌렀
다. 다음 날은 화이트데이였다. 밸런타인데이에 대한 반작
용을 탐지해 만들어 낸, 정체가 의심되는 그날로 데이트 신
청을 한 것은 희미하게 열린 인연의 가능성을 확인해 보고
싶은 욕심 때문이었다. 그날의 데이트가 무엇을 의미하는지
은초도 잘 알고 있으리라는 생각에 금세 얼굴이 달아올랐
다. 거절은 곧 지옥이었고, 마주하고 싶지 않은 절벽이었다.
곧 전화기가 울렸다. 마음을 진정시키고 심호흡을 한 뒤 수
화기를 들었다. 역시 은초였다. 그런데, 상대가 은초라는 것
이 확인되는 순간 대사들을 대기시켜 놓았던 방의 전깃불이
갑자기, 이유 없이, 훅, 나가 버렸다. 어둠에 깔려 몇 줄 대
사는 보이지 않았다. 핏줄을 타고 증기가 올라왔고, 내 혀는
허겁지겁 의도가 적나라한 말을 뱉어 내고 말았다.

"내일 화이트데이라는데 뭐해?"

말을 내뱉고도 나는 정신이 없었다. 얼굴이 후끈거렸다.
나는 속으로 이런 바보, 를 외치며 머리를 쥐어박았다.

"별일 없어요. 오빠는요?"

그런데 은초의 반응은 생각보다 괜찮았다. 기회가 희미하
게 되살아나는 듯했다. 은초가 다시 기회를 준 것이었는지
도 모른다. 데이트가 조심스럽게 회생 가능성이 일면서 대

달의 뒤편

기시켜 놓았던 대사 한 구절이 깜빡거리는 형광등 불빛에 모습을 드러냈다. 나는 눈을 질끈 감고 전화기 속으로 그 대사를 집어던졌다.

"나 능내나 가 볼까 하는데 같이 갈래?"

하늘과 땅을 뒤집던 청룡열차처럼 천국과 지옥이 번갈아 보였다. 발밑은 까만 지옥 같기도 했고, 환한 천국 같기도 했다. 길이 천국과 지옥으로 갈릴 찰나.

"그래요, 좋아요."

은초가 선뜻 답을 내놓았다. 답에 내가 오히려 당황할 지경이었다. 두 번의 서툰 물음으로 목표만은 제대로 달성된 셈이었다. 천국에 들어선 것을 확인하는 순간 나는 전화기를 들고 펄쩍펄쩍 뛰었다. 다음날 우리는 능내 강가에서 김광석의 노래를 들으며 채송화 씨를 뿌렸고, 식목일에는 나무도 한 그루 심을 것을 약속하며 하루를 보냈다. 은초는 떡볶이 단추로 만든 목걸이를 하고 있었다. 그때도 나는 99퍼센트 내 것임이 분명한 그 목걸이에 대해 묻지 못했다. 내 것이 아닐지도 모른다는 1퍼센트의 가능성에 떨고 있었던 것이다. 일기에는 생애 가장 행복하고 달콤했던 하루, 라고 썼다.

그런데 며칠 뒤 은초가 시무룩한 표정을 지으며 나타났다. 무슨 문제가 생긴 것 같았다.

"엄마한테 혼났어요."

막 만남을 갖기 시작한 터여서 나는 그녀의 말 한마디에도 당황하기 일쑤였다. 눈썹과 눈꺼풀을 동시에 들어 올리며 내가 물었다.

"아니, 왜?"

"오빠가 준 선물 때문에요."

"선물 때문에?"

"그래요. 호두 껍데기에 귀고리 넣어 줬잖아요."

호두 껍데기 속에서 무슨 일이 일어날 수 있을지를 상상해 보았다. 그 작은 껍데기 안에서 일어날 수 있는 일들을 생각해 내기는 쉽지 않았다. 무슨 일이 일어난다는 것 자체가 불가능해 보였다. 선물로 넣은 귀고리는 고민 끝에 고른 것이었다. 귀고리 모양을 떠올려 보았다.

"왜, 귀고리가 마음에 안 드는 거야?"

"아니요. 귀고리가 아니라 호두 껍데기 때문에요."

은초는 그렇게 말하고는 피식 웃으며 눈을 피했다. 데이트 신청을 하던 날 내 방에는 청년회에서 부럼으로 나눠 준 호두가 놓여 있었다. 호두 속을 파낸 자리에 귀고리를 넣어 선물하면 어떨까 하다 괜찮은 생각이라고 스스로 칭찬까지 하며 귀고리와 과자를 사 왔다. 귀고리는 새끼손가락이 들어갈 만한 동그란 원형에 깨알만한 큐빅이 하나씩 박혀 있

달의 뒤편·

는 것이었다. 호두에 적당히 넣을 수 있는 크기였다. 호두를 파낸 곳에 귀고리를 넣어 과자 포장지로 싼 뒤 다른 과자와 섞어 그것을 선물로 건넸다. 그런데 그게 탈이었다.

"그게요. 호두가…"

"호두가 왜? 파내서 상할 일은 없었을 텐데?"

"호두가… 거시기로… 쓰는 거라고… 어떻게 된 거냐고 엄마한테 막 야단맞았어요."

"거시기?"

"그거 있잖아요."

"그거? 뭐?"

"코온…"

"콘?"

"도옴."

콘돔 용기 중에 호두 모양이 있다는 것을 안 것이 그날이었다. 호두 껍데기가 그런 용도로도 쓰이고 있다는 걸 상상조차 하지 못한 채 나는 그 안에 귀고리를 넣어 태연히 선물로 건넸던 것이다. 은초 어머니로서는 때 이른 파도였고, 은초로서는 예기치 못한 풍랑이었을 것이다. 은초는 놀란 어머니와 한바탕 홍역을 치렀다고 했다. 나는 당황했고, 은초는 재밌다는 표정으로 나를 바라보았다.

"그래서 내가 그랬어요. 엄마, 엄마 같으면 그런 용도를 아는 사람이 그 안에 뭘 넣어서 선물할 수 있겠어, 라고요. 뭐, 나도 조금 놀라긴 했지만."

은초가 한쪽 눈을 찡그렸다. 그리고 함께 한바탕 크게 웃었다.

택시가 속도를 줄였다. 병원 앞에 택시가 멈춰 섰다. 기사가 운전석 문을 열고 나와 뒷문을 열어 주었다.

"건강이 최고요. 아가씨도 이쁘도만."

기사가 문을 열어 주며 말했다. 호의는 고마웠다. 친절한 기사였다. 기사의 한마디는 내 상태로 보아 충분히 이해할 수 있었다. 그러나 다른 한마디는 무슨 뜻인지 감을 잡을 수가 없었다. 뜬금없는 뒷말의 의미를 생각하다 나는 인사할 기회를 놓치고 말았다. 인사는 필요 없다는 듯 택시는 태연히 매연을 밀어내며 멀어졌다. 대지가 땅거미를 물고 있었다. 멀어지는 택시를 바라보다 목발을 짚고 병원으로 들어섰다.

직원들이 퇴근한 병원은 고요했다. 로비의 불은 꺼져 있었다. 계단으로 향했다. 병원은 엘리베이터가 없는 건물이었다. 계단은 평지보다 더 많은 고통을 세금으로 거둬들였다. 계단을 올라와 병실 앞에서 꺼 놓았던 휴대전화 전원을 켰다. 어머니에게 들어왔다는 전화를 하기 위해서였다. 은

달의 뒤편

초에게 전화가 걸려 오는 게 두려워 나는 전화기를 꺼 두고 있었다. 전원이 켜지는 소리를 들으며 병실 문을 열었다. 문을 열고 불을 켜다 나는 전화기를 바닥에 떨어뜨리고 말았다. 은초가 병실 침대에 우두커니 앉아 있었던 것이다. 얼어붙은 것처럼 나는 한동안 움직이지 못했다. 사랑과 절망과 눈물과 이별을 뒤섞은 풍경이 아마도 그러하리라. 은초의 눈가에 물이 차올랐다. 이윽고 그녀가 침대에서 일어서더니 다가와 나를 안았다. 파도처럼 먼 길을 달려온 그녀의 눈물이 어깨 위에서 포말처럼 부서졌다. 물길을 거슬러 올라가는 은어가 되는 꿈을 꾸었다. 하지만, 산사 누각에 걸린 목어처럼 굳어 가는 몸. 목발을 짚고 선 채 눈물을 삼켰다. 흔들려서는 안 된다고, 마음을 다잡았다. 차라리 잘되었다고 생각했다. 천천히 은초를 떼어 침대에 앉혔다. 은초가 말없이 건네는 휴지를 받았다.

"어떻게 왔어."

"전화를 받았어요. 성근 씨라는 분한테."

손말사랑 성근이가 일을 저지른 모양이었다. 내 전화기에서 번호를 빼내 간 걸까.

"그래…"

"그분이 오빠가 많이 아프다고 빨리 내려가 보라고 했어요. 병원만 알려 주고 더 이상은 말해 주지 않았어요. 내려왔는데 병원에도, 집에도 아무도 없었어요. 동네 어귀에서 소톤재에서 만났던 아주머니를 만났는데 그분이 굿하는 곳을 알려 주셨어요. 자기가 소개시켜 줬다면서.”

“아주머니가…”

“택시도 불러 줬어요.”

기사 얼굴이 떠올랐다.

“굿하는 것도 봤어요.”

“그래… 미안해.”

은초가 모든 걸 알게 되었다는 사실에 오히려 마음이 편해졌다.

“아니에요. 이렇게 될 때까지 알지 못한 내가 바보 같아요.”

은초는 침착하려 애를 썼다

“왜, 말하지 않았어요.”

“두려웠어. 네가 안다는 게.”

“모든 걸 함께하자고 말한 건, 오빠예요.”

“우리가, 헤어질 때가 되었다는 얘기야.”

절망 가득한 한마디가 목구멍을 메우며 올라왔다.

“이별도 사랑처럼 혼자 하는 게 아니에요.”

사랑은 먼저 이별을 막았다.

“내 몸은 이미 지옥이고 현실이야.”

절망이 고개를 저었다.

달의 뒤편

"사랑은 아름다움도, 추함도, 기쁨도, 슬픔도, 즐거움도, 노여움도, 아픔도 그리고 죽음까지도 함께하는 거라고 말한 건 오빠예요."

내 말을 내가 부정해야 하는 현실이 내 것이 아닌 것만 같았다. 이별은 살아갈 날들을 위해 살아온 날들을 지워야 하는 것이었다.

"네 날개를 꺾고 싶지 않아."

사랑에 절망의 파편이 튀었다.

"오빠가 내 날개라는 걸 잘 알아요."

그래도 사랑은 한껏 팔을 벌렸다.

"그걸로는 날 수가 없어."

절망이 절벽으로 몸을 던졌다.

"날개가 아프면 좀 쉬어 가면 돼요. 날개에 상처를 입었다고 꿈을 버리는 건 그게 꿈이 아니었다는 말이에요."

추락하던 절망이 나뭇가지에 걸렸다.

"내 몸은 이미 지옥이야."

절망의 무게로 나뭇가지가 휘었다.

"내가 지옥에서 오빠를 구해 올 거예요."

사랑이 절벽으로 밧줄을 던졌다.

"이제 이게, 우리의 마지막이었으면 좋겠어."

절망이 그 줄을 끊었다.

"이제 겨우 시작일 뿐이에요."

사랑은 컴컴한 바닥으로 향했다.

"어학연수 가야지."

외면하며 말을 이었다.

"그건 오빠가 좋아진 다음 일이에요."

절망은 미래를, 사랑은 퇴로를 지우고 있었다.

"아나운서는."

"그 어떤 것도 오빠보다 중요하지 않아요."

"내 몸은 산사에 걸려 있는 목어처럼 될지도 몰라."

"그럼 나는 목어가 젖지 않도록 비를 막아 주는 지붕이 될 거예요."

침묵의 바닥인, 아니 절망의 바닥인 고요가 길게 이어졌다. 고통의 뼈로 남은 몸을 침대에 뉘었다. 몸이 삐걱거리며 신음을 토해 냈다. 신음을 입술로 막았다. 눈물 한 방울이 오래전부터 걸려 있던 소금처럼 굴러떨어졌다.

23

저들의 목표는 가족들 일상까지 제압하는 것이었는지도 모른다. 내 병이 알몸을 드러내자 사실은 부풀대로 부풀어 주위를 삼키고 있었다. 가족들은 낯선 불안으로 흔들렸다. 저들은 그 불안마저 흔드는 듯했다. 놈들은 완전한 패배, 몰락을 원하고 있었다.

은초와 부모님까지 알게 된 이상 병원에 있을 이유가 없었다. 집으로 돌아왔다. 불안으로 쌓아 올린 폐허가 집안에 가득했다. 웃음이 사라진 색깔들이 집을 물들였다. 폐허를 이고 병원에서 했던 것처럼 뜸을 떴다. 뜸을 떠 주는 사람은 아버지였다. 아비가 폐허가 된 아들에게 뜸을 떠 주는 풍경은, 아기의 주검이 감자 주머니로 가려졌다는 밀레의 〈만종〉이야기처럼 암울했다.

불안은 소리 없이 퍼져 나갔다 호박씨 비슷한 것을 물고 왔다. 은초와 성근이와 형과 외삼촌이 모두 내가 치료 받아야 할 곳으로 한 병원을 지목한 것이다. 퇴원 후 며칠 사이 벌어진 일이었다. 희망이 없는 칩거를 접고 서울로 올라가야 했다.

아침부터 비가 내렸다. 택시를 불렀다. 일 년에 한 번 탈까 말까 한 택시. 일상에서는 시간에 맞춰 반드시 버스를 탔다. 일상이 무너지고 있다는 것은 택시로도 쉽게 증명되었다. 아버지가 함께 서울로 올라가기로 했다. 어머니는 기차역까지 따라 나왔다. 빗방울이 차창을 때렸다. 어머니가 비를 맞으며 열차 밖에 서 있었다. 빗방울이 어머니의 얼굴에서 눈물처럼 흘러내렸다. 외면하는데도 자꾸 눈물이 났다. 불안한 미래가 긁어모은 눈물은 소금처럼 짰다.

서울역에는 은초가 마중을 나와 있었다. 비도 눈물도 말라 있었다. 어떤 가능성을 본 것은 아니었다. 지푸라기라도 잡으러 올라온 것이었다. 또 택시를 탔다. 역시 일상을 벗어난 일. 일상에서는 버스를 타거나 지하철을 탔을 것이다. 원하지 않아도 모든 것들이 특별해지고 있었다.

병원에서는 외삼촌이 기다리고 있었다. 병원 로비는 사람들로 붐볐다. 종으로 앉아 있던 몸을 허물어 의자에 몸을 뉘

달의 뒤편

었다. 평범한 생과 평범하지 못한 생은 몸뚱이 하나로 쉽게 구분될 듯했다. 은초가 나를 바라보았다. 횡으로 누운 몸의 두 눈에 글씨가 들어와 앉았다.

'강직성 척추염 클리닉.'

강직성 척추염 클리닉. 병명보다 클리닉이라는 글자에 끌렸다. 클리닉이라면 치료를 한다는 얘기 아닌가. 그렇다면 치료가 된다는 얘길까. 치료만 할 수 있다면… 병원에 강직성 척추염 클리닉이 있다는 말을 들은 것은 아니었다. 관절을 잘 치료한다는 소문만 듣고 찾아온 것이었다. 스러지는 생 앞에 마지막 지푸라기가 던져진 듯했다. 마지막 기회. 막다른 골목. 여기서 일어나지 못하면 보통의 삶은 마침표를 찍게 된다. 정말 특별한 생이 시작되는 것이다. 은초의 손을 잡았다. 그녀가 힘껏 손을 잡아 주었다.

아버지와 외삼촌은 나를 입원시키기 위해 분주히 움직였다. 한 시간쯤 지나 입원실이 결정되었다. 4인실이었다. 6인실이 비면 옮겨 주겠다고 간호사가 말했다. 침대 위에서 환자복을 갈아입다 허벅지를 보았다. 46킬로그램의 몸은 더 이상 빠질 게 없을 듯했다. 며칠 전 병원에서 재 본 몸무게였다. 그사이 놈들은 내 몸에서 무엇이든 더 빼내 갔으리라.

병실에서 환자들은 각자의 이유로 누워 있었다. 나도 나만의 이유로 침대에 누웠다. 병실에는 네 개의 침대가 벽에 머리를 맞대고 있었다. 내 자리는 입구에서 보면 오른쪽 두 개 중 창문 쪽 침대였다. 침대에 누워 혈압을 재고, 피를 뽑았다. 저녁을 먹고 나자 간호사가 약을 주며 처방전을 보여주었다.

SOLONDO TAB 5MG - 2정

ZOPYRIN TAB 500MG - 2정

INTEBAN SPANSULE CAP 25MG - 1정

TRIDOL CAP 50MG - 1정

MUCOSTA TAB 100MG - 1정

ALSOBEN TAB 100MCG -1정

CURAN TAB 150MG - 1정

FEROBA-U SR TAB 80MG - 1정

FOLIN TAB 1MG - 1정

METHOTREXATE TAB 2.5MG - 5정

대충 봐도 한 주먹이었다. 특별한 경우니까. 약이 너무 많아 세 번으로 나눠 먹었다. 놀란 위가 구역질로 불만을 표시했다. 위도 이해하리라. 특별한 경우니까.

약을 먹고 몇 달 만에 곤히 잠을 잘 수 있었다. 고통 없이 잠을 잘 수 있다는 사실. 일상이 주는 특별함이 새삼 놀라웠

다. 평범한 일상을 사이에 두고 놈들과 전쟁을 벌이는 것 같기도 했다.

채혈을 했다. 아침잠에서 깨기도 전이었다. 아침밥을 먹은 뒤 의사가 회진을 왔다.

"오늘 HLAB-27 검사 있습니다."

레지던트가 담당의에게 당일 검사 내용을 보고했다.

"이미 확정 판정을 받았으면 검사할 거 뭐 있나. 빼지?"

필요 없는 검사는 빼라니. 마음에 들었다. 의사가 특별하게 보였다. 오전에 심전도 검사를 했고, 엑스레이를 찍었다. 오후에 부은 발목과 무릎에 주사를 맞고 있는데 은초가 학교에서 돌아왔다. 기말고사 시험 기간이었다.

"시험공부 안 해?"

"해야지."

"매일 오면 안 돼."

"여기서 하면 되잖아."

입이 뾰로통해졌다.

"좋은 일과 안 좋은 일 있는데 어느 거 먼저 들을래?"

기분을 풀어줄 겸 물었다.

"안 좋은 일은 얘기하지 마."

"지난밤에 통증 없이 잘 잤어. 푹."

"정말?"

입가에 미소가 번졌다.

"안 좋은 일은."

"하지 말라니까."

"여기 와서 좋은 일만 생기니까 오히려 불안하네."

"그게 안 좋은 일? 걱정 마. 내가 있잖아. 오빠의 수호천사."

은초 목에 떡볶이 단추로 만든 목걸이가 걸려 있었다. 두 번째 데이트를 하던 날 목걸이에 대해 물었다. 은초는 걸고 다니면 왠지 기분 좋은 일만 생길 것 같아서 목걸이로 만들었다고 했다. 쑥스러운 표정이었다. 떡볶이 단추가 내 것이라는 것도 확인해 주었다. 내가 나타나면 주머니에 몰래 넣고 다녔단다.

"수호천사? 난 선녀가 좋은데."

"왜?"

"내가 옷을 훔쳐서 선녀가 도망 못 가고 있잖아."

"피. 아냐. 내가 목걸이를 훔쳐서 오빠가 도망 못 가는 거야."

입을 삐죽 내밀면서도 그녀는 싫은 기색이 아니었다.

"그럼 나 선녀 할래."

"싫다며?"

"내가 언제!"

"그럼 나는 나무꾼? 그러면 애기 셋은 낳아야 되는데."

달의 뒤편•

"셋이나?"

"하늘로 못 올라가게 하려면."

은초와 농담을 주고받는데 낯선 사내가 밖에서 안을 살피고 있었다. 나와 눈이 마주치자 사내가 시선을 피했다. 간호사도 의사도 아니었다. 병문안 온 사람도 아닌 듯했다. 병실을 잘못 찾은 사람인 것 같았다.

청년회 사람들의 병문안이 이어졌다. 그들이 병문안을 올 때마다 병실 사람들이 연예인 같다며 내게 농담을 던졌다. 청년회 사람들은 한 번에 서너 명, 하루에 열댓 명씩 다녀갔다. 그런 말 하는 것도 무리는 아니었다.

입원 삼 일째. bone-scan 검사가 예정돼 있었다. 염증 부위와 정도를 알아보는 검사였다. 오전 9시에 검사에 필요한 주사를 맞았다. 오후 2시가 검사였다. 검사를 위해 휠체어를 타고 복도를 지나가는데 병실을 살피던 그 사내와 눈이 마주쳤다. 사내는 모른 척하며 나를 지나쳤다. 그를 돌아보다 검사실로 향했다. 그가 병실을 찾은 것이라고 생각했다. 그런데 이상하게 꺼림칙했다.

입원한 지 일주일 정도가 지나 옆 침대를 쓰던 꼬마가 퇴원을 하고 다른 사람이 입원을 했다. 나와 같은 병이었다. 5년 전에 입원을 했던 적이 있다고 했다. 상태가 좋지 않아 보였다. 그는 나와 동갑이었다. 보호자인 그의 어머니는 많이 좋아졌었는데 근래 갑자기 안 좋아졌다고 말했다. 그는 잘 걷지도 못했다. 나는 휠체어를 타고 있었지만 상태가 호전되고 있었다. 나도 다시 그렇게 될 수 있다는 생각에 우울해졌다.

침대에 누워 있는데 은초가 들어왔다. 은초는 하루도 빠짐없이 병원을 드나들었다.

"또 왔어? 시험은 잘 보고 있는 거야?"

"시험? 내 시험지는 여기 있는 오빠잖아. 건강하게 퇴원하느냐. 마느냐. 이것이 문제로다!"

"아이구, 청산유수네."

"내가 오늘 어디 갔다 왔는지 알아?"

"시험도 안 보고 어디 갔다 온 거야!"

"시험이 매일 있진 않잖아."

"그러셔, 어디 갔다 왔는데?"

마음에 안 든다는 표정으로 물었다.

"환우회. 강직성 척추염 환우 모임에서 주최하는 강연 같은 게 있더라고."

"그건 또 어떻게 알고 갔어?"

"1층 복도에 포스터 붙어 있던데?"

"그래? 그래서."

"뭔가 배울 수 있을 거 같아서 갔었어. 환자는 어떻게 병

달의 뒤편

을 이겨 내고, 가족들은 또 어떻게 환자를 대해야 하는지 궁금하기도 했고."

"그래서 뭐 좀 배웠어?"

"꾸준히 운동을 해야 된대. 수영이 제일 좋고."

"그건 여기서도 하는 얘기고. 그래서?"

"그래서? 음, 돌아오면서 간절히 빌었어. 오빠가 도망가지 않게만 해 달라고. 몸은 어떤 상태라도 좋으니 옆에 있게만 해 달라고. 다른 건 다 내가 알아서 하겠다고."

"시험은 망쳤겠군."

몸을 뉘며 어깃장을 놓았다.

"시험을 왜 망쳐. 아직 끝나지도 않았는데."

의자에 앉은 은초가 손으로 턱을 괸 채 나를 보며 웃었다.

"내일부터 오지 마. 시험공부 해야지."

"공부 열심히 하고 있다니까."

"농담 아니야."

"농담 아닌데."

은초의 머리를 쥐어박았다.

"내일 오면 쫓아낸다."

"왜 쫓아내. 예쁘기만 한 은초 씨를."

선엽이가 병실로 들어서고 있었다. 은초가 의자에서 일어섰다.

"어서 오세요."

"좀 괜찮아? 호기를 부리는 게 살아 있네."

선엽이가 웃었다.

"은초 씨 이 녀석 말 안 들으면 나한테 얘기하세요. 내가 대신 혼내 줄 테니까."

"알았어요."

은초가 내게 혀를 내밀었다.

"허, 참."

"허참은 텔레비전에 나오는 사람이고."

선엽이가 농담을 보탰다.

"아주 나를 두고 이적 단체를 결성하시는구만."

선엽이가 침대에 걸터앉으며 은초에게 봉투를 내밀었다.

"이게 뭐예요?"

"병원비 보태 쓰라고요."

은초가 내 눈치를 살폈다.

"이거 받아도 되는 거예요?"

"그럼 안 받을 거예요? 청년회 회원들이 서운해 할걸요?"

"아주 고혈을 빨아 오셨구만. 이 탐관오리 같으니라구. 이걸 어떻게 받아. 형편 다 아는데."

"고혈은 뭐. 걱정 마. 출판사에서 네 시집들 가져와 팔아서 마련한 거니까. 한 숟가락씩 더 보탠 사람도 있고. 병원비는 될 거야."

선엽이가 웃으며 말했다.

"그런데 말이야."

선엽이가 은초 눈치를 살폈다. 할 말이 있는 듯했다.

"은초야, 병원비 지금까지 얼마 나왔나 좀 알아봐 줘. 봉투 돈 좀 세 봐야겠다, 야!"

부러 목소리를 키웠다. 은초가 웃으며 일어섰다. 은초가 나가자 선엽이가 내 쪽으로 몸을 숙였다.

"누가 청년회 사무실 열쇠를 망가뜨려 놨어."

내 눈이 휘둥그레졌다.

"좀도둑 같진 않아. 서류만 뒤진 거 보니까."

"그래? 정권이 바뀌어도 이것들은."

"오히려 더 설치는 것 같아. 입지가 좁아지니까."

병실 앞에서 나와 눈길이 부딪힌 사내 얼굴이 뇌리를 스쳤다. 선엽이 귀를 끌어당겼다.

"그러고 보니까 여기도 이상한 놈들 출몰하는 것 같다."

"이상한 놈?"

선엽이가 눈을 키우며 몸을 뒤로 뺐다.

"확실하진 않지만 사무실 털린 거랑 뭔가 연관이 있는 거 같아. 너희 집은 괜찮아? 너 아무 일 없어?"

"그러게. 요즘 형이랑 형수가 와 있어서. 사돈어른 돌아가

셨거든. 장례식 치르느라 정신이 없어."

"너 조심해야겠다."

내가 걱정스레 선엽이를 바라보았다.

"주의 깊게 보고는 있어."

저들은 무언가를 위해 움직이고 있었다. 설마, 하고 있었
지만 무시하기에는 움직임이 눈에 보였다. 무단으로 사무실
열쇠를 부수고 들어가다니. 대선으로 50년 만에 정권이 뒤
바뀌고 그들의 입지는 많이 축소되었을 것이다. 어느 정도
예측가능한 일이기는 했다. 정권에 대한 불만으로 무언가
를 다시 조작해야 한다면 어떤 조직이 필요하겠지. 그게 청
년회? 그렇다면 가장 위험한 것은 회장인 선엽이었다. 나는
뭐 한 게 있다고. 뒷조사하는 것인가. 내가 한 일이라면 조
국통일위원회 활동 좀 한 것뿐인데. 선엽이는 조통위원장을
거쳐 회장이 되어 있었다. 그들 방식으로 걸려면 충분히 걸
수 있는 조직이기는 했다. 지금 나는 병자. 입원해 있다. 하
지만 그런 사정 봐줄 리는 없겠지. 공작이 시작되었다면 정
보는 충분히 수집해 놨을 터, 조직도에 맞게, 그리고 입맛에
맞게 조직원만 확보하면 되는 것인가. 몸은 좋아지는 것 같
은데 외부에서 불안이 스며들고 있었다.

"그나저나 사돈어른이 돌아가셨단 말이야? 얘기하지 그
랬어. 장례식이라도 가 보게."

달의 뒤편

"아이고. 아픈 놈이 별걸 다."

"어쨌든 신세 한 번 졌잖아."

"됐네. 청년회에서는 다 죽어 간다고 야단인데 이제 보니 오보네. 오보."

"누가 그런 소문을. 윤시헌은 살아 있다! 이렇게!"

"입만 나불대지 말고 몸이나 잘 챙겨. 청년회는 우리가 지킬 테니까."

선엽이는 주의하고 있으라고 말하고 돌아갔다. 누군가를, 무언가를 반대한다는 건 상대 틀 안에 있는 것을 인정하지 않겠다는 것. 한국 사회는 무균질의 반공 사회, 반공 안쪽만 얘기할 때 자유롭다. 그게 자유일까. 반공 너머를 마음껏 얘기할 수 있어야 자유지. 자유는 반공 너머에, 반공의 안쪽이 아니라 반공의 바깥에 있는데. 무슨 그런 당연한 말씀을. 한국에서는, 못 한다. 몽둥이로 맞는다.

어머니, 아버지는 간호를 은초에게 맡겨 두고 있었다. 내가 입원을 하고 아버지가 내려간 뒤 어머니가 한 번 올라와 보았을 뿐이었다. 농번기인 탓도 있었지만 두 분은 내가 은초와 함께 지내는 시간을 주려 부러 올라오지 않는 듯했다. 어른이 있으면 아무래도 불편하겠지, 싶으셨을 것이다. 어머니는 돈까지 은초에게 보내 퇴원 수속까지 맡긴 상태였다.

퇴원을 준비하는데 한송희 선생님이 들어왔다. 장례를 마친 선생님은 홀가분해 보였다. 홀가분해 보인다는 게 이상하기는 하지만 어쨌든 홀가분한 얼굴이었다.

"좀 알려 주시지 그랬어요. 신세진 분인데."

"경직된 몸통과 상봉은 나 하나로 족해."

"선생님, 저도 비슷하다는 거 알아요?"

"뭐가?"

"제 병이 강직성 척추염이잖아요. 강직. 즉 경직."

강직성 척추염이나 반공이나 제 몸통을 경직되게 한다는 점에서 둘은 닮은 점이 많았다. 놈들이 활발하게 움직일 때마다 내 몸은 경직되고 행동은 위축된다. 반공이 활발하게 움직일 때도 한국 사회라는 몸통도 경직된다. 하나는 몸 안에, 다른 하나는 몸 밖에 있지만 경직된다는 점에서, 행동을 위축시킨다는 점에서 둘은 닮은 게 많았다.

"둘 다 해롭다는 건 인정해."

선생님은 웃으면서도 아버지가 생각나는지 금세 웃음이 잦아들었다. 생각이 다르더라도, 평생 권력에 취해 사는 게 싫었어도 아버지는 어쩔 수 없는 아버지인 듯했다.

"강엽 씨 그렇게 된 거 미안하다고 하데?"

선생님이 고개를 숙였다. 아버지를 용서하고 싶은 듯했다.

"강엽 씨한테서 떼어 놓으려고 그랬다고. 반공도 녹이 스나봐. 나한테도 미안하대. 사람들한테 미안해야지 왜 나한

테 미안해."

그녀의 눈가에 눈물이 맺혔다.

"반공과 이별하는 것도 쉽지는 않더라고."

울음을 삼키며 그녀가 고개를 들었다.

"승필 선배랑은 어때요?"

"승필이? 반공이 그러더군. 승필이랑 잘 지내 달라고, 그게 마지막 소원이라고. 잘 됐으면 하는 마음도 있긴 한데 잘 될까 싶어."

선배 얼굴을 떠올려 보았다. 선생님은 아직 선배랑 어떻게 지낼지 결론을 내리지 못한 듯했다.

"그런데 말이야. 그 선생님이란 말 좀 그만하면 안 되겠어? 나도 시헌이 같은 동생이 있었으면 해서."

"승필 선배 있잖아요?"

"승필이? 반공은 정이 안 가서 말이야."

선생님이 농담을 던지며 일어섰다. 짐을 훌훌 털어내 버린 듯 그녀의 뒷모습이 가벼워 보였다.

선생님이 나간 뒤 낯선 사람들이 병실로 들어섰다. 그들은 바로 내게로 직행했다. 무언가가 뇌리를 스치며 지나갔다. 올 것이 온 것인가.

"윤시헌 씨?"

눈이 마주친 적이 있는 사내였다.

"네, 그렇습니다만."

그때 은초가 병실로 들어섰다.

"같이 좀 가셔야겠습니다."

은초가 불안한 눈빛으로 주춤, 했다.

"누구시죠?"

은초가 물었다.

"조사할 일이 좀 있습니다. 조용히 가시죠."

뒤쪽 사내가 은초의 물음을 무시하고 말했다. 앞의 사내가 내게 영장을 제시했다.

"좀 나가 계시죠."

내 말에 뒤쪽의 사내가 앞쪽의 사내에게 물러서 있으라는 눈짓을 했다. 사내가 뒤로 물러섰다. 하지만 그들은 병실을 나가지는 않았다. 은초가 재빨리 침대로 다가왔다.

"수속 끝냈어?"

"응. 누구야?"

"누가 나 좀 보자네?"

"누군데?"

"반공."

"반공?"

"뭘 반대한다는. 나도 반대하나 봐."

은초가 뒤를 돌아보았다. 사내들이 우리를 지켜보고 있

었다.

"아직 타인을 밟아 자기 존재를 증명해야 하는 사람들이 있네? 좀 굶주렸나 봐. 아무나 막 데려가려고 그러네! 그런데 완전 초보야. 미란다 원칙도 무시하고."

농담을 하며 웃었다.

"오빠…"

그녀가 들고 있던 종이를 떨어뜨렸다. 병원비 영수증과 처방전, 시를 적어 놓은 종이가 바닥에 흩어졌다. 무릎을 굽혀 그것들을 주웠다. 은초는 어머니와 통화를 하다 전화기 옆에서 내가 써 놓은 〈청혼〉이라는 시를 발견하고는 어제부터 그걸 읽으며 돌아다니고 있었다.

"돈이 모자라지는 않았어?"

시에 영수증과 처방전을 끼워 은초 손에 쥐여 주었다. 잠시 그녀를 바라보았다. 그녀의 눈에서 눈물이 흘러내렸다. 두 손으로 눈물을 닦아 주었다.

"갑시다."

사내들이 걸음을 재촉했다.

"그럽시다."

그들이 다가서며 내 손에 수갑을 채웠다. 방문을 나섰다. 2주 만에 나는 휠체어와 목발을 의지하지 않고도 걸을 수 있을 만큼 호전되어 있었다. 약간 절었지만 걸을 만했다. 병실 사람들은 놀란 눈만 껌뻑이고 앉아 있었다.

병실을 나와 엘리베이터로 향했다. 복도는 길었다. 복도 중간쯤에 엘리베이터가 있었고, 엘리베이터 앞은 복도 넓이만큼의 공간이 더 확보되어 있었다. 복도를 걸어가 엘리베이터 쪽으로 방향을 틀었다. 엘리베이터 앞에 승필 선배가 서 있었다. 그가 나를 보며 회심의 미소를 지었다. 완벽하게 제압한 것을 자축하는 듯했다. 그런데 그때 엘리베이터 문이 열리면서 한송희 선생님이 걸어 나왔다. 선생님이 놀란 눈으로 나를 바라보았다. 그리고 선배와 눈이 마주쳤다. 선배는 그녀의 시선을 피했다.

"오빠! 오빠! 오빠!"

뒤늦게 정신을 차린 은초가 울면서 쫓아 나왔다. 그녀의 목에서 목걸이가 출렁거리고 있었다. 손에는 〈청혼〉 시가 들려 있었다.

달의 뒤편

24

언젠가 필요하리라 생각하며 병실에서
쓴 시. 은초가 울며 손에 쥐고 뛰어오던 그 시, 〈청혼〉.

청혼

외로움이

그리움이

삶의 곤궁함이 폭포처럼 쏟아지던

작은 옥탑방에서도

그대를 생각하면

까맣던 밤하늘에 별이 뜨고

내 마음은

이마에 꽃잎을 인 강물처럼 출렁거렸습니다

늦은 가을에 나온 잠자리처럼

청춘은 하루하루 찬란하게 허물어지고

빈 자루로 거리를 떠돌던 내 영혼 하나 세워 둘 곳 없던 도시에

가난한 시인의 옆자리에서 기어이 짙푸른 느티나무가 되었던

당신

걸음마다 질척이던 가난과 슬픔을 뒤적여

밤톨 같은 희망을 일궈 주었던 당신

슬픔과 궁핍과 열정과 꿈을 눈물로 버무려

당신은 오지 않은 내일의 행복을 그렸지요

그림은 누추하지 않았습니다

수많은 기억들이 봄날의 벚꽃처럼 흩날려 버릴 먼 훗날,

내 눈물은 그대에게 별빛이 되고

나로 인해 흘려야 했던 그대의 눈물이

누군가에게 다시 별빛이 될 것입니다

가을을 감동으로 몰고 가는 단풍의 붉은 마음과

헛됨을 경계하는 은행의 노란 마음을 모아,

내 눈빛이

사랑이라는 한마디 말도 없이

그대의 마음속으로 숨어 버린 그날 이후,

내 모든 소망이었던 그 한마디를 씁니다

저와 결혼해 주시겠습니까!

푸른 하늘에

구름을 끌어와

그대의 사랑에 대하여 쓰며

천사들에게 보여 주고 싶은 날들입니다